怀念一匹羞涩的狼

贾平凹 著

北京师范大学出版集团
BEIJING NORMAL UNIVERSITY PUBLISHING GROUP
北京师范大学出版社

张清华

1963 年 10 月生，文学博士，北京师范大学文学院教授，博士生导师，著名文学评论家。出版《中国当代先锋文学思潮论》《天堂的哀歌》《文学的减法》《中国当代文学中的历史叙事》《存在之镜与智慧之灯》《猜测上帝的诗学》《穿越尘埃与冰雪》《窄门里的风景》《狂欢或悲戚》等著作十余部，散文随笔集《海德堡笔记》《隐秘的狂欢》，诗集《我不知道春雷是站在哪一边》等。曾获省部级社科成果一等奖、南京大学优秀博士论文奖、华语文学传媒大奖 2010 年度批评家奖、《星星诗刊》首届新诗理论奖、第二届当代中国批评家奖等；曾讲学德国海德堡大学、瑞士苏黎世大学。

目 录

一辑

文学的故乡

倬彼沃野，百谷盈盈，瞻尔庭分，嘉木葳蕤。

作为故齐之地，我的故乡自古即农商皆盛、耕读并重之乡，堪称民风开化，文化昌兴，自然也与文学有不解之缘。自读书起，每当读到《诗经·齐风》中的诗句，我脑子里总会不由自主地映现出这里的风土与人物。

这当然是每个人都会有的"幻觉"，但想来我这故乡博兴去齐都临淄是如此切近，那驿道田亩，本就连成一片，焉知十一首《齐风》中就没有与我们"沾边"的？《甫田》中的句子说，"无田甫田，维莠骄骄。无思远人，劳心忉忉。"这寂静无边的田野肥沃而又荒芜，征人远徙，农事弛废，心也早被不归的征人带走了，于是终日在田间忧伤叹息。多么文学性的表达，一位田野上枯坐叹息的农妇，心境也如此曲意深远，情感丰富——这当然是采诗官的口吻和猜想了。但捕风捉影也总要有些由头才是，多像是一幕无边的春秋大戏的开场。还有《敝笱》："敝笱在梁，其鱼鲂鳏。齐子归止，其从如云……"后人指此为讥刺鲁桓公的懦弱，以及齐公主文姜与其兄襄公的不伦之爱的诗句，谓之破网高挂，鱼儿嬉水，文姜归家，与兄行乐，其作高调，其行张狂。但我总觉得，道学家们的阐释是不是离文学远了那么一点点，难道诗中就没有恻隐之心，没有一点同情之意吗？

这自然不是学术的研习，而是纯属文学的臆测了。我的意思是说，在我们古老的文学叙事中，确乎有特别"文学"的东西，齐国的国事与运势，可谓一部充满悲欢离合、恩怨情仇的多幕戏，其中必定有些场次或者片段，是与我们这块土地有些瓜葛的，那些诗句中的情境和故事，意绪和情愫，必定和这块土地上的先人心有灵犀，息息相通。

笔者的故地，是在博兴西南一隅的马踏湖滨。相传这里是因为齐桓公筑台点兵而马踏成湖。此固然是神话传说的叙事，马踏湖，照现今的说法，在地理学上应叫作"湿地"。虽名为湖，但水面并不连贯广大，而以沟汉为主，辅以沼泽草地，水量的季节性十分明显，是小清河水系和另一条源自博山的孝妇河水系的流量调节器。但传说大致也说得过去——既是"千乘"之地，必是屯兵用武之处，兵来将往，筑台取土亦是常事。雄兵十万，每人一抔黄土也能筑土为丘或挖地为壑；另外，既是用兵处，必然多备车马粮草，故水源和草料是不能少的，湖滨一带与桓台相接，水泽数十里，自是养马屯兵的好去处。当然，古代的自然环境尚未有根本毁坏，或许这里本就是典型的湖泊地貌，也未可知。

但这样的历史自 20 世纪 80 年代就彻底终结了。在我的童年结束的时候，这条古老的河流，曾经碧波销魂、静水流深的孝妇河，也一改千年容颜，变得黑水滚滚，浊臭熏天。来自上游的工业污水，携带着重金属、塑料袋、卫生巾和避孕套，各种污臭的有机物奔涌下泻，让这曾小桥流水宛若北国江南的水乡日夜悲泣。沿河的乡人不堪其苦，疏堵皆无计可施，遂愤而将河道填埋，干脆断了其来路。但即便如此，污水还是变着法儿曲里拐弯地泻进湖中，让湖水变得乌黑污臭，两岸再也没有昔日的荷香鸟语。

说这些还是因为忆起了童年。即使是在饥馑匮乏的年代，这里也是民风开化、有神奇故事与浪漫风习之地。我之所以走上了读书求学之路，爱上文学，与童年在故乡听到了太多的民间故事、神话传说有关。我的祖母便是一位说故事的高手，她能讲述很多有意思的民间故事，八仙过海、七仙女下凡、孟姜女哭长城……甚至还能在叙述中插上哼唱的小调，让讲述声情并茂。而我们邻家的二伯父，本身就是一个十足的民间艺人，他鳏居多年，以做小买卖为生，可吹拉弹唱，每到黄昏时便在街头开始说书，讲的都是神仙侠客、佳人才子的故事，每每聚众若瓮，喝彩声不断。这样的记忆在我脑海里至今仍栩栩如画，恍然有声。

还有格外浪漫的记忆，这大约是童年时常见的情景：那时，沿河而居的乡邻喜欢赶集或走亲串友，男孩沉迷下河嬉水，女孩则擅长撒泼调笑，其大胆泼辣，常令人瞠目不已。我曾亲眼目睹过一位年轻人，骑车自南而来，经过我们的村庄向西，河岸上有三个女孩指手画脚，施以言语评头论足褒贬调笑，竟使这男孩羞赧慌乱中不慎失手，连人带车一头栽下沟里。所以，每当别人或外地同行谈笑，言《聊斋志异》中所写邻家少女过于大胆痴狂云云，我总是觉得他们少见多怪，我总以为蒲老先生并无夸饰之词，因为这就是"齐风"——齐地自古真实的乡俗民风。多年后，我终于为那位冤屈的少年写了一首叫作《叙事》的小诗，以志纪念——

故事开始于一条美丽的河流
河岸上，几个邻家的女子在唧唧咕咕
一个少年骑车而来，雪白的芦荻挡住了
他的去路，他听见那女孩嗤嗤的笑语
一阵慌张便连滚带爬地掉下了沟底

这条河流源自博山，流经蒲松龄的故居
最初是一个温泉，水汩汩地从牛山流出
在上游叫柳溪，在中段叫孝妇河
在下段改名叫乌河——愈见水静流深
到下游拐了个弯儿，就没有了名字

那河水冒着热气，河里跑着传说和鲤鱼
男孩十四岁，从南而来，穿越板桥向西
遇见了这尴尬的一幕：女孩伸着手
指指点点，仿佛岸边拂面的杨花和
带着水性的柳絮，一下让他失去了重心

和记忆。多年后，那小河被埋入了岁月
与污臭的淤泥，那转了把的自行车
还有乌青的额头，胸口怦怦乱跳的兔子
随着那桃花的人面，还有颓圮的院墙一起
沉入了北风的呼啸，变成了乌黑的泡沫

我自信这诗句中的情境，与《诗经·齐风》中那些旷世的忧伤和广袤的浪漫，至少是相通的，抑或是它们的挽歌再现或现代转译。文学经过了两千年，语言和形式经历了很多变化，但骨子里的东西却依然如旧。

冬日因探望八旬父母重回家乡，望见遍地的楼宇厂房之外，田野寥落，片雪不见，一派灰蒙蒙的尘埃雾霾。路经家乡田园，早已面目全非，古人慨叹之物是人非、近乡情怯，在今早已人物两非，几无从辨认与想象，不觉一片茫然和唏嘘。

这当然不是本土独见，想眼下整个国家都是一片繁忙景致，机声隆隆，烟尘弥漫，这现代的文明，犹如一架巨大的可以推平一切的推土机，正以前所未有的速度，改变和消灭着现存与历史。你自然可以视之为繁荣的一日千里，当然也可以看作是一场荡平一切的劫难。车过故乡，童年的那条河，那依河而居蜿蜒十里的烟柳荻花，板桥茅舍，如今已消失得无影无踪。连那河也早已不复存在，皮之不存，毛将焉附？

不觉就想起了一位前贤，清代的举人蔺裔青的一首

《利建桥道中》：

> 千顷云罗一抹烟，渔家簇簇稻场边。晚来收网入前渚，拂落芦荻花满船。

这"利建桥"去我的故乡"龙王庙"——今称"东风村"，乃是"破四旧"年代的改名——只有三里路。小时随祖父赶集，名曰"赶桥集"。集市不大，只是交易些鱼虾蔬菜、农副产品，且限于晨起，日上一竿便散了。但那时，古桥上下两岸，迤逦摆开的摊位，吆喝声、狗吠声、鸡鸭的叫唤声，响成一片。还有那专门诱惑小孩子的泥哨糖人之类，都让人驻足流连。尤其是深秋时节，桥下的流水清澈见底，水面上蒸腾着缕缕水气，宛若童话中的情境。不知怎的，每当我看到《清明上河图》，设想的现实中的对应物就是故乡的这座桥，对应的情景也便是赶桥集的景象。可见，清人先祖所见与我之童年所见，并无差别，但是如今再看，就再也无从找寻先前的影子了。

文学的意义和价值何在？依我看，它如果注定还不会死，那么就应该写出这些美好但行将消失的东西，最终成为保护这些美好的东西，使之不再消失的力量。作为今人，设想一千年后我们会留给后人什么，这是值得思考的，是万古不变的美好自然，还是一片无法消化降解的现代塑料与水泥垃圾？是清澈的河水和碧蓝的天空，还是毒气雾霾与污泥浊水？让世世代代哺育乡人的母亲河成为排污沟，或者在面目全非的土地上最终干涸消失？或许我们可以从祖先的文字中读出贫穷和不公，读出个人的现实忧愤和并无来由的万古悲愁，但你不会读到一丝丝的大自然的啼哭和污臭。假如我们不能把这亿万年来养育了一代代祖先的美好田园保护好，我们就将是一群千古的罪人，不肖的子孙。

相比之下，个人的感慨就显得微不足道了，但是一篇文字中如果没有真切的生命体味，也就失去了感动人的价值。我并不想在这里抒发什么个人感怀，但是站在家乡的田野，遥望迤逦走过的道路，我眼前不由地闪回美国乡村诗人弗罗斯特的句子，他漫步在山野的丛林，设想着可能的人生，完全不同的道路，对过去和现在，已知和未来产生了深深的遐想和无限的迷茫：

> 黄色的树林中分出了两条路，
> 可惜我无法同时涉足，
> 我曾长久地跋涉，
> 如今却在这里伫立，
> 眺望着其中一条的尽头，犹豫、踌躇……
> 然后，我选择了另外一条，
> 因为它更宁静、美丽，有萋萋的芳草，
> 尽管两条路都清新迷人，
> 尚未受到路人的打扰。
> 两条路都落叶满地，
> 未被践踏的叶片间充满了清新的气息，

啊，我多想有一天也能走一走未选择的那条！

前路绵远，我却惦记着回去。

或许，多年以后的某个地方，

我会叹息着回想：

深秋的树林中分出了两条路，

我选择了其中的一条，

我的生活因此成了现在的模样。

　　这首诗的题目是《未选择的路》。用未选择的道路，来强化对已选择和已走过的路的衬托和比对，更显示出这条路事实上的独一无二和命运感。没有办法，这就是命。这多像我故乡的另一位先贤，五百年前的布衣文人魏休庵先生的一首《有怀》中所说："江风山雨两相期，夜夜村前作故知。风为开扉扫落叶，月来送酒上芳堤。朗吟修竹声先起，醉舞疏松影亦奇。但籍幽独时共赏，百年心事不须疑。"都是百年的心事，都是冥冥中的江山风雨、命运来路的两相期待，总有一天它们会显现。

　　但是现在，且让我们好好体味，好好拥有。

2014 年 12 月 31 日，北京清河居

旧　梦　录

千年之夕

　　我独自行走在寒光闪烁的暮色里。世纪的余晖一点点地消失着，由一种苍凉的血红慢慢变成一片晦黯。城市的欢乐正一点点漫上来，灯火迷离，霓虹耀眼，节日的气氛像夜幕中的潮水，不可阻挡地上涨着。

　　一对热恋中的年轻人旁若无人地相拥在路边，在夕光中热吻着。他们身后人影寥落的商店的门口，是另外两个完全赤身裸体的假人体模特儿，她们比相拥着的年轻人更自在和自然——她们站在那里已经整整一个冬天了。大街上的人们朝着不同的方向，全都急匆匆地，他们是在回家，或是赶赴什么聚会。有身份的人坐在豪华的公车里，司机不时骄横地揿动喇叭；另一些人则在略显焦急地打的，更多的人——那些真正的百姓，依然是噤若寒蝉地骑着自行车，穿行在凛冽的北风里。社会，在这个时刻的社会，才真切地显现出了它对每一个人来说的那种不同。但不管怎么说，他们还都是有家的人那！那些乡下来的民工，却还趴在一条被挖开的马路中间，从深沟里往上掘土，他们根本就没有去关心这个日子，就像城里人从来没有关心过他们一样。就在那条街上，一家小餐馆里正播放着那首美国人吹的萨克斯曲子《回家》，一丁点儿忧伤，一丁点儿诗意。但这诗意对那些嘴里呵着热气的乡下人来说，没有任何意义。

但没有一个人活在时间之外，时间的河流正在裹挟着所有的一切向前，一个世纪就要结束了，一个千年就要过去。

我从五公里之外的地方步行回那个属于我的家。时间还早，我要用我的步行尽量贴近并丈量这剩余的时间，表达出我对时光，对这个世纪和千年的留恋。尽管我深知这一切不过都是虚构，时间是无始无终的，宇宙中本没有时间，不过是因为人用他们渺小短暂的生命去丈量了无限，所以才有了时间。一百年，对于一个人来说，已经是一个难以逾越的壕堑，一个人如果能填满一个百年，那就是稀世之福，终于天年了；而一个千年，对一个人来说，足以构成一个关于历史的概念与梦幻了。活着的人们都是幸运的，他们成了他们自己虚构的时间盛筵的目击者和分享人。好比从一个无际的大海经过了一线礁岸，又跨进了另一个无际的深渊，但他们毕竟看见过终点，而在下一个千年到来之前，他们的许多代后继者将只有在无涯无际的深渊里遨游了。

我尽着最大的努力，收罗和搜寻着这一点点幸福的感觉。我知道我无疑将会成功地进入到下一个世纪和千年中，尽管我终将止步，只拥有它那属于我的可怜的一点点。

一辆消防车吼叫着急驰而去，显然有的地方是失火了。

随后，又一辆救护车鸣笛而过，它载着急重病人拐进了医院。我被它们从冥想中唤回了现实，一切寻常中该发生的还在发生着，世界仍在按照它古老的秩序和节奏运行着，当那个时间的临界点过后，一切也还会依然照旧。想到此，一点点好心情不免烟消云散。我在临收摊的卖报人那里买了最后一份晚报，但夜色中已没法展读它了。拐入另一条小街的时候，我同一个头发蓬乱衣衫褴褛的精神病人打了一个照面，我感到不寒而栗，因为他给我一个暧昧的笑脸——我的头发也是长的，显然他把我成了同类。在今晚所有的盛筵和欢乐之中，他将是一个真正的局外人。我知道，这角色的确近乎于一个诗人，他比选择步行的我更能真正地界临梦想和现实。我想到了八十三年前鲁迅先生的小说——第一篇小说，《狂人日记》。洞察者和先知式的人物，总与精神病有着丝丝缕缕的扯不清的关系。

所有的一切都将成为历史，世纪的终结增加了历史的段落色彩，一种闭合的断裂感。我们身体的一部分已经进入历史，但这种感觉对于我从未像今天这样强烈过。当然，我知道无足轻重的生命将会被遗忘，没有谁会记起我们，因为即使那些最爱我们的人也将很快消失，一切的欢乐、悲伤、富有和贫穷，一切的荣耀、耻辱、仇恨和爱情都将被一笔勾销。但历史将继续写下去，以它那粗糙无情的笔，漠视和忽略着所有曾经鲜活旺盛的血肉生命，而记下那些空洞无物的词语和概念。谁也说不清许多年以后的人们，将如何书写这个世纪波澜壮阔和血火噼剥的历史，书写那些苦难、悲歌、梦想和壮举，那些罪恶、疯狂、激情和浪漫。但我仍然相信，有一些东西将不会被遗忘，作为时间深渊中的溺毙者，我们曾经可敬、可叹、可笑和可怜的影子，将以种族的名义，镌刻在未来历史的卷册之中。

但我们仍将是历史之渊中的溺毙者。两分钟后，我将抵达我那个小小的巢，那是我唯一能在这个时刻落脚安歇的地方。我将在那里重新回到我自己的现实中，并等待千禧之夕的结束，听新世纪钟声的敲响。

水　影

那是一个幽灵。

当我在阴凉的炕席上躺着，窗外的蝉声高嚣着，密集地把一切动响遮蔽住，幽暗的房子里有一种可怕的寂静。在这古旧的老屋里，祖母已经睡熟了，我的视线漫无目的地逡巡在黑黝黝的屋顶，最后落在了那个白光闪烁忽隐忽现的影子上。

这就是如烟的往事。仿佛前生的梦境，童年的我对这种水影有一种迷惑，我感到它是时光或生命的某种化身或幽灵，仿佛黑暗中的一只水母，一个随时都准备晃动并吸附住什么的软体动物，或者是人的灵魂——像乡村里老人们经常渲染的那样。它与我祖母的种种故事，那种被称为"瞎话儿"的故事发生了奇妙的叠合。它是它们的形影，从那语言的尘雾中集聚起来，闪闪发亮。

它使我对一切都有种"不信任感"，一种本能的恍惚、恐惧和怀疑。这就是记忆，童年的某种挥之不去的印象。

水影来源于地面上蹲着的一盆水，水纹在静谧中有一种微微的荡漾，细小的风掠过水面，便成了那个欲静而犹不止的光影。这是水的精灵，我明白它来源于什么，但当它变成一个白色幽灵时就不再是水。亦正如我记忆中的童年再也不是真正童年。

大地一片寂静，时光行走得真慢啊。

一只跳蚤发出细若游丝的动响，它轻轻地跳上我的手臂，脊背红红的，亮亮的，一耸一耸地，它张开了它钳形的嘴巴准备吸我的血。我的左手很快像闪电一样出击了，啪的一声，红跳蚤不动了，它成了我的战利品，并和它的家族中其他成员一起并排地躺在了我祖母的土炕沿上。祖母睁开眼睛看了看，又睡过去了，她的蒲扇在我的头顶轻轻地摇着，慢慢地，慢慢地又归于停止。我发现她入睡的时候有一种习惯，眼珠总是爱向上翻，这让我总有点害怕。

我悄悄地溜下炕，抽开门插溜到院子里。阳光刺眼地照着，树叶没有些微的响动，空气滞闷如蒸笼。我感到皮肤和背上火辣辣的，夏日的中午一片寂静。我傻愣了片刻又踅回屋内。我在水盆旁边蹲下来，去动那水，仰头看那水光在屋顶上晃来晃去，那影子晃动的幅度很大，形状变化多端，这让我很着迷。

一只老鼠从面缸后面的窟窿里探头探脑地钻出来，细小的绿豆似的眼睛仓皇而迅速地转着，仿佛在观察我对它的态度，当我把牙一龇，做了一个恶狠狠的鬼脸时，它嗖地一下蹿到了柜子后面的角落里。当我正发呆时，忽然脚趾一阵尖锐的疼痛，原来是一只从瓦罐里爬出的螃蟹夹住了我，这大概是对我昨日下午和爷爷一起将它五花大绑地逮回家来的一个报复。它太大了，爷爷费了好大劲才从河岸上的窝里将它抠出来。它死死地钳住我的脚，让我感到钻心的疼痛，最后，我不得不掰断了它的一只爪，那只断爪还紧紧地夹在我的脚上。

太无聊了，我又爬到炕上，盯着那水影，瞧着瞧着，就迷迷糊糊地睡着了。

一个漂亮的少女从一只葫芦里跳了出来。她的名字叫孟姜女。姓孟的人家种的秧儿，爬到隔壁姓姜的家里，结出一个大大的葫芦，两家将它锯开时，这女孩从里面跳出来。孟姜女成了两家共同的女儿。后来她嫁给一个人，叫范喜良，一直好好地过日子，忽然有一天，秦始皇派人抓走了范喜良。范喜良修长城，又累又饿。石头不够用，秦始皇下令把范喜良和很多人埋到了长城里面。

孟姜女思念丈夫，千里迢迢赶来，人家说她的丈夫早已被修到了城墙里面。孟姜女扶墙大哭，哭塌了长城，找到了范喜良的尸首。

秦始皇看上了孟姜女的美貌，要强娶她为妻，孟姜女答应了，但她提出一个条件，让秦始皇以"孝子"身份厚葬范喜良，披麻戴孝，哭爹喊娘。秦始皇贪恋孟姜女的美貌，一一答应。但没料到举丧完毕，回来的路上，扑嗵一声，孟姜女投了黄河。

一个大大的水圈惊醒了我。这是祖母给我讲过无数遍的故事。祖母也醒了，房顶上的水影也不见了。祖母到屋外洗衣物去了。我走进院子里，望着她的水盆，想从天空中找见那一直闪烁招摇的水影，但没有找见。

天上只有一轮明光耀眼的太阳。

魔　笛

那声音让我从梦中醒来，又让我回到梦里。我知道楼下的街市上又有一位身上挂满竹笛的人从人群中走过，他简单而悠扬的旋律在喧闹的市声里，在拥挤的水泥建筑的狭窄缝隙里，一直传到城市嘈杂的底部，也把懵懂在午后光线中的我直送到思绪的边缘。

我确信在中国原产的事物中，竹子是最好的一种。这种在南方北方都十分常见的亦草亦木的植物，因为枝节的挺拔秀美，而被视为高风亮节的人格化身，它夹带了水的灵透，充盈着隐秀与阴柔之美，只需要最简单的生存条件，就可以顽强而茂密地生长，把它的根系一直插到污淖的泥地和坚硬的岩层之中。而由竹子制成的乐器，则非常传神和完美地体现了它的这些品质。对它的声音，每一个人都无法无动于衷，哪怕是一条蛇，也会随之起舞——这不是神话。

一根竹笛。

我听见它在遥远的昨天吹奏着，和在今天闹市的喧哗中细弱的音调是多么不同。

那个乡村的年轻人，吹出了那天籁一样的声音。我不知道为什么有的人总是聪明到无师自通的地步，在乡村，这样的人很多很多，任何地方的人都会受到神灵与自然的恩泽，聪慧的人类和凝聚着灵脉的土地一同生存着，自古以来都没有中断过。他的笛声在寂静的乡村格外婉转悠扬，在稍闲的后晌，这样的时刻，在荒凉简单的乡村场院，在黄昏的薄雾里，传染着淡淡的感伤和无法遏止的遐想，把寂寞的乡村人带到不可知的远方。

一个美丽的少女爱上了他，她从很远的另一个村庄经过这里，驻足良久，她费了许多周折找到了他，想对他表达爱意，可没想到他却是一个半瞎子——只有一只眼睛，另一只是一个"白蘑菇"。

姑娘哭着走了，她努力接受最终又无法接受这样的事实。那么美的笛声却是出自这样一个人的口，这怎么可能？整个村子的人像赶集一样地出来挽留她的背影，一片惋惜之声。而小伙子却并不悲伤，他既没有惊喜，也不曾失望，他心如止水，静若处子，依旧居住在辽远的寂静与落寞里，吹出他动人的旋律。

那或许是贫穷的年代里仅有的浪漫了。我不敢说我的记忆有多少想象的成分，总之那是我童年里最生动的一个场景了。后来他就吹着他的笛子远走异乡，去做他的流浪诗人去了。据说他的另外一只眼睛也很快就瞎了，他成了一个说书人。

乡村自有永恒不灭的传说，这传说正是起源于那无尽的寂静与落寞，乡村就这样进入了神话，葆有着他不曾熄灭的梦想与活力。那时乡村的时间几乎是静止不动的，苦难和欢乐都如止水上的浮萍，茂密地生长，却不见死去。也许那印象纯粹是源于人的童年记忆，在我的岁月里，没有人能比他们活得更有滋味和境界。在漫长的黑夜里，在没有喧闹、没有新闻、没有噱头闹剧、没有灯红酒绿，甚至也没有女人和爱情的乡村的黑夜里，一支竹笛发出穿透时光与生命的音符，成为灵魂中不朽的飨筵。

物质和欢乐都不会拯救人。一切关于幸福的许诺和关于美好未来的叙事，不过都是一次虚构，一次消费时间和生命的虚构，一种统治现实的理由。物质只能带来更多的欲望和痛苦，欢乐只能在最后留下悲伤和虚空。当那贫穷的岁月消失，那寂静里永恒的诗意也消失了，乡村的安详与梦境也随之无影无踪。这不是夸张和无病呻吟，看着老百姓过几天好日子不舒服，这就是今日乡村的现实，物质的东西比从前当然已经进步了许多，可那充满着幻想的悸动和永恒的沉稳的诗意，如今在哪里？

那个人老了，佝偻着背，衣衫褴褛，他远远地坠在了时间的后面。他置身于都市和乡村的夹缝之中，露宿在街头的垃圾中间，都市的人们不会有一个正眼瞧他，连那些聆听过他的美妙笛声的乡人们也不再把他放在眼里。他们正沉溺在那吵吵嚷嚷的武打片中，还有溢满了虚假眼泪的连续剧里，哪里还顾得上他？人就是这么薄情，他那破烂的棉袄和乌白的眼睛，已经成了人们嘲弄的笑料。

他的竹笛呢？在这午后时分，正是他从遥远后街的小屋中随意地涂抹和点染乡村图画的时刻，柳丝斜摆，蝉声顿挫，时光仿佛进入了失重的虚空，蜻蜓随着那轻柔的笛声在水塘的绿波上飞舞，仿佛晨光中的细雨，给农人的心中带来丝丝滋润和惬意的慵懒。可那时，另一个苍老的人站在寂静而陌生的街口，用他笨拙的乡音，询问着那个泥墙的小院，他最终看到的，却只是一座扔满了垃圾的废墟。群蝇在那里上下飞舞，废弃的塑料袋子在燥热的日头下迎风飘扬，昔日的水塘已经干涸，只在一个小小的角落里积存着一汪黑黑的臭水，乡村众多造假的作坊里正传出杂乱的噪音。

他的心中充满了焦渴、悲伤和疑惑。这难道就是那个被称为家的地方吗？就在他未回到这里之前，他还在做着那种物是人非、人面桃花的凄婉之梦，可现在，人物俱非，那份儿童相见不相识，笑问客从何处来的尴尬梦想，也成了奢侈。

这一刻，他觉得自己和世界正一起迅速地变得苍老，而且，他们互相之间还在迅速地遗忘。因为那美妙的笛声，已渐渐被都市和乡村共有的喧嚣无情地吞噬，并和他自己愈渐迟钝的听觉越来越不能相容。

两只书箱

在幽暗和寂静中，它们默默地躺在那里。蛐蛐在墙角鸣叫着，窗外树叶婆娑，古旧的老屋隔开了我与世界的关系，让它们成为我最亲密的朋友。

这是我童年记忆中抹不去的一幕。两只纸箱，我已不知将它们把摸了多少次，从阴暗潮湿的箱橱底下拖出来，再放回去，这样重复着。但每次重复获得的都不相同，我是在无数次翻展的过程中逐渐认识了它们，那些薄厚不一、五光十色、纸页枯黄的书本，每一次都给我带来新鲜的刺激。我无法完整地描述那种感受，我每一次都在增加着对它们的理解，但限于我那时的年龄，我似乎又永远无法完全理解它们，而这使得它们对我而言的那种神秘感总是有增无减。在贫乏的岁月里，它们成了一个我永远探求不尽的宝藏，一个让我激动、遐想和销魂的神秘世界。

我从那两只纸箱里获得了最初的读书经验。许多年后，我总在考虑一个问题：什么才是真正的阅读？如今，我拥有数量不菲的书籍，并且背靠条件优越的资料室和图书馆，但总也找不回那种心醉神迷的感觉。带着种种功利的目的、任务，当我将自己逼入阅读之中时，我感受到的是迷惘、拒斥和疲惫。这是没有色彩、缺少想象、没有自由也没有灵感的痛苦的阅读，是被异化了的阅读。

两只纸箱，静静地蹲在黑暗里。

它们发着古铜色的光芒，照耀着我黯淡的童年。我那时并不明白父母亲为什么一定要坚持将它们放在暗无天日的套间的角落中，并且反复叮嘱我不许将它们拿到外面去。但现在想来，那环境恰好营造了一种必要的氛围和心境：幽深、静谧，有时令人不寒而栗，有如鬼神相伴。我第一次在那里读到了《聊斋志异选》，读到了《中国古代笔记小说》《唐宋词一百首》，读到了鲁迅的《呐喊》《彷徨》《野草》，还第一次读到了文学杂志——三本 1963 年的《人民文学》。当然，读到的最多的还是《红岩》《暴风爆雨》《革命母亲夏娘娘》《欧阳海》《高玉宝》之类的书。那是一种饥渴中的饱餐，对于一个孩子来说，那些质量参差的书并没有多大区别，它们带来的兴奋、欣悦和刺激几乎是一样的，每一本书都提供了一个语言的世界，一个可供想象和飞翔的空间。

然而有些印象是终生难忘的，我对于诗歌的偏爱大致源自那本《唐宋词一百首》。当然那时最吸引我的，还不能算是那些词本身的意义，因为一个孩子的感受深度总是很有限的。可是意想不到的是那薄薄的书里的白描插图有效地帮助了我的理解，那些古色古香的图画总是引人遐思，比如"暝色入高楼，有人楼上愁"；比如"千嶂里，长烟落日孤城闭"；比如"试问卷帘人，却道海棠依旧"；尤其是苏轼的那首《念奴娇》中的词句："乱石穿空，惊涛拍岸，卷起千堆雪"所配的插图最是令人难忘：高耸的绝壁下是滚滚翻涌的江流，一条船从下面的惊涛骇浪中驶过，船中的三五游客正在观看岸边激起的团团浪花，意境真可谓惊心动魄。

那箱中的书种类堪称芜杂，但那正是令我惊喜的。记得我曾经非常喜欢一本由出身农奴的藏胞巴桑所讲述的苦难家史汇编成的"白皮书"，那些惨不忍睹的血泪经历，还有藏民的独特生活曾给我深深的震撼。无从理解而使我望而却步的是那些政治和哲学书，《反杜林论》《国家与革命》一类。有趣的是一些计划生育的宣教材料每每会给我以新鲜的刺激。在所有书本中，我最喜欢的是一套"文化大革命"前父母读中学时使用的"初级中学课本"——《文学》，有厚厚的一摞，它们可以说是我最系统的启蒙教材，其中收集了古今中外各种文类的最优秀的作品，诗歌、小说、散文、戏剧，应有尽有，有节选自古典名著的《解珍解宝》《三顾茅庐》《刘姥姥一进荣国府》，有选自话本小说的《灌园叟晚逢仙女》，有选自外国小说的《小公务员之死》《俄罗斯性格》等，甚至还有京剧脚本《打渔杀家》的片段，现代和当代的作品也相当多，鲁迅、茅盾、叶圣陶、老舍、蒋光慈、瞿秋白、柔石、艾芜、秦兆阳、周立波、赵树理……十分全面且非常精粹。那是一套迄今为止使我受益最多的书，我的关于文学的基本知识和概念就是那时形成的。我总在想，那时的中学教材怎么就编得那样好，那样丰富，而现在的中学教材以及由此造就的阅读模式，怎么就那样地让人感到今不如昔？

许多文学以外的书和父母用过的课本也使我受益良多，那些内容丰富的历史、地理教科书总是让人流连忘返，成为极好的知识性和消遣性的读物。这样的书还有关于生物学知识的《植物学》和《动物学》等，它们图文并茂，更具不可抗拒的魅力。这些有关博物学知识的书籍为什么如今不再出现在我们中小学的课堂中？它们难道不是"素质教育"最好的教材吗？

在许多夜晚，我都常常回到遥远的记忆里，回到把摸那些古旧枯黄的书页的情景中，闻见它们弥漫在失散的时光中的幽雅的古香。它们的纸张是粗糙的，但它们所负载的知识和思想却曾经那样丰盈饱满，岁月赋予了它们更高的价值。

　　然而，后来那两只纸箱却失踪了，等到我有足够的力量真正通读它们的时候，它们却随我流逝的童年而一起消散了。回想起来，这罪责除了老鼠以外，主要是在于我自己的粗疏和顽劣，它们有的被我借出而失散，有的则被折了纸板或飞机，或被弃置在角落里霉变……每想及此便不由黯然自责。如今，虽然我的存书早已超出并涵盖了当年那两只小小的书箱，但那份读书的随心与自由、天真与梦想却早已一去不复返。

1997 至 2001 年，断续于济南

读 父 亲

　　父亲写诗这件事，其实由来已久。我小的时候，便常常看到他在昏暗灯光下紧锁眉头的一个侧影，在稿纸上写些什么。印象最深的一次，是 1976 年秋的一个下午，广播里忽然传来令人揪心的哀乐，然后就是一遍遍播放沉痛的讣告。正在田野给学校割草的我，丢下镰刀和绳子，失魂落魄地回到学校，看到满面泪水的人们，脸上全是哀伤的表情。学校宣布提前放学——伟人都逝世了，天恐将要塌了，还上什么学？我回到家，看到父亲也满面愁容地回来了。他神情严峻，又在桌子上铺开稿纸，写下了一些句子。我就坐在他身旁，也学着样子翻开本子，在纸上乱写乱画起来。

　　这是我清楚地记得父亲最早写诗的情景。我问他，会不会有千百万人头落地？你和妈都是共产党员，你们会不会被杀头？我和妹妹弟弟会不会落入阶级敌人的手掌？

　　父亲若有所思，但没有回答我。当然，我的问题确实有点太幼稚也太艰险了，他无法回答我。他写下了一些和报纸上刊登的文字很像的东西，让我感到钦佩，也有了一丝欣慰，毕竟他以最庄严的方式，表达了全家人共同的哀思。

　　时光一晃就过去快四十年了，"三十八年过去，弹指一挥间"，还记得这句小时经常挂在嘴上的诗句。但那时并不知道个中的含义，觉得那是个神话般的数字，漫长到几乎不可抵达。可如今，这真的成为了父亲和我共同的时间叙事，我们真真切切地经历了这漫长而又短暂的人生。人世是多么容易沧海桑田啊，孩子一转眼就变成了大人，大人一转眼就变成了老者。

　　所幸的是天至今也没有塌，不但没有塌，世界似乎正变得越来越好了，和平，富足，远离了饥馑和短缺、幼稚和斗争——除了食品不安全、交通事故频发、空气质量越来越糟糕以外。可是，假如还给我们干净的河水与空气，却又要让我们再忍受那些贫穷和饥饿，住进低矮而寒怆的茅屋，恐怕没人会同意了。

　　我们真的都经过了巨大的历史转换，成为"这个时代"的人。如老杜所说的，"请看石上藤萝月，已映洲前芦荻花。"或是如李白所说的，"长歌吟松风，曲尽河星稀。"那个年幼的孩子如今也已经是五十开外、鬓已染霜的人了。

　　因此，对我来说，最庆幸的还是父母亲依然健在，他们愈见衰老，却亲眼看见并且享受了这个时代的一切。而且重要的是，在父亲的笔端，还记录下了他多年来的亲历亲闻。

　　绕了这么大一个圈子，说了如许废话，是想说明，父亲这代人之"写作资源"与背景的特殊。他和他的同代人中的很多，之所以在退休之后开始写作，很多情况下是受到了"毛体"的影响。毛泽东将革命者的话语与中国旧时代文人的语言结合，创造出了一种有意思的语体——其中既负载了大量的政治信息，也成功地抒发了个人的情志。尤其是，在一个特殊年代，这些东西被无限放大，致使他们的语言和思维方式均受到强烈的影响，甚至被"格式化"了。

然而影子永远赶不上太阳，所有受到"毛体"影响并且尝试写作的人，几乎都沦为了"公文体诗人"。我因为工作的机会，经常接触各种写作者，有叔伯辈的人就写出了诸如"三中全会形势好，退休生活乐陶陶"之类的句子，让人忍俊不禁。基本上是遇到"五一"写劳动，逢见"十一"写国庆，神舟上天他祝贺，奥运召开他高兴。他的诗中什么都有，唯独没有个人的生命体味和真实的生活感受。

因此，关键在于想什么事，读什么书，寻找什么样的语言。曾与父亲小心地交流，最好常读读古人——比如陶渊明的诗，会找到语言的根，找到一颗平常的心，发现一个真实的自我，这样也许会写出一点有真情实感的、有意思的句子。父亲一向是高傲和自负之人，但对这个建议却是从善如流，真的下了番功夫，去琢磨，去推敲，去改。

于是我就看到他的诗中有了人生，有了真实的生命体验，也有了让人怦然心动的句子。

"一杯清香思黄山，半榻史书念故人。"（《夕阳晚照》）我盯着这样的诗句，想，父亲终于写出了有个人情怀、岁月长度和书卷之气的诗，他的语言有了根性，当然，也还有了"趣"。他并不只盯着"国家大事"，去写那些与自己无关的事情，而是有了真切的个人感受与处境。在《瓜棚吟》中，他重现了怀想童年的"南柯一梦"，当他从梦幻中再度回到漫漫时光的这一端，怅然之余，他放开笔端，以谐趣收束，显得洒脱有余："浓香助我生双翼，寒宫桂下伴寂寥。醒来方知南柯梦，月挂中天蚊虫闹。"

这一"闹"字，确如王国维所赞宋人之诗"红杏枝头春意闹"，"境界全出"。不加无用的"升华"和拔高式的"点题"，而只用眼前的实景，来传达现实的庸常与无奈，反增添了些许真实意趣。《农家乐》一篇，令人想起孟浩然的《过故人庄》，纯然口语，但多有可感可触的生活气息，"暮霭清淡月融融，花影摇曳竹有声。""谈天说地话农桑，共商家计致富经。"分明与孟夫子之"绿树村边合，青山郭外斜。开筵面场圃，把酒话桑麻"出于一辙。

显然，这属于有了"典"，有了与古人的交集与对话。

这是读与思的结果。古人写诗喜思古而用典，不只是为了"显摆学问"，因为诗之趣也在乎其所涉猎知识的幽远与宽博。否则便缺少应有厚度，也难见其人格修为。所以，我对这类句子会格外赞赏。再如《感秋》一诗，亦让人想起刘禹锡的诗句，其中的"劝君莫悲秋寂寥"

句，以及整个下阕中"雁阵排空穿青云，鸥群戏海逐浪高。
日暮苍山余晖染，胜似晨晓升春潮"诸句，亦近乎对刘
诗"自古逢秋悲寂寥，我言秋日胜春朝。晴空一鹤排云上，
便引诗情到碧霄"的化用了。

　　还曾与父亲讨论，谓五言难写而易工，七言易写而
难工。"工"是说完美，完美当然是远话，大意是劝他
多写点五言。因为五言古朴，易于藏拙；而七言华美，
容易写飘。非杜甫那等老辣，或义山那样的幽隐，不能
压住阵脚。但这点他却未曾采纳，仍是多用七言。在我
看来，若不为父讳，便觉其韵脚稍显快且浮了些。

　　不过还好，因为情致常至于不俗，所以韵脚也便能
够压得住。比如《瑞雪》："彤云密布气萧森，枯枝残叶
落纷纷。鹅毛雪洒翩迁舞，黎明推门盈尺深。"不止套
用了杜诗中"玉露凋伤枫树林，巫山巫峡气萧森"的诗意，
其基本的音韵节奏也还显得扎实质朴，很有些表现力。

　　偶尔父亲也还写了几首五言，有绝句，也有五律，
客观来看，有成功之作，也有稍弱的篇什，主要原因还是
语言的"返还"程度稍欠了些，也有稍好的，如《吊兰》：
"根植盘中长，身却半空悬。任凭风摇摆，孤芳犹自怜。"
应属有点意思了。而《读书乐》一篇可谓是最佳："书胜
名贵药，治愚又清心。眼明心亮际，静读史书文。红楼
寓哲理，水浒多英魂。无意深探究，只为怡心魂。"属
于典型的"述怀"之作，但非常自然素朴，毫无装点文饰。
越是不加拔高，越显妥帖真实。

照中国的传统，作人子的不可对父尊说三道四，所以，照理我也不应对父亲的诗妄加评议。但父亲对文学一向赤诚，我既打算说两句，也就不能溢美肉麻，反与父亲的这份赤诚相抵牾；当然也不能刻意刻薄，故做什么高深之论。就以我庸常之见，说两句闲话。好在已有袁忠岳先生的序言在先，我说什么，也都并不重要了。

几年前，曾向父亲夸口说，您多写点，我找机会印个集子，送送亲友，互相做个纪念，也与诗友交流切磋一下。父亲总说不急，我再攒一点，再改改，别让人家笑话。我说，笑话啥呀，大家不都一样，彼此彼此；印一个，无非寻个乐趣，算个寄托罢。再说年纪也渐高了，借此纪念一下，岂不好？

可说是说，总因为忙碌和懒惰，事情还是一拖再拖，延误下来。想来惭愧，今夏父亲突然生病，急切回乡探视，遭到母亲的质问，你不是说要给你爸印本诗集吗，怎么不见行动啊。这才想起不能再拖，遂紧急启动，搜集整理，其间也还使用了两个上中学的孙女为爷爷录入的手稿，求助于多年交往的数位朋友，如今总算把书整理出来了。

末了，只是感慨，感动，百感交集，无言以对。人生短暂，人生珍贵，人生如戏，人生如梦，一切都须持守，一切又须大彻大悟。唯望父母亲能够身体安泰，长享人世平安，便是作人子的最大福祉了，幸甚，幸甚。

2013年暮秋，北京清河居

昔 者 吾 师

相尊吾师也，乃吾邻村人氏，幼时印象中，吾乡人每侧目咂舌，艳羡而视，言其为奇人或才子。在吾辈观之，也属成理，因为他确属吾人惯常习见、又属罕见的那种人物。说其常见，是因之身躯凛凛，仪表堂堂，在博兴湖滨，这故齐之地，盛产鱼米的开化之乡，每每可以见到的一类帅气男子、俊逸人物；说其罕见，则是言其擅长琴棋书画，纵横文史经济，更兼无师自通，才高傲物。设若生在古代，他一定是位落拓不羁的书生，或仗剑或摇扇，行走于江湖之上，穿行于"几多俊逸儒流"中间；或一朝春闱高中，跻身庙堂，干出一番惊天动地的伟业。当然，也可能会向屈子东坡那般，被放逐天涯，作为迁客骚人，而写下不朽诗篇。就是很难设想他会向陶潜摩诘那样，甘于落寞，归隐田园，过"采菊东篱下，悠然见南山"的布衣生涯，因为他确乎更像李白，是那种"安能摧眉折腰事权贵，使我不得开心颜"的狂放之士。

但不幸他却生在了当代，生在了先是动荡后又拜物的年代，生在了小农意识形态遮覆一切的乡间，没有机会通过上述通道，获取正常的进身之阶，所以才至于浅水平阳，安身红尘。但即便如此，也难以掩藏他那过人的才情——当他引吭高歌，你会惊诧于他歌者的喉咙；

当他抚琴，你会讶异于他演奏家的手艺；当他握笔研墨，你会看到那龙飞凤舞的书家气度；当他开口，你则会领略到他那口若悬河的雄辩家的气质……所以，我总是毫不吝惜地给他以赞美和掌声。因为，他确乎是高出于我故乡的那块湿地——美好但是泥泞，物丰但是俗浅，生机勃发却粗鄙不堪的故地。这里永远无法理解什么是阳春白雪，乃至于会将阳春白雪也矮化为变形的下里巴人，因为这就是"乡村意识形态"的基本形质，包括县城也是如此，是一种小农文化加小市民文化混合的奇怪之地。

在上述意义上，可知吾师相尊之所生长的环境，其所置身的文化根基，如此的土地上能够长出他这样的人物，实在是奇迹。当然，我无意臧否我的家乡，甚至我也热爱着这土地，热爱着这质朴的人们，但却无法不为这文化的土壤而感慨和悲息。这犹如莫言早在年轻时代就反复提及的，对于农民意识与乡村文化，他只有无奈的妥协，因为这块充满矛盾的土地，让他绝望也让他欢喜，让他热爱也让他鄙视。如同鲁迅眼里的故乡，是一块让人永世留恋，但又无法不脱身逃开的沉沦的土地。

这才是全部的真实。

我的童年即烙下了这个人的影子。十岁时，我坐落在老家的屋子里的烟熏火燎的墙壁上，第一次挂上了一幅书法作品，大约是鲁迅的一组诗，开头是"万家墨面没蒿莱，敢有歌吟动地哀……"之类，那是父亲特地淘换来的，小小年纪的我虽无法看懂，但从那俊逸的字里行间，还是能感受到几分书家的才情与风姿。而且我注意到了署名"相尊"的落款，当我试图从父亲那里知道关于这个人的更详细的说法时，他的描述也印证了我的预感。

十四岁我升入高中，是一所乡办中学——那时"乡"还叫作"公社"。不过，我毕竟第一次走进了有着宽大的红砖瓦房的学堂，看到了气质远不同于村办小学里那些民办教员的高中老师，知道了什么叫"文质彬彬"。在我入学的第一天，就听到了来自办公室的嘹亮悠扬的琴声，以及高亢动听的歌唱。那几乎是可以与广播里传来的声音相媲美的歌唱，我们屏神凝息，听得入迷。那伴着风琴传来的，都是"文化大革命"结束刚刚开禁的曲子，让人感到陌生而又熟悉。当我们悄悄从窗外向里窥探，便看到了他——那个戴着白边眼镜，身材高大且梳着油亮分头的相尊老师，知道了什么叫"个性"和"气质"。

直到现在，他也不大可能知道，甚至不能设想，他这样一个人对于乡村中学的孩子们所产生的影响力。多年后回想这段经历，所学的那点可怜的"知识"，早已随吃过的汤饭消化得无影无踪，但这样一个形象、一个记忆，却还在脑海萦绕回荡。某种程度上，或许他才是唯一可以构成"影响"的力量——因为他可能是唯一可以启悟和照亮那群孩子的未来的人，是他让他们产生"自我想象"——想象他们自己将来要"成为什么样的人"的人。虽然我们对于他，这样一个有些出格和不同寻常的老师，还略带些偏见或微词，但在孩子们的心中，却偏偏埋下了这个人所给予的种子。

这是至为奇怪的，也是我所应当感谢的。我知道，对于我这样一个同样自命不凡且同样特立独行的学生来说，他的潜移默化的影响，可能是连我自己都不好评量的。后来，相尊老师给我们担任了历史课——每星期只有两节，但他的课每次都让人至为难忘，以至于成为一场销魂的故事会，一次不知所终的精神漫游，一次无法预知、充满迷人幻想的梦游经历……

再后来，我就离开了公社中学，随父母转至县城一中读书了，随着"眼界"的又一次开阔，相尊老师所给予我的这些兴奋和惊悸，也就渐渐淡出了脑海。再后来，我远走他乡读了大学，渐渐也就与他断了联系。但还是断续知道，他从乡属中学调到了县里，成为教育局的教研员，也有了后来的更加显豁的诸多经历。再后来，他就退了休。虽然对于常人来说，退休可能就是事业的终点了，但对他而言，一切又是重新开始。他苦练书法，在书界渐渐名声远扬，投身公益，兼做了老年大学的校长……总之是青山在，人未老，有作为。

此次相尊师约我为他的新著《纵横董永》作序，我自然惶恐之至，因为我于董永确无了解，更遑论研究。乡人言其为先祖，我更多是在潜意识中将其当作了野史神话来读，因为历来的戏剧传奇早已将他变成了神话中的人物，信史怎可解之？但相尊师竟能纵横捭阖，披沙拣金，于史料穿凿之间、蛛丝马迹的推延研判之中，梳理出大量的史迹与传说，做实了许多猜想与疑问，厘清了许多学界和吾乡本土关注的历史问题。

然而此书的意义，恐远不止人物史迹的考据，而在于孝道文化的诠释与张扬。在很长时间里，"忠孝""孝悌"之"孝"，"三纲五常"中的孝，都以各种历史因由而被打上了"封建文化"的烙印，不由分说地放逐至当代社会的底线之下、道德之外。其结果，每个人都感同身受地体会到了，那就是社会价值的裂变、空缺、畸化甚至崩毁，"现代"的价值伦理未能建立起来，而传统的道德文化却不复存在。这是我们社会眼下最大的危机。

可是事实真是这样的吗？孝道与孝悌文化，真的是与现代社会的价值伦理格格不入吗？为什么中国传统社会的很多观念与礼仪，在日本、韩国、东南亚等"儒文化圈"中，在海峡彼岸的台湾，都能够有更多的传承，并与他们社会的"现代"进程可以并行不悖？为什么在他们那里，现代的技术文化可以与传统的伦理道德兼容一体？这于我们，这个要实现伟大崛起的中国梦的民族来说，确乎值得借鉴，值得深思。从这个意义上，我对于相尊师的研究与演讲，要报以高调之掌声。

至于书中精妙的论断与华美的言辞，我便不予重复赘言，读者自可以感其多，闻其详。我除了表示祝赞，不敢妄加评说。搔首穷词处，忽想到，可以抄录几句李义山给友人崔处士的诗以赠，作结，唯祝吾师身体安泰，常以妙笔华章，演绎生命精彩：

雪中东郭履,堂上老莱衣。读遍先贤传,如君事者稀。

仿佛雪夜访贤之境重现。在此严寒岁晏时日,遥祝相尊吾师,续写传奇。

童 年 三 记

一本小人书

小的时候，曾有一段时期迷上了小人书，不但入迷地看，还上了收藏瘾。隔三差五总要攒个毛儿八分的，去县城新华书店买书。钱当然主要是靠给公社的牲畜割草赚来的，三斤芦草一分钱，那时那种牛马爱吃的草都被割光了，所以要攒够一毛钱很不容易，有时不由的就得"贪污"个一分两分的买盐打酱油的钱。但就是这样，我的小书匣子也一天天地鼓起来。

一个名叫小波的伙伴来告诉我，听说县新华书店里新来了两种小人书，一本是《敌后武工队》，一本是《三打白骨精》，与我商量每人买一本，然后交换着看。我听了当然高兴，但不料那天父母都到公社开教师会去了，而我手里正好又没了"积蓄"，怎么办？抓耳挠腮想不出办法，小波见状便自己先走了。我急出了一身汗，恨不得掘地三尺，挖出几个钢蹦儿来。忽然，我眼前一亮，咦——何不拿上两个鸡蛋，到新华书店隔壁的"大众饭店"卖了，然后买书？这次豁出去挨顿熊，先自作主张买了再说。

我就拿了两个鸡蛋，一手攥着一个，往八里外的县城跑去。此时小波大约已经走了一半的路，我上气不接下气地追赶着，一路上顾不得汗流浃背。快到县城南关时，终于看见了小波的身影，我兴奋地大声喊叫，小波，我来了！正高兴着，脚底不知被什么东西绊了一下，吭哧摔了个嘴啃泥，右手里那个鸡蛋被摔出去好远，变成了一滩黄泥汤子。我一看傻了眼，眼泪也流了下来，这样一来不光挨熊，小人书也买不成了，我真恨不得搂自己两个耳光。小波还不错，说，不要紧，你手里还有一个呢。到饭店里可以卖八分钱，我还可以剩下四五分钱，借给你，还能买一本。

这下算是稍稍有了点安慰，我顾不得膝盖上磕破了皮，流着血，与小波一瘸一拐地来到全县那家唯一的"大众饭店"。我晃着手里剩下的那个鸡蛋，对那个炸油条的胖女人说，"阿姨，能不能买下这个鸡蛋？"哪知道问了几句，人家理都不理，问急了，胖女人说，"去去去！你这个小孩有毛病啊，这么大的饭店买你这一个鸡蛋干嘛使？一看就知道是从家里偷出来的！"

我攥着鸡蛋，和小波来到隔壁的新华书店。被那胖女人抢白了一顿，我脸上、背上一阵发热，心里说不出是什么滋味。盯着那书店的玻璃柜里看了半天，小波说的那两种小人书全没有，里面摆着的差不多还是一个月以前的货色，自己早都不知看过多少遍了。心里又凉了半截，想，这算怎么回事，今天真是活该倒霉。瞅了半天，看见了一本比通常开本略大一些的，是本新书，名字叫《东平湖上的鸟声》，心里又不免发痒，想，自己虽然买不成了，可小波可以把它买下来，也算没有白来一趟。让卖书员拿过来一看，图画倒是不错，可解说词却是诗歌体的！开篇大约是"啁啾，啁啾，是什么声音这样响亮；啁啾，啁啾，是什么鸟儿叫得这样动听？"我一看喜得把什么都忘了，哪知道小波却一点也不喜欢。他说，这词儿这么别扭，要它干什么。我就劝啊劝，磨破了牙，他还是不答应。最后我说，这么着吧，就算你借给我钱，我买下来，你还可以看，钱过几天一定还你。

　　总算达成了协议，我花了一毛六分钱，买下了这本价格堪称昂贵的、大约是小五十开的诗歌体的小画书。不知道为什么，我直觉上一直被那开头的几个句子激动着，好像什么歌的旋律一样一直在耳朵里缭绕着。我一边兴奋地翻着，一边心里还直打着鼓，琢磨着回家如何交代。钱总是好还的，但鸡蛋的事怎么说？许久我决定撒一回谎，不把偷拿鸡蛋的事情告诉父母，因为那鸡蛋不一定是有数的，不说也许什么事儿没有，说了倒更说不清楚，干脆还是不说。这是我第一次对父母撒谎，心里发虚得很，像作一个重大决定一样。快走到村口时，突然又犹豫了——手里还攥着一个鸡蛋呢，看这天色，母亲肯定已经回家了，怎么办？我对小波说，要不这个鸡蛋给你吧，不然我回家没法交代。小波想了想说，我也不能把它拿回家。这么着，扔了怪可惜的，我们干脆把它喝了算了。我一咧嘴，怎么个喝法？他说，就这么一磕皮儿，生着喝呗。我说我可不行，要喝你喝。小波一笑说，这有什么，其实挺香的，就是有点儿腥味，你瞧着！他果真就那么喝了。

后来父母也确实没有发现鸡蛋的事，但我好久还是心里面不踏实，父母一叫我就慌张得不行。我后悔还不如直截了当地说了，说出来挨顿熊也就解脱了，这么着不是活受罪？后来就咬咬牙说了。哪知一向"严酷"的父亲居然没发火，只是含糊地说了句，能自己坦白出来就是好孩子，又是为了买书，下不为例吧。

一晃三十多年过去了，回想最初我之所以会对有韵律的东西感兴趣，也许跟这本小人书有些关系。虽然我已记不清它的文字和图画的作者是谁，但大致还记得那是一本写东平湖抗日游击队故事的书，主角是一个少年，他用口技模仿鸟叫声作掩护，机智勇敢地为游击队传送情报，使部队取得了大胜利。那些用诗歌体写成的文字，相当优美，有一种流畅的叙事语感，每想起来，总在耳边回荡萦绕。在贫乏的年代里，我想它是给了我很多，而且，就我阅读小人书的时代而言，买这本书的经历确是令我最难忘的。

一个破碎的枪之梦

从红色的60年代里蹒跚地站起来，我的幻想曾在70年代里疯长。和所有的少年一样，我心中有一个梦，一个光芒四射的枪之梦。因为对那个年代的孩子来说，枪所代表的勇气和力量已使它变成了一个神话，一个暴力的图腾。

用木块削成那种"小兵张嘎"式的匣子枪，用发臭的墨汁将它涂成黑色，看起来玲珑和逼真，扎一根从大人那里偷出来的皮带，把它别在腰里，看上去威武地像个"排长"。别的少年也大都如法炮制，一场喊杀声震天的战斗就开始了。那种纯然来自六七十年代的"红色电影"熏陶的景象，几乎每天都出现在乡村破旧的街道和场院里，而那震耳的枪声和爆炸声，则纯然来自孩子们不知疲倦的嘴巴和喉咙。

可渐渐地我对于这样一种快意已不满足，我渴望近距离观赏并把摸一支真正的钢枪。每当有重大集会，或看到"拉练"的队伍时，我总是对那些年长我十来岁的"基干民兵"羡慕不已，我如痴如醉地看着他们摆弄着手中乌亮瓦蓝的半自动步枪，手法娴熟，表情高傲，如同一个真正的战士，我真恨自己不能早生十年。

机会终于来了。一个寒风呼啸的冬夜，两名"执勤"巡逻的民兵耐不住寒冷，跑到我家来烤火喝茶。虽说他们只背了两杆老式的"七九"步枪，已足以让我的心跳出喉咙，眼睛里生出火来。我忍不住溜下床去，磨蹭到枪跟前，小心翼翼地用手碰了它们一下。要是在平时，此举肯定会受到大声呵斥，但这次由于是在我家里，"喝人嘴短"，一名民兵竟和蔼而认真地向我讲解起了枪的结构和操作原理。

但那似乎只是幸福的一瞬。当我心旌摇荡两耳发热地听完民兵的解说和演示之后，他们站起身就走了。我几乎整夜未睡，心中一片焦渴和空白。几天之后的一个傍晚，我和另一个伙伴壮着胆子溜进了公社民兵连部。院子里几个做活的木匠并未留意我们，他们兀自叮叮当当着，我们悄然溜进了北屋，钻进挂着厚厚的棉布帘的黑洞洞的里间。一个干部正鼾声如雷地睡在床上，桌旁的枪架上整齐地放着六杆乌亮的钢枪，我屏住声息，小心而吃力地取下一支，把它平放在桌子上，兴奋地摆弄起来。炕上的干部看来是喝了酒，对我们弄出来的响动全然不觉。我们的胆子开始大起来，不知怎么就拉动了枪栓，而且拨弄开了保险。我们满以为如同往常所见那样，这是一支空枪，可哪知此时子弹已被推进了枪膛。我的小伙伴把枪口瞄向干部的头，嘴里咕哝着模仿枪响的声音，就在这时我则把手搂向了扳机——

只听见"嘭"的一声沉重而剧烈的钝响，我们的眼前爆出了一团暗红的火花。幸好，我在扣动扳机时无意中扭转了枪口的方向，加上枪的后座力使枪口抬高了许多，子弹并未击中"目标"。干部几乎是和枪声同时从床上"弹"了起来。

汗水湿透了我们的棉袄。我虽然逃过了干部的斥责——他似乎脾气好，只是担心我们是否会"吓着"，并未在意其他——却未逃过父亲的一顿"毒打"。那几乎是一个十岁孩子完全不能承受的一顿拳脚巴掌。后来我才知道，那差一点击穿了一颗头颅的子弹，打穿了厚厚的棉布门帘，钻到了外屋一只盛着高粱的瓦缸里。好长时间，那个黑洞一直很显眼地留在那里，宛如一只惊奇的独眼，或一只因惊吓而张大了的嘴巴。

那一顿沉重而带着巨大火气的热辣辣的巴掌，打碎了我儿时的枪之梦。从那以后，我对这东西满怀敬畏之心，虽心向往之，却无缘也不敢再摸到它。当然我也曾记恨父亲那顿不无"表演"色彩的毒打——他当众且不顾大家的极力劝阻，打了我足足有半个小时。后来提及此事时他也颇后悔，但想及那时我家房后的一张莫名其妙的大字报，父亲在"阶级斗争"的复杂形势中所处的不利地位，以及担心有人将此"枪击事件"与他联系在一起等缘由，我终于原谅了他。

无独有偶，后来我在张承志的小说《黑骏马》中，读到了几乎完全相同的情节，只是小说里的男主角白音宝力格还没有我所经历的一幕更富惊险意味。他只不过把公社武装部的天花板打了一个洞，便被父亲"下放"到了牧民家里。比起他来，我的"处分"倒算是轻的，长痛不如短痛嘛，挨顿打了事。不过人家白音宝力格却因此引出了一段浪漫又哀情的恋爱故事，就这一点而言，生于寻常人家穷乡僻野的我，就没有那般幸运的经历了。

一根油条

如今我和家人已很少吃油条了，因为经常被各种媒体告知，要慎吃油炸的食品，其中含有什么亚硝酸盐之类的致癌物质。事实上，现在的油条的确口感不怎么样了，我经常纳闷，是如今的油出了问题呢，还是面不如过去的好？还是人的手艺退化了？它怎么就没有了从前——

三十年前那种诱人的香气?

现在想想,或许不是那个时候的油和面不同于现在,而是因为那时人的味觉特别"好"。为什么特别好呢?因为肚子里缺"油水"。每当我和妹妹在周末或假期结伴步行去外婆家时,路过县城唯一的那家"大众饭店",闻见那弥漫在街头的炸油条的香气时,总忍不住放慢脚步,贪婪地吸上几口,想,何时我也能尝尝那"香油馃子",该多美啊!

想来也不是从未有过这样的口福,作为家中的长子长孙,我在儿时的生活还是颇受宠爱的,那时一则因为我体弱多病,二则因为"争食"的弟弟妹妹还没有出生,所以油条麻花之类,还不是特别的稀罕之物。在我保存的一张最早的照片上,一岁多一点的我,手里就拿着一根"麻花"——那种与油条十分相近的点心。然而在我此后长到十几岁的记忆中,就再也没有吃到过类似食物的印象了。

后来却有了一次机会。那是一个夏天,我攒够了割草和卖牙膏皮得来的两角多钱,和邻居家的小朋友去县城买小画书。这位小伙伴家境似乎并不比我家好多少,他父亲是一名军官,母亲在家。但他的母亲却比我做教师拿工资的母亲还要舍得"消费",这天,她给了儿子七毛钱和一斤粮票,让他买一斤油条回来。

我们俩在新华书店转悠了好长时间,每人选了两本小画书,然后就来到了与之隔壁的"大众饭店",称了油条。

这是我有生以来第一次这么直观，这么近距离地看到油条：大大的一串（七毛钱一斤粮票实际买到的油条是一斤六两），酥软而蓬松，黄澄澄的，散发着直沁心脾的香气。小朋友提在手里，沉甸甸的。

回家的路仿佛变成了通往天国的里程，我们的脚步轻飘飘的，又有点发软。这是一次多么漫长的步行啊，许多次，小朋友与我停下来，想尝一尝那就攥在手里的美味，但都忍住了，我拼命克制住奔涌的津液，想，这是别人的东西，怎么可以有非分的奢望？然而，我的小朋友也终于忍不住了，他停下来，毅然决然地扯了一根，与我对半分享了它。

那是一次刻骨铭心的记忆：半根油条，一点一点地在我的咽喉里溶化了，那么迅速地，不肯多停留一刻，还没等我仔细地体会一下它的味道，就已无影无踪了。但我终于知道了，这就是油条，许多次，出现在梦中的油条。

又几年之后，油条开始偶尔出现在我的生活中，但基本上也只是限于尝尝而已。第一回真正"食用"油条是1979年的春天，在高中。一天上午，同班的一位名叫"四孩"的同学从食堂打饭回来，一路狂奔着喊："炸馃子了——炸馃子了——"全班、全校的同学为之沸腾了。所有能够拿得出伍角钱、一斤粮票的同学都打了一斤油条。这次我差不多吃下了整整一斤，当然，我分出两根给了一位同学，他是特困生，还打不起一斤油条。这次饱餐使我十几年对油条的梦想终于得到了满足，但它的神秘感似乎也随之消失了。

此后油条渐渐成了家常便饭。但在80年代初，它似乎还是某种标志或时尚，人们年节串亲时，总带一串油条；家境比较好的，早餐常常能摆上豆浆油条，让暂时还吃不起的人家感到艳羡不已。又过了几年，几乎已没有吃不起油条的人家了，如今，即便在农村也没有人再将这看作什么稀罕之物。

油条终于从我们生活的高处消失了，没人再叫它"香油馃子"，"旧时王谢堂前燕，飞入寻常百姓家，"油条终于成了大众食品，而且人们已经开始挑剔它了，认为其不利健康，不要常吃。世事沧桑，这不能不让人有种恍如隔世的感觉。想及当年那只要求太低的馋虫，亦不由得不生出几分感慨，有点不好意思。但好在这正说明了我们生活的一点进步，我也就不必太惭愧了。

进步就好啊！

论 狗 性

　　黑格尔说，美是人的主体力量的感性显现，所有人类的创造物也是"人的本质力量的对象化"。从这个意义上，"狗性"并非与人性是对立的。非但不是对立的，而且某种意义上狗性就是人性的折射，是人的某种"本质力量"的对象化。非但狗性，连猪性、猴性、牛马之性也同样如此。很明显，这些本来的野生动物，是经过人类的长期驯化，经过人类某种形式的"虐待"，按照人类的需要和意志予以改造，使之产生习惯，并且随后发生了"基因突变"的。

　　因为这样的逻辑，"狼"终于在某一天变成了"狗"。

　　这绝对不是玩笑，从狼到狗，在生物学的意义上一定是发生了基因变化，虽然外形仍然相似，但却已然是完全不同的两种动物。

　　我总是惊奇不已，每当想到狼这种桀骜不训充满野性的凶蛮之物，这种曾攻击人，并且在童话和艺术中成为危险化身的动物，变成了唯唯诺诺、摇尾乞怜、对主人百依百顺的狗，真是令人不可理喻。难道这不说明问题吗——世间万物都有潜在的软弱的可改造性，有无法避除的作为潜意识的奴性，就像人从原始的自由人变成了曾经的奴隶一样。

对比研究一下一个奴隶和一个自由人之间的基因，是否会有差异？如果没有差异，那么动物为什么会被驯化？人身上的"奴性"又应该如何解释？

一旦追问就会很有意思。

当中国人在文化的意义上说到狗的时候，潜意识里永远充满了憎恨，充满了复杂的感情。这是颇为奇怪和有深意的，这说明，中国人一定有与狗的某种"过节"。我们会以指认某人为狗、指认某人身上有狗的属性等方式，来达到污辱这个人的目的。西方人当然也会用狗来骂人——比如鲁迅就曾在一篇谈及"国骂"的文章中说到，德国人因为无法把中国人挂在嘴上的"国骂"之深意翻译成德文，只好绕了个圈子，用了一个比喻，"你的妈是我的母狗……"之类，但他们想必不会在潜意识里藏下像我们中国人这样恶狠狠的意思。

为什么会是这样？西方人从根本上对狗是没有恶意的，非但没有恶意，他们对狗还充满了"拟人"式的感情。比如他们对东方人吃狗肉就感到非常气愤，这不光是从动物保护主义的角度，他们本身是将狗看成人的"朋友"的，狗是人的忠实伙伴，活着的时候享受与人同样的权利——他们喜欢在汽车里设计狗的座位，在家里安排狗的专用房间，死后还要与人有同等待遇，要为之修建墓地。而在我们这里就不同了，狗传统上是被当作"奴才"看待的，是用来看家的，它们对主人要温顺，但对外人则要叫得凶，而且要会咬人，这样主人才会觉得安全，而门外的陌生人才会觉得畏惧。但即便这样，狗的卑贱地位也没有改变，主人仍然不会给它以朋友的待遇，狗依旧是"走狗"，是"看门狗"和"狗奴才"。

在世界上任何一个民族那里，都不会有像我们中国人这样复杂的"狗观"。在特定的条件下我们当然也会赞美狗，比如"狗不嫌家贫"，但这仍然是在实用的意义上说的。更多的是在各种情形下对狗的拟人式的虐待和侮辱，用狗性或者狗的某种处境来染指某种人格的病症或缺陷，如说一个甘心为有权势者服务的人为"看家狗"，一个失去了主子的人为"丧家狗"，一个仓皇落难的人为"落水狗"，一个拍马逢迎的人为"哈巴狗"……我们会在不同的情况下，使用不同的拟喻来骂人，有"恶狗""疯狗""死狗""癞皮狗"，总之任何一种不良的人性都可以与狗联系起来。

所以考察狗的表现，某种意义上也是在考察人性本身。在我们这里，狗之所以会成为咬人的恶狗，原因不外乎这样几个方面：第一是人对狗的虐待，导致了狗对人的敌意。在乡村，一个七八岁的孩子也习惯于拿棍子或砖头袭击狗，大人就更加习以为常，看见狗如果不打一下是说不过去的。只要狗入了自家的篱笆，那是注定要大打出手的，要穷追不舍，打得那狗嗷嗷乱叫仓皇逃窜的。久而久之，狗当然会对人习惯于仇恨，并且主动攻击人。

第二是饥饿，狗总是吃不饱，因为饿，便变得凶残和没有教养，常做出不守规矩的事来，这加剧了人对狗的恶感和虐待，又反过来增加了人与狗之间的裂隙。第三是人的故意教唆，比如仗势欺生，比如以强凌弱——过去有钱人家的狗见了穿破衣服的穷人，都会将之当成讨饭花子来追咬的。所有这一切都是人的禀性的影响，是人性之恶的不期然的回报和折射。

再进而说到社会和民族的根性，一个充满专横、欺压和等级的民族，其文化对于狗的影响必然是"结构性"的。西方人对狗没有我们这么苛刻，所以他们的狗也就温和而有教养得多，即便是那种看起来气势汹汹的狼狗，通常也不会产生攻击人的反应，这是因为他们通常没有给它们传递虐待和袭击的信息，它们的"狗权"不受践踏，通常也就不会反过来对人表现出恶意。

当然，另一个原因是有钱。狗从来就吃得饱，便不知道"穷凶极恶"是怎样的一种处境，就不会沦落到"丧家狗""落水狗"和"疯狗"的地步，自来挨打的机会便少得多。可见狗性如何和人性的状况一样，还取决于经济条件。自从中国的社会中新出现了"中产阶级"一族之后，中国人对狗的态度也发生了显著的变化，城市里的狗的生活也变得体面了起来，类似西方的那种"狗文化"在中国得到了广泛的传播。每当看到城市的街道或者草地上与主人一起散步的那些备受宠爱的狗们，我就想起童年的乡下，那些未谙世事就知道了剥夺他人权利的孩子们，叫喊着用棍棒和镰刀驱赶着两只交配的狗，发出兴奋的尖叫的情景。相比那时，毕竟今日真的有了进步。

说了半天，可能意思还是未能表达清楚。人性若何，应当从日常生活中的狗性中找到一点答案。是人身上的劣根在狗身上毫无遗漏地获得了展现，没有哪一条狗身上的属性不"对象化"地折射着人类的影响。这不光是一个鲁迅式的传统文化批判的命题，也不是一个通常意义上的谐谑和讽刺，这是一个纯粹的和不带政治也不带人文价值的判断。

不独狗性，猪性、猴性和牛马之性也是一样。人身上的懒惰、愚蠢、贪婪和好色不都是猪性的表现吗？《西游记》中的猪八戒就是一个生动的例子；还有孙悟空，他身上的野性、顽劣、躁气和叛逆性，也是其"返祖"的"猴性"的体现；还有牛马之性，人身上隐忍的、逆来顺受和甘愿出苦力的盲目的耐受性，都是牛马之性的体现。没有人类的驯养和以自己为蓝本的改造，它们都不会变成现在这个样子。

济 南 小 记

　　算起来，我也应是个地道的老济南了。十一年前离开，流落到居不易的京城，几乎患上思乡病——我自知这不是矫情。自 1980 年十七岁到济南读大学，毕业后回故乡工作四年，后又回济南读研，1991 年毕业留校在师大工作，读书七年，再加工作十四年，一共是二十一年。离开济南时四十二岁，半生中恰有一半的时间在济南度过。所以，说济南是我第二故乡，应不是虚夸之词。

　　原也曾以为，自己对济南的大街小巷早已烂熟于心，也曾与很多朋友一样，抱怨和嘲笑济南的种种不尽如人意，当然不是对那个样子渐渐模糊和残缺了的老济南，而是对这个样子渐渐粗陋陌生的新济南。不是有民谣讥刺吗，"某领导，真能干，要把济南建成县……"想来这老济南的一部分，确乎是毁在一些没有长远打算，也没有文化眼光的决策者手中的。比如济南的老火车站，原是德国人当年修胶济铁路时建造的，华贵又古朴，庄严而宏丽，是一座极典范的欧式建筑。我说不清从建筑学上它到底有多重要，其中的哥特式或巴洛克元素如何浑然一体，甚至也不好判断，它究竟承载了多少近代的殖民历史与文化记忆，但我知道，它应该作为博物馆留下来，成为老济南的一部分。可就在 20 世纪 90 年代初，它却生生被捣毁拆除了。

不知那些人是如何下得去手的。那么美的一个尤物，偌大的一件珍宝，你理解为强盗的遗落也罢——连日本侵略者也没有破坏它一丝一毫，就这样被现代的愚氓给捣毁了。从此济南的一个象征不见了，取而代之的是一个没半点文化含量的，粗鄙而丑陋的新站。如今，这启用不过二十几年的新站，早已显得老旧蠢笨，让人不待见。

也罢，过于尖刻地看待这变化也不对，毕竟她已由一个传统的城，变成了一个规制宏大的现代都会。站在千佛山上看济南，已远不是当年那个小巧玲珑的城市，而是一座一望无边的大城。当年李贺所说的"遥望齐州九点烟，一泓海水杯中泻"，实在说，已看不到山和水，所见都是高楼大厦，钢铁的景观。这也是另一种人间奇迹呵。

还有气候和风物。走得地方多了，渐渐体会出济南的特色。古人讲山河之阳，乃是地利之选，而济南偏是山河之阴，处于黄河之南，泰山之北。因此这城市便不太可能有什么"王气"，历史上也不曾出帝王人物。但这却是济南的好——少了阳刚之美，得了阴柔之魅。水泽之气多，故氤氲而滋润，夏少酷暑，冬无严寒，与江南风物无异。因此偏得文脉之势，自来多出名士文人，便是很自然的事了。杜甫那时游吟至此，言"海右此亭古，济南名士多"，好像还有些客套搪塞，到济南，承蒙本地士绅招待，便言不由衷地敷衍一下，以作答谢之辞罢。

但等到两宋时，却猛地出了"二安"，李易安和辛幼安，这两位出自济南的词人，一下占据了宋词的半壁江山。明清之际的文气也未曾断绝，"前七子"的边贡和"后七子"的李攀龙都是济南人，在趵突泉不远的地方，可见李攀龙的白雪楼巍峨地耸立着。

就不说现代的济南了——比如老舍就对这座城市有许多感慨忆述，但这都可以看作是边边角角了。在新文学的地图上，济南确乎只是一个小小的配角，没有显赫的地位。即便后来间或有些个名家巨擘生活或执教济南，但留下的墨迹毕竟是少而又少了。

看上去，这和数家珍差不多，但其实还都是表皮。之所以说了这么多，是因为没有办法不做些交代。作为一个过气的济南人，我总得数一数，找一找我和这城市的旧影交集，那些属于自己的记忆。虽说那如烟的柳色，明澈的水波，还有我年轻的身影与经历，确乎已随时光的消逝而渐渐淡漠。但提起"济南"这两个字，我还是无法不说一些积年的废话、酸话和傻话。

当然也不间断地回这城市，有时还要盘桓数日，看一看旧时师长或老友，或偷闲舒张一下神经。而这一次，竟有机会混在一堆作家中，滥竽充数地重走了许多地方，重新感知了"老济南"的院落与街巷，旮旯与角落，仿佛重逢一位初恋的旧情人，看到她虽经岁月的衰败，但还会照见她昔日的风韵，更不用说，还有些许温情缱绻，由回忆生出的说不清道不明的情绪，不由感慨一番。

　　泉和水，是济南的魂，不巧今年却是让人失望。七月里，正值雨季，济南却还未下一场像样的雨，趵突泉、黑虎泉均停喷多日，为十几年来所仅见。连一向为济南之最诗意的环城水系的画舫游，也因为水浅而停运了，真是不给面子。但东道主自有补救的办法，在明湖边的小巷子转转悠悠，正所谓曲水回廊，杨柳巷陌，还找到一些旧时罕见的去处。甚至在那些幽静的巷子里，看到一堆堆金发碧眼的外国人，正兴致勃勃地游着。不觉柳暗花明，看到了深巷中的一汪碧水，闻名遐迩的王府池子。这昔日达官贵人们独享的美景，如今被环绕在一圈寻常百姓的民居中，仿佛民间暗藏的一位美女，显得格外俏丽。稍有点煞风景的是，竟有若干位善水的乡邻，露着一身大白肉，兀自在那水里扑腾扑腾地游着，宛若无人之境。再看那岸边，却也大字写着：禁止游泳。

　　场面似有些尴尬。但想想，这也就是济南，老百姓家常的风格做派，禁它也没用，放在这里装装样子罢了。想起大学时代，有时步行去小清河北的农场劳动，步行从这里穿过，走得迷迷道道，看见人家门口的石板底下，汩汩地竟流出些泉水来，方知道这"家家泉水，户户垂杨"的意思。如今，老式的街区似乎还整体地安放着，但街道已然是被沥青和水泥漫过了，整洁宽敞了许多，但石缝里的泉水，却是难得一见了。

　　末了是喝茶。东道主费了一番心机，在曲水亭街的一道巷子里找了一个喝茶的地方。主人公是一位玩汉砖和古董的中年人，小小的房子里摆满了旧济南的老物件。

煮着茶，燃着香，老房子里弥漫着幽暗蛊惑的气息，仿佛打开了一个时光隧道的入口，让人置身回忆的穿梭之中。最有趣的是，主人设计了一个曲水回廊的茶道，在原木与旧物件的插接中，茶杯顺水而下，在袅袅烟雾中接杯饮茶，平添了几分谐趣，大家推杯换盏，谈笑一番，方才的暑热，不觉早已烟消云散。

想来，这样饮茶的花招，也非泉城人不能为之罢。

旧济南的另一部分，是老火车站附近的商埠区。这里经纬纵横的几条街，大约都是始于当年德国进占山东时所开辟，清廷到北洋的强阀们也乘机造铺开号，第一次世界大战后，日本人接踵而至，霸占了主要的街区。各国列强自然不甘其后，也纷纷在此设立领馆和银行，此处遂成为济南最为兴盛的商业区。如果纯客观地讲述历史，这应是济南最早具有"国际化性质"的标志性街区了。错落着的老建筑显示着当年商铺林立生意兴隆的风貌，依稀的繁华在旧照片中还历历在目。

但这历史中当然还有着抹不去的血腥。1928年北伐军进军至济南之时，引起了日本侵略者的恐慌，他们以保护日本侨民商铺为名，竟悍然制造了一场震惊中外的"五三惨案"，屠杀了数以千计的中国人，其中就包括以蔡公时为首的国民政府外交公署的十余位外交人员。在中国的土地上，公然杀害手无寸铁的中国政府的外交人员，确乎能够看出日本军国主义者霸道凶残的豺狼本性。如果从这儿算起，日本侵略者蹂躏中华的血债，比"九一八事变"还要早上三年。

这些历史，我之前只算是断续知晓个大概，并不连贯系统。这次随市中区文联朋友们的安排，做了比较详细的记录。心想，这笔账中国人似乎还没有怎么算过，或许是在整个国家近代的创伤之中，它还显得无足轻重，但在济南这座本不显眼的城市中，怎么也算是一个硕大的伤疤了，应该为世代的人们所铭记。

一番心潮起伏的参观之后，大家又来到名声赫赫的宏济堂，这是东阿阿胶在济南最核心的字号。在这里，大家很快换了心情。说是字号，当年是前店后坊，后面是制造阿胶和炮制各种中药材的作坊，如今是一个规模可观的博物馆，展示着当年药师和工匠们劳作的场景，还有各种器具，从生产到运输到销售的流程。主人斟茶倒水，端出各种水果招待，给我们演示阿胶的制作工艺，介绍它的各种神奇功效。要说这阿胶的来历，确乎令人感慨，作为中药里几大名贵之物，它历来是补血益气的良药，对于产后失血的妇女，更是不可或缺。中医如同哲学，讲究的是中和与调养，是济世与度人，与前者的强梁之道、豺狼之性恰好构成了鲜明的对立。这大概就是中国文化的核心和精髓了。

最后是来到了"小广寒"——建于 20 世纪 20 年代的济南的第一家电影院。如今也辟成了电影博物馆。我不由感叹，虽说曾久居济南，但还不知这旧城中竟有如此有意思的一个去处。门面虽小，设计却极精致，里面更是别有洞天，大大小小的好多座放映厅，门厅与角落则摆放着无数台不同形制、各个时期的放映机，让人目不暇接。主厅和侧厅还被主人富有匠心地设计成了特色餐厅，颇富小布尔乔亚的风格，是个怀旧抒情的好地方。我们的午餐也在这里进行，大家兴致陡涨，坐在这百岁影院里，喝着红酒，回想着百年如梦的历史，以及为那些影像幻觉记录的人间沧桑，银幕上闪现的是一部光影斑驳的《列宁在十月》，不由记起儿时的景象种种，真个是一番百感交集。

离开时，在高铁的窗口还在回望她，这熟悉而陌生的城市。想，济南确乎已颇有些沧桑了，但她的老迈中又有些许妩媚与年轻。也许这就是她的魅力所在，她的风韵所在罢。

黔 中 酒 趣

虽说睡梦中也知道雨下了一夜，但早上醒来，雨停了才晓得那雨下得多么大。六月的天，有一丝闷热，但拉开布帘，从窗间远眺，见那山色被洗得翠绿，从上到下，不沾一丝尘埃，心间泛起一股清凉。山涧飘着一缕似雾的薄云，悠悠地，让人恍惚置身仙境。再看那山下的赤水河，浊浪滚滚，汹涌澎湃，仿佛要溢出河岸，席卷带走一切。一静一动，一清一浊，让人惊叹和狐疑着这世界的神奇。

于是去回想昨夜的酒，也奇怪，拼命想也仿佛残梦依稀，记不起来多少了，究竟是否曾有醉态？怎么也记不得了。本非善饮之人，应该没喝多少啊，怎么会有醉酒的记忆呢，不可思议。不是矫情吧，人言来茅台不畅饮醉卧不能算游，于是就想象着自己若酒仙李白一样，斗酒赋诗，潇洒了一回不成？想来也不能全算是矫情，大约是这里空气中"含酒量"的缘故吧，被那呼吸、那氛围给弄得晕乎乎、醉醺醺了。

推开窗户，想那一夜雨水的冲刷，该把空气过滤了一遍罢，可迎面扑来的还是那股子酒气。接天连地，无缝无隙，不知那里的人日夜浸淫，如何消受得了。便想起童年在老家县城的酒厂旁边居住的几年，那股子从窖泥和闸孔里飘出来的味道，让人梦里都想逃。但也奇了怪了，这里的酒气，怎么就不招人烦呢？

　　于是便问当地人的感受。恰好，一早厂办的副主任来陪同几位采风的作家吃饭，此兄与我是旧相识，且是诗人，便问他。他笑道，这叫久闻不知其味——习惯了。又问，那到底是好闻也不好？答，要说茅台酒当然天下第一，但这酒糟之味，则天下大抵无有多大差别吧。你刚到，诸事新鲜，便不感到难受；我呢，住得年深日久，习以为常了，自然也不感到难闻了。我深以为然，遂也笑了。此兄是贵州人，生于当地，面色白皙，更兼带着红润，我便又笑问，你这等桃花面色，与喝茅台酒有否关系？不料他答道，当然有啊，你不见昨晚我们酒厂的几位老总，个个面如桃花，都与这茅台酒有关系呵。我料他是玩笑话，摇摇头，他又说，不是跟你开玩笑，这些领导天天都有接待任务，工作内容之一便是喝酒，要是一般的酒早把身体喝坏了，可我们这里每次体检，他们的各项指标都好得不得了啊！

　　我将信将疑，上午座谈时，便走神，没注意双方说了什么，只顾专去打量对方的面色。观察了几位，发现还真个个面色润朗，遂对那位兄弟的话不疑。因此下午参观酒窖时，便有飘飘然想试试自己酒量的冲动。

　　工作人员真个拿来一瓶窖藏五十年的茅台——是用透明的玻璃瓶装的，酒的颜色已是微黄，轻轻一摇，也明显感到那液体的微稠和张力，一片嘘声。这就叫近水楼台了，这么一瓶酒，在市场上难得一见，价格则据说可以卖到五六万元，几位便咂舌，这不是喝酒，是暴殄天物，是烧钱啊！

五十年的茅台什么味？那酒喝下去，第一感觉是嘴里着了火，温柔暖和的火，慢慢地烧到了嗓子、食管和胃里，舒服得不行。随后是一种香，难以形容的、厚且深远的一种香，那是万物难以譬比的、感官和肚腹都咂摸不透、体味不尽的，也仿佛是来自天上难尽其妙的一种香——大约只能说，此酒只应天上有，人间哪得几回尝了。最后留下的，是一股粮食烧炒之后的浅浅的糊味，我便确信，那是最原始的一种味道了。这种味，在市面上流通的茅台中，确是没有的。

便一连喝了三杯。中午本已酒足饭饱，胃中尚未余出空闲，再无豪饮之力，再看那瓶酒，早已去了三分之二。众人都眼看着那酒，有些不舍，但出于面子，还是不能倒了瓶子，得给主人留点风度，不可太贪。便依依地，几乎是两眼盯着瓶子倒退了出去。

有了一种失魂落魄的感觉。

人言胃口之刁钻，有如负心之小人，势利浅薄。再到晚饭之时，便颇有不思茶饭之感，于是被同行诸友嘲笑，谓之"酒德"欠佳，如吾党官员，岂可只上不下，平常几时能苟喝得茅台，一朝便这等作态？

其实还是在想那酒的味道，那酒香的深长，让人的玩味也一路绵延，如古道昏鸦，老藤瘦马，一发伸至爪哇国去了。怎地一汪陈年的杯中之物，不腐不败，倒变成了仙液琼浆，被世人趋之若鹜，争相珍爱？实在是人间奇迹。从本性而言，酒这玩意儿，作践粮食不说，性兼辛辣乖烈，历史上误国误事的例子也比比皆是，可为什么万里以外，蛮夷异域，不同民族的人群们都不约而同地发明了它，且几近将它当作一种圣物来膜拜？

你不能不说是怪诞甚或诡异，粮食只能果腹，而一旦变成了酒，则不但价值陡涨，且可以与心、与情感、与灵魂息息相通。何以解忧，唯有杜康，用曹操的话说，酒是吟诗作赋、消遣苦闷的好东西；但得酒中趣，勿为醒者传，这是李白说的，酒的好处只有饮者、醉者才能体味其妙，一旦醒来早已忘记，或者即便说与人，他也无从体味。当然，用尼采的话来说是最具有文化感的，对酒的爱好便是对日神的挣脱，酒是使人进入"酒神状态"的最佳帮手，而这状态是属于艺术和诗的。这大约是古往今来，人们爱酒的一个理由，找那种自由的感觉，挣脱羁绊的胆魄，以及沉浸虚幻的幸福，成为人间的一个梦，一种超脱肉身的妄想。

酒性压根是人性的一种或一个侧面。豪壮时有它，惊骇恐惧时有它，胜利成功时有它，愁苦落寞时也有它，它几乎无处不在，无所不用其极。这些，我想得到，但却说不出，便闷着，乐着，傻笑，最后竟也壮起胆气，吆喝着，来，干一杯！古来圣贤皆寂寞，唯有饮者留其名。不就是喝酒嘛，贤圣既已饮，何必求神仙。三杯通大道，一斗合自然。但得酒中趣，勿为醒者传……还是李白厉害，大诗人就是牛，这么好的诗，你难道没听出来像是猜拳行令吗？

在天涯的雨夜净行院

那一晚他走到了天涯海角，陆地的尽头，对于这个被中央帝国一再贬谪的臣子来说，再也没有更远的远方，再也无处可迁。作为人生的一种境地，作为生命的一种绝地，他走到了尽头。

而且是在雨夜，而且时年他已经62岁，地地道道的"苍颜野老一病翁"。

那一夜他惶惶如丧家之犬，凄凄如漏网之鱼，趁月黑风高，乘一叶扁舟，泛于天涯水上，在雨中，躲无处躲，藏无处藏。衰败的躯体在饱经磨难之后，在颠簸之中，体尝到山穷水尽，苟延残喘的滋味。

是的，山穷水尽。没到过这样的地方，永远难以领略什么叫作山穷水尽，还以为是山重水复，早晚会柳暗花明呢。只有到了这样的地方，才会晓得什么叫作天涯海角，世界和生命的尽头。

但这样的境遇眷顾了他，让他知道了人间的一种遭际，知道人生有一种无法描述的绝境。

绝境之中才会有绝响。某种程度上，人在还有能力承受绝地之困的情况下知道什么叫作绝境，也许是命运给予的特殊馈赠。命运让他能够体验到这样的绝境，并且赋予他写下这绝响的机缘。

我能体验那时他的心情，惨淡到了极致，悲凉到了极致，也达观和了悟到了极致，明澈平静到了极致。他放下了一切可以放下的，写下了一切可以写出的。

他仓皇中来到了这座小小的寺庙。"净行院"，是意味着让生命的行程更简单、更干净的一个去处，即使更贫穷也无所愧疚。好在还有这样一个去处，可以在风雨仓皇之中得以夜宿，可以慰藉这番心情。否则天知道会颠簸到什么时候，天知道这么一副衰败的身躯和更加颓丧的心境，能否抵挡得住如此凄惶的遭遇？

但他却没有投水——像他的前世、前身、前辈一样——屈原投下了，带着去国的悲伤与被冤屈的愤怒；李白也投下了，带着疲乏的忧郁和酗酒的幻觉。那的确是中国历史上最重要的时刻，最让人敬畏也最让人感慨的一刻。但他没有这样奋力一投，而是蹒跚挣扎着上了岸。你当然可以说他是怯懦，也同样可以说他是坚韧，甚至勇敢。他选择了生，带着比死更艰难的超越与达观。

我想象他卸去蓑衣和斗笠，抖落一身的冷雨，瑟缩在寂静的禅院，还在定神之余，记录下了彼时的心境，这一番风雨苍茫的天涯之路，山穷水尽的生命之旅。

于是就有了一千年后，我在断垣残壁上读到的这首《雨夜宿净行院》。

芒鞋不踏名利场，轻舟一叶寄渺茫。林下对床听夜雨，静无灯火照凄凉。

　　实在说，这不是东坡诗中最有名的，甚至也远不是他最好的诗句，但却是他一生中才情和手艺都换不来的，它是命运的馈赠，生命中的奇观。它照见一个身影，生命中最潦倒的一帧图画，旅程中最僻远的一格形影。

　　那一刻我也心头一热，有什么东西模糊了我的双眼。我连忙将头低下去，拿出纸笔装作记录的样子，其实根本不用笔，那样的时刻，那样的诗句，读一遍就会刻在心里，印在脑海间。

　　自然，说说容易，在那样的时刻，活下去比了结一切更难，这源于另一种高贵，另一种坚忍。我一直以为，人中之杰有两种，一是活着比死更难，而他能够活下来，司马迁就是这样的人；另一种是死远比活要来得不易，而他能够慷慨赴死，文天祥是这样的人，项羽和谭嗣同都是这样的人。在我看来，苏东坡也几近于前者，这也同样需要最大的勇气，最超凡和不俗的境界。

　　而且他会这样来理解自己的命运："多生宿业尽，一气中夜存。"几辈子的罪孽，终于因为这样的境地而得以赎偿，还有什么苦难和潦倒不能承受？只是，这样的自我开释，终究是到了无法排解的时候，才不得已而做出。更多的时候，还是真实地面对，并且去承受和体味那种绝地之艰，与大彻之悟。照佛家所言，人生的一切境遇，皆为宿业因果，非是偶然所致。然而禅宗之秘，在于辩证，人力之所能及之地，看似是一种前缘的后继，但妙处却在于，前身何曾记得有什么因缘际会，后果却如约而至；

反过来，后者虽然事事求问，认真计较，可前者却是早已飞鸿渐远，何曾辨得方向东西？

于是就有了这样的句子：

人生到处知何似，应似飞鸿踏雪泥。泥上偶然留指爪，鸿飞那复计东西。

这是 2003 年的初冬，作为千年以后的一片羽毛，我再偶然不过地飘来南海之滨，在北海边的惠州，一座小学校的园子里，目睹到书于壁上的东坡之诗，此情此景，让我慨叹生命处处的雪泥。泥上偶然留指爪，鸿飞那复计东西，东坡先生何曾挂心会有后人前来观瞻凭吊，更不会想到千年后的这一片羽毛，会在这里有片刻的停留。

这不就是陈子昂的境地吗？前不见古人，后不见来者，那幽州的古台，也给了他一个天涯，在行旅中由参军被直贬为军曹的他，早就体悟出这样的一种生命之境，但他却没有身后的这个人达观。想到他既看不到百年前的前人、百年后的后人，自己不过是个时间之河中无望的溺毙者，他哭了，哭得像个孤儿——念天地之悠悠，独怆然而涕下，他哭得叫人悲伤心乱；而与他的处境相比，或许同惨或更惨的东坡，却从这天涯得出了一种禅悟的明了，读之更让人有一种绝望中的释然。

二辑

怀念一匹羞涩的狼
——关于卧夫和他的诗

假如从朋友或亲情的角度，我没有什么资格在这举荐卧夫的诗歌，因为我与生前的他虽然相识，也多次在活动或饭局上相遇，但真正的交往并不多。最后一次见到他，是今春四月"海子诗歌奖"揭晓时，海子妈妈和弟弟查曙明应邀从安徽前来，在北师大附近的一次午餐上。我因为到得晚，刚到一会儿卧夫和几个人就先走了，他走时脸上带着一如既往的歉意而略显羞涩的微笑。后来我知道，那天中午还是他买的单，他是为了海子的家人专程从通州赶过来请客的。随后不到一个月，就传来了他离世的噩耗。

卧夫给我的总的印象是：这是一位肤色略黑但相当帅气的东北汉子，模特式的身材尤其标致，也许是视力有些问题，他总戴一副颜色偏深的眼镜，显得有点"酷"。卧夫虽自诩为"狼"，但在我的感觉里，他是一匹有些羞涩和孤独的狼，一匹相当低调和质朴的狼。稍微哲学一点的描述应该是一个"局外人"——每次诗歌活动他总是拿着相机咔嚓咔嚓地照个不停，显得像一个资深的媒体人，有时他又夹着一卷宣纸，备了毛笔让所有的人题字，像一个不太入流的收藏家。活动上他几乎从不发言，每到主持人或周围的朋友提到他，他总是羞涩地摆摆手，不著一字。

　　缘于这些因由，我并没有十分注意他，包括他的诗。因为在所谓的诗歌圈子中类似的朋友很多，喜欢凑局到场但又面孔模糊，卧夫寻常大抵给人这种印象。当然，在更小的圈子里，他的情况可能就大不同，据许多朋友回忆，他经历丰富，感情细腻，人缘尤好，是个有性情的真男子，等等。但这些于我而言，只能是语焉不详的感觉了，其情其景只能设想，无法浮现为真切的经验。这自然是因为我的粗鄙和愚钝，这样有意思的朋友居然失之交臂而未曾深交，正所谓凡夫俗子，肉体凡胎，不识真人之相罢。

　　这也就接近于通常会出现的一个悲剧了：一个人的死亡引起了我们的围观，一个诗人在他死后才赢得我们的赞美。尤其——他又是一位自杀者，一位尼采所说的敢于"自由而主动地死"的诗人。仿佛我们正是因此而赞美他，而承认他的非同寻常。这种反应以往当然已经够多，其中充满的可解释和不可解释的人心与人性的复杂，怜悯和敬畏，迷信和盲从，幸存者的侥幸感……我或多或少当然也能体会和意识到。中国人总是喜欢将死者大而化之地归为贤者和圣者的行列，表面看是"慎终追远"，实则也暗含了某些难以言喻的人性黑暗。所以，要谨防在一个诗人活着的时候不予理会，在其死后则大唱赞歌，并以其"亲人"自居——如同施蛰存先生的文章《今天我们怎样纪念屈原》中说的一样，"总是在纪念上个时代的屈原，制造和迫害我们自己时代的屈原。"

这确乎不是诗歌的光荣，也不是人性的骄傲。

当然，我这是在告诫自己，并非在警示别人。我想以此来设定我之推荐卧夫的诗歌的意图，设定自己出来说话的性质与边界。让自己不至于犯过于愚蠢的错误。

卧夫的死是至为独特的。据说他是死在北京北部怀柔一带某座山顶的岩石上，被发现时已弃世多日了。之前他与女友和家人已失联一周以上。他不带手机，不带食物，不留信息和遗言，不给所有人担心和救助的机会，独自一人来到春寒料峭的山崖上，将衣服脱至最少，用回归自然的方式，承受饥寒而死。

他温柔而平静地离开了这个世界，而没有用惨烈的、惊世一举的方式，犹如一匹孤独而羞涩的狼。我们无法设想他临终所承受的情境：一个人在极限的体味中，在孤独与寒战中，在极端的恐惧与平静中，在内心激烈的斗争中……以隐忍，以难以想象的意志和毅力，战胜了一切血肉之躯的弱点，与大地最靠近天空的部分融为了一体。这死法也让人惊诧：一个人或许可以承受突然降临的死，而何以能够忍受一下下精神的自我凌迟？佛家有"辟谷""坐化"之说，我辈愚钝，无法领悟其中的禅机，只是疑惑一个俗人——毕竟卧夫死前仍是俗身——他是如何承受这个难熬的过程的，不能不让人觉得是一个谜。

不过，细想这也许正是卧夫长久以来的一个主意：他就是要用独特的方式诠释他长久以来要确认的一个身份，完成他最终的自我体认，完成一匹在人世无法安生、也找不到认同的孤独的狼之最经典的"诗歌行动"——为海子所推崇和实践过的"一次性诗歌行动"。用这种方式终结其人世的痛苦，也追随他一直崇拜的海子。据说他一直痴迷海子的诗歌，毕生想践行海子式的人生——他甚至出钱为海子重新修葺了墓地，每年出资参与各种纪念海子的活动……但他又认为自己要避开海子那样壮烈的死法，于是，就选择了这样静静离去的方式。确实，这符合他的自我设定，一匹狼，终究会用消隐于丛林的方式完成自己，而不会选择其他。或许人们会看到因为争斗食物而死于猛兽的狼，或者死于猎手枪下的狼，可谁人曾见过无疾而终的一匹狼？

　　我无法不想起半个多世纪以前的另一匹——老诗人纪弦笔下的 20 世纪 50 年代的一匹狼，他受了西方现代哲学的影响，也有感于工业时代的文明异化，犹如里尔克笔下被关禁于铁笼、意志被阉割的猎豹的"缩微的反抗版"，发出了在城市生存、现代生存中孤独的嗥叫——

　　　　我乃旷野里独来独往的一匹狼。

　　　　不是先知，没有半个字的叹息。

　　　　而恒以数声凄厉已极的长嗥

　　　　摇撼彼空无一物之天地，

　　　　使天空战栗如同发了疟疾；

　　　　并刮起凉风飒飒的，飒飒飒飒的：

　　　　这就是一种过瘾。

纪弦的狼是蛮性和自得的，他让天地发出了寒战，自己心里则得意洋洋。他就是单单要挑战人们的神经，单纯要说出这现代世界的荒谬，说出嗥叫之后的一种难言的快感；可是卧夫这匹狼，却把一切孤独都拿来自己承受，把所有问题都自己扛，让飒飒的冷风穿透了自己的肉身，冻结了自己的生命。

卧夫的遗体是被巡山的护林人看到的，警方为他的身份查询忙碌了数日，幸亏他此前曾因酒驾被拘而留下了 DNA 的样本，才得以确认身份。否则，这匹"失联"的狼或许从此真的就在这世界上无声无息地消失了。

作为摄影家的卧夫曾告诉我，他的相机里有我的很多照片，都是在各种会议活动上留下的。我说那你倒是给我啊，他总是羞涩地笑笑，说等我刻个盘送给你。

而今，我永远也见不到这些照片了。

关于卧夫的诗，我只能简单说几句。怕思考太浅，说不好误了读者。

我想说这是自然的诗篇：轻松但不轻薄，浅白但不浅显，俏皮但不轻浮，猖介但不狂傲……假如把所有的辩证法、艺术的辩证法，都镶嵌到他并不厚重的诗卷上，也不会显得特别过分。从这些作品中不难看出，他是一位有功底的、从不盲从别人的写作者。他的每首诗中几乎都充满了自嘲而渺小的口吻，但却让人感到真实和亲切，谦逊而可爱。确乎，用庄严而巨大的口气写作，在近些年早已不合时宜，但在刻意矮化和渺小的口气中，也要有自己的声线和口音。卧夫显然是用生命找寻到了自己的频率，独属于他的话语风格，卑微而幽默，浅白而洒脱，就像一个人独有的指纹那样清晰、确切和自然。而这正是一切珍贵的写作所共有的品质，也是我所说过的类似"上帝的诗学"的一个规则，即为生命支撑、见证和实践的诗学。某一天人们会发现，他的诗歌和他的生命已经完全地融为了一体，互为表里，无法分拆。如果真有那么一个时刻，卧夫可就不是一个可有可无的诗人了。

诗人卧夫是如此的谦虚和谦卑，但却有独立不倚的自觉——"窗外的渔火与我见过的渔火类似 / 于是我就不想去打渔了"。在别人的诗歌中，这样的句子或许只是一种姿态，但在他这里则是一种十足的坚定和强韧。因为他的活法和死法都告诉了我们，他就是这样一个独立不倚的强者。当然，外在的粗犷也同样不能掩饰他内心的脆弱——"花开的声音把我弄疼了足有 30 分钟"，这样的句子也让我久久不能搁下，他脆弱的柔情也把我弄疼了许久。

一个人毕生与自己较劲，可能是卧夫最后命运的缘由。这是生命之谜，是哲学与病理学互相牵绊的一个命题，非我这样的凡人可以解答，但我们从他的诗中可以看出这些挣扎和斗争。多像是海子的《面朝大海，春暖花开》中的"从明天起，做一个幸福的人……"卧夫的《从圣诞开始》也是这样一种挣扎中的自励，或自励中的挣扎："从圣诞开始，就从这个圣诞开始 / 我把跌到地上的种子拾进口袋 / 总能听到你的声声呼唤，却辨不清方向 / 只好原地踏步。亲爱的呀，你和我在捉迷藏？／我差一点连喝西北风的力气都没有了／但我保留了吃奶的力气／等你学会忧伤再来找我／如果你想喝醉也可以找我／我在太平洋里已经洗过手了／关了床头灯，仍然可以在纸上写字……"他不断地试图重新开始，摆脱那让人沮丧的忧郁的缠扰，但这样的开始注定徒劳无功。读来读去，我感觉卧夫诗中用心最多的，仍是对生存的悲剧本质的残酷描述，以及对生命本身之卑微和无助的反复认定。

只是，他在语言与风格上保持了难得的诙谐和松弛，自始至终，他没有紧着嗓子喊出一句痛，给人的永远是温柔的鬼脸，或挠痒痒的笑意。他声称"不写诗的时候，我却喜欢反话正说"，可是他的诗歌又何尝不是正话反说？我特别纳闷，在他看似诙谐快乐的语言和紧张痛苦的内心之间，究竟是怎样一种关系，难道他如此幽默和快乐的语言，一点也不能减缓他的痛苦，一点也不能医治他悲伤的灵魂吗？

还有爱情——爱情也无法医治那恼人的忧郁吗？他的爱情诗写的多美啊！即便和海子的比起来也不逊色，包括其中的肉体隐喻，都是写的如此之美，让人神往而着迷。我无法搁下这首《水里的故事》，它迷人的感性和感性的迷人，都让人流连忘返和自惭形秽——

水里的美人鱼抓着我的根部
引导我缓缓下沉。我挣扎着
窒息了几次才浮出水面

水还在流，但是没把落花载走
这让我相信了世界有多么奇妙
如果你活着，请你在地狱等我
如果你死了，请你在天堂等我——

"我的眼睛已经湿润但无泪水／只给我一两清风二两月光我都消受不起／稍微等我一会儿，等我把自己风干／等我形同化石，我就不怕冷了／我正在选择一种音乐准备麻痹双脚／而且为你守身如玉。那些没出土的植物／也许都想在水里引吭高歌。"天呐，多么美，多么美！我们几乎可以触摸到他的幸福了，那幸福的电流几乎可以击到我们……

可是这些，也没有能够将他留在人间。

"死不过顾城，活不过海子"，俗人在我们的时代想的最多的，是如何升官发财，而他每天惦记和自比的，却是这些旧时明月般的灵魂。打定了主意的人我们说什么也没用。卧夫能够提醒我们的有很多，其中的一条是，幽默也许是忧郁的一种表现形式，表达孤独和忧伤也可以用诙谐轻松的语句，对付一生不可自决的内心冲突，反而就是四两拨千斤的修辞。

好可怕。

无论如何，这是一个真实的人，一个纯粹的人，一个让人怀念和感到歉疚的人。他活着不会给任何人添堵，他死了，连一个普通朋友都会眼含泪水唏嘘不已。

不要以为他是个谦逊的人就忘乎所以，更不要以为他是个自认懦弱和无用的人就不以为珍贵。仔细瞅瞅这些句子，你会想，原本我应该认真对待的，可是没有。因为他早已告诉我们，他是一枚空酒瓶，一块曾经装着粮食、酒神和诗的玻璃。而今，他自认为已经空了……如果好好做一点精神分析，或许我们会有些准备，可是我们没有。

其实回过头来才会看到这个人彻头彻尾的强悍和聪明，知道他洞若观火的彻悟，以及固若冰霜的冷峻。四年前的这首《初冬的玻璃》，似乎已经预言了他将要做的一切，用了四年坚持，并且做了那么多事情，已属于不易；仿佛一个事先的设计，这首诗就像是他临终的遗书，或者自拟的墓志铭——

> 我走的虽然是一条盲肠小道
> 可我看见了顶峰的
> 抽象的落叶。每当我想起那些
> 都恐惧得要死。但我死不过顾城
> 活不过海子
> 又做不到把红旗插在某个山头
> 就想去走一程弯路，并与枕头渐渐恩断义绝
> 我在梦里力气大得惊人。等我醒来
> 却对所有的故事欲语无言
> 我看透了一面初冬的玻璃

他实践了这些句子，就像实践了誓言。而今，我们面对着他的诗和他无法诠释与复制的人生故事，也觉得像面对一面永恒的镜子，一片悲伤和破碎的难以复原的玻璃。它映照着那个渐渐远去的身形，那匹曾经在我们的身边晃来晃去的温柔而孤独的狼，他的羞涩和忧郁，阴鸷和暧昧，最终变成了无数的光影和碎片，闪烁在又一个寒冷的季节里。

2014 年 10 月 5 日，北京清河居

桃花转世

——怀念陈超

> 桃花刚刚整理好衣冠，就面临了死亡。
> 四月的歌手，血液如此浅淡。
> 但桃花的骨骸比泥沙高一些，
> 它死过之后，就不会再死。
> 古老东方的隐喻。这是预料之中的事。

生命在轮回中繁衍并且死去，犹如诗歌的变形记，词语的尸骨与感性的妖魅同时绽放于文本与创造的过程之中。仿佛前世的命定，我们无法躲避它闪电一样光芒的耀目。多年以后，诗人用自己的生命重写或刷新了这些诗句，赋予了它们以血的悲怆与重生的光辉。

我在悲伤中翻找出了这些诗句，《我看见转世的桃花五种》。发现在经过了二十余年之后，它们还是盛放在时光与历史的黑暗与恍惚之中，那么充满先知般的睿智和预言性，谶语一样充满不可思议的验证性，还有宿命般不可躲避的悲剧意味……作为一位批评家，陈超不止留下了他思想深远的批评文字，也留下了传世的诗篇，这是一个足以让人慰藉而又悲伤的结局。

我是在 11 月 1 日这个阴冷的秋末初冬日，听说这不幸消息的。在前往机场去外地参加一个学术年会的路上，一位河北籍的诗人发来了这让我难以置信的消息。我努力搜寻着记忆中的蛛丝马迹，觉得没有什么理由是能够如此残酷地终结一切——用了如此残酷的方式，带走了他那安静而深沉的思想，那睿智而又坚定的生命。我一直希望能够求解，是什么力量巨大到能够战胜他对生命的热爱，对亲人的责任？在二十几年的交往中，我一直认为他是一个理性而强韧，始终持守着一个知识分子的精神节操与处世原则的人，他既不会轻易地沉沦于世俗世界，又缘何会如此突然地听从于死亡与黑暗的魔一样的吸力？

让我还是小心地回避这些敏感而无解的话题。我既不能像尼采那样放着胆子赞颂"自由而主动的死"，也不愿意像世俗论者那样去无聊地谴责自杀是一种罪过。没有谁能够真正清楚他所承受的不可承受，他所抗争的不可抗拒。一个人活过了知命之年，如果不是无法承受的疼痛，不会取道这样的终局。在海子走了二十五年之后，一个原本比他还要年长的诗人，不会是怀抱着他那样的青春壮烈，而是怀着深入中年的荒寒与悲凉，在彻悟中飞跃那黑暗的一刻、那存在之渊的黑暗上空的。

历史必将会重新钩沉和彰显这一代诗人所经历的精神历程。每一代诗人都需要而且拥有自己的精神履历，这很重要，有一天人们在记忆这个时代的诗歌时，也会将之在历史化的同时完成其诗化的过程。很显然，我们在叙述浪漫主义的群星或者白银时代的宿将之时，不会只是叙述那些散落的文本，而一定会最终为他们描画出一幅精神的肖像，说出他们感人的故事与命运的传奇。这才是诗的方式。陈超的《我看见转世的桃花五种》，既是时代的精神肖像，一代人成长中精神悲剧的见证，伤悼，同时也是成人礼。它的重要不会由于哪一个人说什么而变动，而是必将会升华的那一种，成为一代人诗歌与精神的传奇的那一种。我对这一点深信不疑。

某些个人的创痛固然是一个人命运的内在因由，但向来历史的足迹也正是由于无数个体的偶然而共同生成。更何况，那些重要的灵魂永远会在这个过程中起着精神的凝炼和聚集的作用，即便我们不再痴迷黑格尔式的历史想象，也希望这一点能够永存。至少，我们也会将之看作一种时代的精神现象学——像荷尔德林标志着一个时期或一个类型的德国的诗歌精神，像普希金和莱蒙托夫标志着俄罗斯诗歌中的某种精髓一样。为什么我们历经和见证了这么多的忧郁和死亡？为什么我们时代最优秀的诗人们有如此之多的沉浸于这般壮丽而令人悲伤的死亡想象？

我不能回答，但我知道，这些诗，必将刻上他自己的纪念碑，并且永存于这一代人的记忆中。

要想在这里对陈超的诗学思想与诗歌成就做一个全面评述，是很难的。但我隐约感到，他的研究与创作可以从若干个时期来认识。虽然他很早即涉猎诗歌写作和从事诗歌批评，但真正的升华期应该就是 90 年代初。作为第三代诗歌运动之后逐渐成长起来的批评家，他的诗歌理想与这一代诗人宏大的思想、繁杂的诗歌策略、理想主义与智性追求相混合的知识分子精神，达成了一种内在的统一，形成了他的世界观与诗学思想的根基。很显然，90 年代初期精神的艰难与压抑，反而诞生出了一个金子般历史的转换，精神涅槃宛如桃花转世，也诞生了陈超此刻以历史的忧患为动力，以知识分子的忧患与担当精神为特质的诗学思想。他"深入当代"的说法，自然有春秋笔法在，但与周伦佑等人主张的反对"白色写作"，与更多的诗人主张将自己"嵌入历史"之中的说法也至为接近。这是一个必然和必须的反应，诗人不能错过他的时代，负疚于他的使命。

在 90 年代中期以后，陈超开始了他的"生命诗学"的论说，这当然也是前者的自然延伸，诗人应用生命实践去承担一切书写，用生命见证一切技艺与形式的探求。他深入而执拗地探究了意象、经验、结构、语言，一切内在的和外部的要素与形式的问题，这些方法来自"新批评"的分析，可谓独到而精湛，而核心依然是他的"个体的乌托邦"说——写作之中个体精神的独立性与生命的承受。我只能说，陈超虽然娴熟地使用新批评的文本分析策略，但他对当代诗歌的理解，从未单纯在观念和技术的外壳上以及技术的细枝末节上去陈述，而仍是从诗歌作为"生命——语言现象"合一的永恒本体上，从人文主义的必然承担上去理解的。因此我以为他是正确的，他找到了文本主义与生命诗学的合一与平衡，也为这种平衡找到了个体的悲剧经验的根基，以及可以升华为时代命题的可能高度。正是因为这些，他又可以说找到了一个好的批评家最根本和内在的精义与真髓。

陈超的评论自然也是充满思想与诗学智慧，充满语言魅力的，不只表现在他随处可见的思想阐发与升华上，还有知人论世的体贴洞察，还有他格外强调的个人与历史的对话关系——在他近十年来对"文化大革命"地下潜流诗歌的研究中，对于食指等重要诗人的研究中，他贯彻了历史主义的思想，同时也充溢着对于诗人人格、对诗歌精神现象学的真知灼见。尤其是，在对于任何即时性的诗人和文本的讨论中，我无数次与他相遇，见证了他对一个批评家的价值底线的坚守，即从不放弃原则去做无谓的夸饰与吹捧文章，而总是从问题入手，小心翼翼地保有着一个读者和批评者的审慎。从这个角度上，说他是当代诗歌批评伦理的楷模，也毫不为过。

记得去夏的最后一次相见，是在杭州的一个诗歌论坛上。午餐间他很亲切地喊我过去与他的太太和儿子见面，我感到了这个有困顿但却充满爱意与温暖的家庭氛围，由衷地为他感到高兴，丝毫也没有觉察到他身体或精神的某种危境。之前的无数次见面，他给人的感觉都是坚定而温和、智慧而理性的，甚至作为诗人他也从未在世人面前流露过一丝一毫的冲动和"任性"。而不料是在不及半年之后，竟发生了这样的惨剧，怎能不令人震惊和悲伤。

人常说，死亡终结了一切，也使许多东西得以升华。确乎，如今再来捧读《我看见转世的桃花五种》，更能够感受到它先知般的力量，甚至它的修辞都是那么精准和完美。还有《博物馆或火焰》，还有他在近十年中所写的一些吟咏生命之秋的作品，都更让人感受到，一个好的诗人和学者，他的文字将会长存人间。

末了，我狗尾续貂，将两首短诗献给陈超，诗歌的兄长，以告慰他的在天之灵，愿他安息。

转世的桃花
——哭陈超

选一个好去处，山清水秀
让这人间的尤物再转一个轮回
耀目的荣辉，耀目的伤口
在闪电中再飞一次，纵身
而后静静下落。在大地，在春暖花开
在风和日丽的林间小蹊，在颓圮的院墙下
荒芜的背阴处，避开闹市
避开一切可能的目击——包括那些刀锋般精准又残酷的词语

再开放一次。不要这么惨烈
不要这么迅疾，请温柔地，请轻轻地

请用你的热爱，用你的沉吟，你微笑的思
用你对命运的骄傲，以及
对曾经的青春的誓言和信仰的加持
你的底线而今已成为众人的雪线。
请你一定如约，从深秋退回阳春，从熄灭重回燃烧
从泥土重上枝头，再完成一次转世。

沉　哀

——再致陈超

"太阳照耀着好人也照耀着坏人"
当他这样说时，他无疑将自己当成了好人
是的，他是。相识二十二年中，
我完全可以证明。

那时，太阳照耀着我们的年轻
太阳照耀着我们热情但并不白皙的面孔
但那些意味深长的文字让我敬重
惊讶，那时他已预言了桃花无尽的来生

如今想想，那时我们迷恋
诗歌修辞中的创伤，意象的悲情，与瑰丽
是有理由的，那时我们都年轻
单凭一些词语，就会彼此将对方的手握紧

二十年过去仿佛一瞬，那些
古老火焰的叙事才开了个头
就已变成残梦依稀。略带苦涩的笑容
已冰冻凝结，夹进了未完的诗稿中

这个冬日，太阳为什么没有照到你的阳台
为什么没有照耀你难以入梦的黑夜
为什么没有照耀我们渐趋老去的面孔
没有唤醒那从前的热爱，以及诗歌中隐秘的欢愉？

2014年冬至2015年3月，断续于北京清河居

【陈超主要著述：《生命诗学论稿》，河北教育出版社1994年版；《打开诗的漂流瓶——现代诗研究》河北教育出版社2003年版；《中国先锋诗歌论》，人民文学出版社2007年版；《游荡者说——论诗与思》，山东文艺出版社2007年版等】

狂人的谱系学
——从解读鲁迅开始

我将向黑暗里彷徨于无地。

……我独自远行，……只有我被黑暗吞没，

那世界全属于我自己。

——鲁迅，《野草·影的告别》

一曲狂想，一幕悲歌，一切都从这里开始，也必将在这里结束。

20世纪中国文学中有一个不幸的狂人家族，一个知识者的谱系，从鲁迅的第一篇白话小说开始，就开始了它的繁衍。这个谱系在过去似乎已经被梳理过，但还很不够。没有人将他们联系起来看，更没有人将现实中的和文学中的知识分子看成同一个群体。因为如果不能获得一个整体性眼光的话，将无法得出有启示意义的结论。钱理群有个很著名的说法，叫作"哈姆莱特和堂吉诃德现象的东移"，这是西方文学史上两个最著名的疯子，他们后来产生了众多的追随者和影子，依次传染给了东方民族的文学。而且这个传染的过程是一个在时间中渐变、空间上慢慢"东移"的过程。以至于一位当代的作家格非干脆就认定，"精神病是可以传染的"——他在自己

的小说《傻瓜的诗篇》中，令人震惊地、诗意而形象地
诠释了这一点。

这是一个很有意思的发现，研究文学或者研究思想
史者就应该这样。没有精神发现的文学研究算什么研究
呢？因此这是令人鼓舞的发现。我这里要借用这样一个
发现，来谈谈在 20 世纪中国文学中这个现象是如何变迁
和"移动"的。

一

黑漆漆的，不知是日是夜。赵家的狗又叫起来了。
狮子似的凶心，兔子的怯弱，狐狸的狡猾……

鲁迅的《狂人日记》，首先就是书写了一个中国式
的"多余人"形象，一个有着久远血缘的疯子。这不是
偶然的，历来文学只要写到知识分子，写到有点思想和
独立意志的人物，都会不由自主地产生"异类"或间离
的倾向。"狂人"之所以被视为狂人，既是误读，也是实
情。为什么这样说？狂人是被庸众恶意地"矮化"和放
逐的，有独立思想的人通常会共有这样的一个境遇。因
为他不能苟同于这社会，因而在这社会上便成了一个无
用之人，一个多余的闲人，只有被嗤笑、放逐甚至管制
的份。狂人的表征是"妄想症"和"谵妄症"，是说诳
语和危言，内里则是对规训和规则的抗拒。他在外观上
的确很容易就会被视为精神异常者、偏执狂和病人，但

鲁迅却告诉我们，这是世俗给他打上的恶毒标记，是"人群的专制"对异类的划分和定性，并且具有在人格意义上的贬抑与侮辱意味。然而如果仅仅是这样的一个深度，那也还不是鲁迅，鲁迅之不同寻常的深度在于，他同时也告诉我们：狂人自己也会真的变疯——被社会命定的处境，会转化为主体自我的暗示性心理与错乱式行为逻辑，以至于成为其性格和命运。哈姆莱特就是由佯疯到真疯的，开始他是佯疯，但当他选择了混乱的逻辑和倒错的语言之后，他就一步步走上了深渊之路，错上加错，他先是对自己所爱的人恶语相加，随后又错杀了自己未来的岳丈，最后又和自己所爱的人的哥哥决斗……他的每一步都是由于自己疯狂和混乱的暗示所驱动的，这一切反过来铸就了他的深渊性格和命运。自从奥菲丽亚死后他就真的疯了，因为他作为一个与命运赌博的赌徒，已经输光了。对狂人来讲，他的病状的自我体验是源于他深刻和无助的孤独感，孤独转化为了恐惧，并表现为真形一样的病状。当所有的人都声称他是一个病人的时候，当他们都用了异样的眼光看他的时候，他自己也无法不怀疑自己是一个病人。

　　一个走错了房间的人，一个生错了时代的人，一个遭到了庸众嘲笑和捉弄的人，一个惊惶失措的人，一个精神病……就是这样诞生的。他慢慢地接纳和适应了这样一个角色，无法拒绝。他不能不感到惧怕。一个人对他的歧视只是一种伤害，一群人对他的歧视就是一种扭曲，而一切人对他的歧视则无疑就是毁灭，他怎么能不疯呢？

鲁迅自己就是一个狂人：他就是一个对着羊群和风车作战的堂吉诃德——

"寂寞新文苑，平安旧战场；两间余一卒，荷戟独彷徨。"（《题〈彷徨〉》）

"他走进无物之阵，所遇见的都对他一式点头。他知道这点头就是敌人的武器，是杀人不见血的武器……"

"太平……但他举起了投枪！"（《野草·这样的战士》）

多像一个堂吉诃德！他的后半生一直在拿风车和羊群练习，最重要的已不是和什么人作战，而是作战本身，至于对象则可以借代和假想；他又是一个哈姆莱特——他的《野草》的语式多像是哈姆莱特的朗诵："彷徨于明暗之间，我不知道是黄昏还是黎明。我姑且举灰黑的手装作喝干一杯酒，我将在不知道的时候独自远行……"（《影的告别》）只有在"思"的状态并且以"思"的话语方式出现的时候，他才能对自己的人格予以肯定，才会有稍许的自信。所以他不得不沉湎于这种话语游戏之中。伴随着这华美而苍白的修辞，他挥舞着自己的思想之剑，环顾四周，找不到对决的人，显得悲壮中又多么滑稽。的确，没有人比鲁迅更接近一个西方意义上的人文知识分子，更接近于尼采、叔本华，更接近于俄罗斯和欧洲文学的精神原型，更接近于一个现实中的哈姆莱特。这在他最早期的著作《文化偏至论》和《摩罗诗力说》中，可以说就已经跃然纸上了。

但不同寻常之处在于，鲁迅总是因为其可以上升到哲学的境地而产生多解，《狂人日记》也一样。这其实也可以理解为鲁迅对"青年"——他原来所深信的"必将胜于老年"的一代"新人"——的失望与怀疑。他要确认原来这样一个想法的荒唐：青年一定是纯洁的。现在他明白他们的勇敢是短暂的，他们很快就会屈服于规训，并变得"成熟"起来，与成年人和老年人一样世俗化，变得狡黠和市侩。实际上也只有未曾世俗化的青年敢于讲出"吃人"这样的话，那时他因为自己的纯洁而说出了惊世骇俗的真理，并且敢于声称自己将要与旧世界的法则决裂，但这样的豪情壮志能持续多久？很快他就溃败下来，在被视为"异类"和"狂人"之后收敛自己，最后变成常人，并且"赴某地候补"。这即是意味着他与现实已达成了完全的妥协，他完成了自己的"成人仪式"，经过了一番挣扎和挫折，终于"回归"了社会——与之同流合污了。

历史还是没有什么进步，就像人性从来没有什么进步一样。鲁迅自己终其一生是在反抗这个"规律"，他拒绝让自己世俗化，到死还"一个都不原谅"——即便不能完全达到这样的境地。为了暗示自己这样一种"悲剧处境"，他坚持了自己的"病症"，一方面是与忧郁和愤怒共生的"肺病"；另一方面就是与风车和羊群作战的"佯狂"。他不是完美的，甚至也不是最纯洁和真诚的，但他是一个勇敢者，一个富有牺牲精神的人，一个流着接舆和屈原的血脉的真正的狂人。

一个诗人。

显然，重要的不在于鲁迅的"正确"，而在于他对他的精神原型——堂吉诃德和哈姆莱特——的继承和逼近。有谁是一贯正确的？我们为什么要要求鲁迅正确呢？如果我们是把他当作一个启蒙主义思想者，那么哪一个思想者是纯然正确的？如果我们是将他看作一个文学家，那么文学家又谈何正确，有何正确可言？

"多余人"的变形很多，在鲁迅笔下的魏连殳、吕纬甫庶几近之。郁达夫笔下有"零余者"，也近乎多余人，只是这些人物的处境是在异国，而不是像俄国文学中的此类人物一样，是从欧洲回到自己的国内，从自由回到桎梏，从所谓光明回到黑暗之中。他们所表达的是弱小民族在强势文化中的自卑、自恋、自艾、自怨的无助感。这也已经和鲁迅的小说一样，强烈地透示出一个问题：在中国的现代知识分子中有一种更加软弱、病态、扭曲和渺小的气质。在郁达夫看来，他笔下人物的"性变态"的倾向和颓废的人生观，不是因为他们自己的自甘堕落，而竟然是因为自己祖国的"不强大"——这显然是对自我的刻意美化。把深渊性格和自毁命运与国运的衰微连在一起，是很有象征意义的；但将自己的人格萎靡与道德沉沦也归结于国家的积弱，则是不诚实的，这不是真正的知识分子精神，它不能使这种衰弱和堕落因此而变得合法化。

这表明，现代知识分子的人格从一开始，就已经变态到了极端弱小和虚伪的地步。

二

"他专为他的同类——人类中的怯弱者——设想，用废墟荒坟来衬托华屋，用时光来冲淡苦痛和血痕；日日斟出一杯微甘的苦酒，不太少，不太多，以能微醉为度，递给人间，使饮者可以哭，可以歌，也如醒，也如醉，若有知，若无知，也欲死，也欲生……"（《野草·淡淡的血痕中》）

这是另一个证据。显然，有两个鲁迅，有一个日神意义上的作为启蒙思想者的鲁迅，也有一个酒神意义上的作为诗人、狂人、饮者和"精神界战士"意义上的鲁迅，从屈原、李白、李贺到曹雪芹，我看见这样一个来自本土的谱系，也看到来自哈姆莱特和堂吉诃德、拜伦这样一个西方文化血缘的精神遗传。看不到这样一个分裂的鲁迅，就是没有读懂他，没有读懂他的痛苦与希望，他的执著和脆弱，他内心的黑暗和痴狂。

作为思想者的清醒的鲁迅只是他的一张面孔，作为一个诗人他可能从来就没有对人性抱有希望，甚至也没有对历史抱有希望。他笔下没有谁是可以拯救的，不只阿Q，还有孔乙己、祥林嫂、闰土、爱姑、七斤、吕纬甫、魏连殳……这才是真正的鲁迅，有血有肉的鲁迅。

事实上身体的疾病也是这个酒神的一部分。肺病在某种意义上既成就了鲁迅也毁灭了鲁迅，肺病是一种"现代病"，在盘尼西林诞生之前，它对于人类近代文明的影响几乎是"美学性"的，苍白、屈弱、咳血和衰颓中有一丝美丽，这是"肺病"在"现代"中国和西方共生的一个叙事。可以说，肺病让鲁迅对自己有了一个精神黑夜中的孤独战士的自我想象，因为已然属于死神，所以也就决绝，使他有激情对着一个更病态的世界开战。尼采一生曾有一个理想是建立一门叫作"艺术生理学"的学问，他认为一个艺术家在艺术作品中所消耗的能量，和在性活动中所消耗的是同一种东西，所以艺术家应该节制自己的性欲；一个身体屈弱的人和一个强壮的人的艺术态度也是不一样的，假使鲁迅的身体是和周作人一样好，那也许就没有鲁迅了。

还有文体，鲁迅其实非常偏爱并且擅长"野草文体"，这文体显然来自于尼采、叔本华和克尔凯戈尔式的寓言，它充满了黑夜气质与暗示性，充满了反逻辑的色彩和混沌的思的品质，这使他始终葆有着一个诗人的情怀与语言状态。

这是一种深渊性格与状态——雅斯贝斯说，伟大的诗人都具有深渊般的性格，他"毁灭自己于深渊之中"，"毁灭自己于作品之中"，由此形成他独一无二的"一次性生存"，所以伟大的诗人中只有一个例外，那就是歌德，他是唯一一个绕开了深渊，又成为伟大诗人的例证——当然这说法也许绝对了点，但我认同这样一个观点，只有黑暗气质与深渊性格的诗人才是真正的狂人，而其余都是"欲狂而不能的""佯狂者"，这也是雅斯贝斯说的。

20 世纪中国的狂人与诗人们，当代的食指、海子、顾城……也都是典型的精神分裂症患者。与鲁迅相比，他们是一些更为衰弱的灵魂，他们已不与社会和外部力量战斗，他们是活在自己苦难而衰弱的内心当中，这是一个颇有象征意味的过程，他们也见证着现代以来中国知识分子的灵魂变迁与精神历史。

类似的蜕变中，狂人会一步步衰变成傻子。在鲁迅的笔下，"狂人"之"狂"源于对社会规训意志的拒绝和反抗，他虽然最后又妥协和完成了"世俗化"，但毕竟还有一番让人惊骇的挣扎，而到了钱锺书《围城》中的方鸿渐们那里，则已是典型的傻子或弱智式的"多余人"了。

方鸿渐这个人物值得好好研究：基于 40 年代的文化情境，钱锺书将他的性格和角色喜剧化——并且因而将之"矮化"了。他在欧洲游学多年，无所事事，没弄到什么真才实学，到末了只是为了应付出钱的岳丈才不得不花钱买了一个"克莱登"的假博士文凭，以安慰亲朋和家人……看得出，钱锺书是刻意要戏弄和讥刺这时代中国腐朽的知识界。（自然，他自己留学欧洲只拿到了一个"B"，大概是一个学士学位（Bachelor），因此他笔下的"博士"便都近乎骗子了——这当然是玩笑）事实上，方鸿渐在污浊的文化人圈子里仍是一个有廉耻心的知识分子，他的善良和软弱，以及不肯公开地欺世盗名，都是明证。但和鲁迅笔下的狂人相比，他已然是一个更加衰变了的灵魂，他对世俗已没有什么反抗能力和意识，他的原则就是混事和混世，能够保住他稍稍体面一点的生活就很满足，但就是连这一点可怜的目标也很难达到了。

然而这又是一个敢于打"诳语"的人，他不只对曹诗人和苏小姐的假艺术与假学术抱以轻薄，因而开罪并最终离开了这个圈子，他还敢肆无忌惮地在家乡父老面前"演讲"，信口"海通以来，西洋文化只有两件在中国长存不灭，一件是鸦片，一件是梅毒……"云云，这是歪打正着，幽默中很有几分讥讽和悲愤的力量的。

钱锺书写这个人物表明了这样一个意图："五四"知识者所希望和承诺出现的图景——西方文化进入中国之后应该结出的果实——并没有兑现。现代中国与西方文化之间，根本没有实现任何成功的对接，西方文化的主导价值，"德先生""赛先生"并未有在中国扎根和结果的迹象，相反，倒是在其边缘处生出一系列的文化怪胎——银行家张先生像"嵌在牙缝里的肉屑"一样的汉英混杂的谈吐；"十八家新诗人"之外的"第十九家"曹元朗笔下的半文半白、不中不西的"拼盘姘拌"；鲍小姐那"真理"一般光鲜裸露的装束，"三闾大学"那些欺世盗名的假博士和假学者们的追名逐利虚荣好色……都是这怪胎异象的杂陈和纷呈。他本人也是这样一个怪胎，一个不愿意与社会同流合污的但也同样无所作为的好人和甘于平庸的废物。由愤懑传统、渴望西方文化的五四启蒙知识分子，到40年代对西方文化的信念全然崩毁的"智识阶层"，人格和能力都处在梯次下降中，由反抗者的悲剧进而降解到了湮没者的悲剧。

这不光是方鸿渐自己的失败，而是新文化运动和现代中国知识分子的集体性失败。

三

四面都是敌意的，可悲悯的，可诅咒的。

丁丁地响，钉尖从掌心穿透，他们要钉杀他们的神之子了，可怜的人们呵，使他疼得柔和……使他疼得舒服。（《野草·复仇（其二）》）

中国现代知识分子的悲剧在于，他们在某种意义上也做了"自己的掘墓人"。因为他们一开始本是革命理念的创造者——是一群北京大学的教授最初宣传了革命，并且由其中的几位关键人物创建了革命新党。然而随着革命的逻辑不断向前，知识分子的身份开始变得不那么自然和充分合法了，大多数留学日俄和欧洲的"西方马克思主义者"渐渐变成了党内的机会主义者，瞿秋白、王明、博古……他们有更专业和正宗的革命理论，但是却不能将革命引向胜利。渐渐地，知识分子变成了革命的同路人，变成了需要团结和改造的对象，变成了具有"原罪"色彩的需要改造思想的"小资产阶级"群体……直至变成了革命的对象。这个过程并不漫长，其完成的时间也就是二三十年的样子。

这很奇怪，也不奇怪。一方面，纯粹知识分子的观念，会在革命的暴力实践中变得苍白和不合时宜，会走向革命的反面——因为革命不是"温良恭俭让"，革命是一个阶级推翻另一个阶级的暴力行动，革命最终会和知识分子的浪漫主义、人道主义分道扬镳。所以知识分子如果不能及时地转变其价值理念，或者在两种思想观念之间矛盾、游移与彷徨，当然会被抛弃，甚至被甩到对立的一面去。

一切都有一个奇怪而自然的逻辑。就文学来说也近似，其思想和主题的变化就有这样一个轨迹：在"五四"最早的知识分子那里所主张的是"人的文学"；然后很快在文学研究会的作家那里就变成了"为人生的文学"——不要小看这样一个变化，文学的本质已经在转变，由普遍的人性论思想变成了社会学理念；再之后到了20年代后期，由一群更年轻的激进分子的热情包装，就又变成了"为无产阶级人民大众的文学"，社会学进而变成了阶级论，普遍和抽象的"为人生"，变成了具体的有区分的"阶级"的人群；再之后就是延安的"为工农兵服务的文学"了，变成了由意识形态规定和政治观念统领的文学。这一步看上去似乎是突兀的，其实一点也不，历史的逻辑在其中自行演变着，不期然就走到了这一步。

走到这一步，"五四"作家的那一套价值理念、文学思想、话语方式就完全失效了。要么变成革命文艺家，要么被彻底打入冷宫，甚至消灭。

文学的轨迹，作家的命运，同上面所说的投身政治的知识分子的命运是异曲同工的，有着相通和相同的逻辑。

有许多被抛到了反面的例证，要数最典型的，那可以首推王实味。

他是用了一篇叫做《野百合花》的文章，试图批评现实与理想之间的反差。说白了，就是作为一个知识者对革命的一相情愿的理解，同革命的现实之间的距离。这个距离令他不解，欲说还休，不由生出一些书生气的哀怨和不平。最终，来自知识分子的一面占了上风，他到底扭扭捏捏地说出了不满，用了非常软弱的方式——遮遮掩掩地假借了两个革命女性在夜晚路上的对话，以表明这不是自己说的，而是"从别人那儿听来的"。那内容粗略说来，无非是有点"平等（平均？）主义"和"人道主义"的思想，从这样的思想出发，对延安现实的不满。

但这还不足以完全说明问题，紧接着而来的是在受到批评之后的态度，一种不老老实实认错、为自己辩解的"顽抗"态度。从否认自己有错，到不得不承认自己有"认识问题"，但不是"存心攻击"……古代知识分子的那种"士可杀不可辱"想法已经大打折扣了，可即便是这样退了又退的表态，也早已无济于事。在那样一种不容辩解和不容置疑的语境中，这一切最终被打上了危险的政治标签。

那样的死是令人畏惧的，不仅仅是那闪亮的砍刀令人胆寒，而且还因为那样的死几乎注定了永世的骂名——他永远不会像许多同样的冤死者那样，得到一个身后的英名，享受鲜花的哀荣和眷顾。他的身后没有一个多么了不起的词语和概念作为支撑，相反还同一些暧昧和可怕的是非纠缠在一起——他曾因此被定为"托派"，并由此获掷了一个"反革命奸细"的罪名，这样的概念即使是在它的"源出地"苏联也早已不复存在，即使是在历史已经翻覆的今天，也难有人给出一个最终的说法——一个从未真正有机会攀结到那异国"亲戚"的穷小子，就这样成了代为受过的屈死鬼。王实味，绝不是一个无争议的英雄，他的名字上几乎可以说还是落满了尘埃……

很显然，许多人、许多知识分子是因为迷恋"理念"而走上革命道路的，包括像王实味这样的知识分子。因为革命在他们看来就是要绝对的"平均"和自由。这是理想，也是当然的误解，是把革命的理念、景象与结果"诗化"了。知识分子有这个毛病，对革命和政治有着与生俱来的狂热。即便是像玛格丽特·杜拉斯那样的人也说，"一个人，如果他不是一个政治家，那他就不是一个知识分子。"但知识分子中的许多，正是为过于简单的理念所害，因为革命作为实践和作为理念是完全不能对证的——革命本身对一切所谓"好人"和"坏人"的区别，有时必须是非常简单和粗暴的，这种简单和粗暴不但"合理"，而且还无法改变。无论是法国大革命，还是在俄国、在中国和世界任何一个地方的革命，都不会脱出这样的逻辑。在那样的情境中，王实味如何为自己洗刷？他曾经天真地进行争辩，并且十足书生地坚持自己的观点，结果只能把自己推向深渊。王实味，可能他至死也没有悟出这样一些本来简单得很的道理，他至死也没有明白：自己何以会被打成一个"反革命的奸细"？一个原本只是因为迫于生计翻译过托洛茨基的一本书，也许事实上并不怎么了解托洛茨基在俄国革命中的地位的"土书生"，怎么会有机会变成了"托派分子"？

有相似悲剧的还有胡风和路翎等组成的"七月派"作家们，他们也天真地以为他们会是真正的"现实主义者"，鲁迅精神的传人，可正是这些幻想断送了他们，至于路翎在长期监禁的精神折磨中疯掉，则更具有象征的意义了。

从王实味到胡风，的确都是一些固执地拒绝规训、愚昧得近乎愚蠢的人，才华对他们这样的人来说是灾难；淳朴和认真则是致命伤。而更多的人，包括那些我们曾非常尊重的知识分子，甚至同样的诗人、作家——比如艾青、丁玲等，却早已经变得聪明和富有政治敏感，在这些悲剧的演出过程中，他们都是很自然的参与推动者。这应该是一个更大的悲剧，不管他们是出于个人的成见或私下的恩怨，还是对政治的屈从，他们将自己阵营中的一些人一步步推向深渊，就已经表明了现代知识分子的集体死亡。这其实是一个更大的事件，只是结果一时还隐而未显。他们后来的落难，实际也是前者悲剧的延伸，是出于同样的逻辑。

但这样的悲剧某种意义上正体现了必然：无论是那些先蹈向悲剧，还是后蹈向悲剧的；无论是那些意识到了自己的意义，还是至死也未弄明白怎么回事的；无论是以理想的殉道者载入史册的，还是犯下了种种不可原谅的过失的……所有这些悲剧，都是这个群体所必然要付出的代价，而那些高尚者则可以称得上是基督式的牺牲。俄罗斯的思想家别尔嘉耶夫说过：19 世纪俄罗斯的知识分子之所以令人尊敬，不是因为他们有着令人喜悦的过剩的才华，而是因为他们"无原则地爱着他们的祖国和人民"，愿意为他们去下地狱。这是多么伟大的情愫——无条件和无原则的爱。俄国的民粹主义思想和东正教牺牲精神的教养，使他们具备这样了不起的禀赋，而20世纪中国的知识分子，虽然在总体上没有达到这样的高度，但他们也用了自己的努力，包括他们不同形式的代价和牺牲，部分地实践了为改良社会和人生去奋斗的理想意志。

四

这是死火。有炎炎的形，但毫不摇动，全体冰结，像珊瑚枝；尖端还有凝固的黑烟……映在冰的四壁，而且互相反映，化为无量数影，使这冰谷，成红珊瑚色。(《野草·死火》)

相形之下当代的知识分子形象就更惨淡，在长期的原罪加改造之后，他们成了一群变态的孱弱而小气的精神障碍者。

在生存的艰难和荒谬方面，张贤亮所塑造的一个叫作章永璘的人物，可谓最有代表性。他在最屈辱的情形下，被迫畸形地孕生出一种求生本能——为了多打到一点点稀粥而煞费心思，为了能够混一点面食而设法偷吃糨糊。这种考验在古今中外的知识分子中可以说还从未遭遇过，皮之不存，毛将焉附？生存的基本条件已经丧失，知识分子的自尊心，他赖以显示优雅和教养的基础，他的身份特征本身就已荡然无存。然而这位章永璘就是在这样的条件下，也保持了他作为书生的幻想、癖好、本性和本能——一旦填饱肚子，又开始生出他的"政治与性"的两种幻想与欲望，其表现就是在读《资本论》的同时，也饥渴地寻找荒原上的美女。他很快又找到了"书中自有颜如玉"的幻觉。作者张贤亮也让其实现了这种意愿，让两位仿佛仙界降临的女性，宛若《聊斋》中的鬼狐之女一样的马缨花和黄香久，无条件地爱上他，并为他奉献身体。一个让他找回了书生的自尊——作为"美国饭店"的马缨花，从别的男人那里弄来食物以满足他的需要，全身心地奉献给他无须谈婚论嫁和承担任何后果的性和爱情；另一个，则让他找回了男人的身体，在他失去了男人的能力的时候，黄香久以她动物性的魅惑力唤起了他的性欲，而当他嫌弃她的不纯洁时又挥之即去。即便是在这样落魄的时候，他的男权意识也不比古代的书生少哪怕一点。

他也是一个"多余人"——但和方鸿渐不一样，章永璘似乎连颓废的权利也没有了，他必须在艰难的环境条件下显示他的生存意志，以及比一般老百姓看起来要高得多的生存智慧。这里作者不经意间竟流露出了可笑而自鸣得意的优越感，虽然这种优越已实在不能和现代知识分子的那种人格独立意义上的优越感相提并论。

食和色、吃和性都成了问题——在过去这一切几曾成为过问题？知识分子要保证其起码的身份，必须是在保证了基本的生存条件之下，当代文学中的知识分子形象之所以更加孱弱和人格低下，与这点有密切的关系。

找回了这一"权利"的人物，是贾平凹《废都》中的主人公，"西京的名作家"庄之蝶。但找回了物质条件，他却进而丢失了灵魂。和以往任何一个知识分子人物相比，他都更加丑陋和堕落。他已不是一个怀揣高傲和孤僻的唯美加颓废的"多余人"，而是一个真正破罐子破摔的变态了的欲望主义者，一个现代的西门庆。他的喜好是空虚中的声色犬马，但又缺少享乐这一切的勇气，不具备真正的野性与生命力，在一个精神坍塌、物质上升为统治力量的时代里，他试图用肉体的狂欢和对世俗价值的完全认同，来缓解自己内心的虚空与苦闷，但结果却仍是毁灭。

就精神世界的纯洁性而言，庄之蝶远没有方鸿渐们的境界，驴倒了架还在，基本的原则和尊严还能守得住。可庄之蝶则是一头扎进了声色犬马中，像西门庆之流那样找寻着简单的刺激和快乐，他最下作的一句话，是当他与那个名叫唐婉儿的女人苟且之时，突然找到了久违的雄健，于是很得意地问她，自己与老婆怎么不行？他原来以为自己真的已经不行了，结果唐婉儿说出的竟是这样一句让人惊心又恶心的话："世上没有不行的男人，只有不行的女人……"多么肮脏的灵魂写照啊！

写得最深刻和悲壮的一个多余人形象，应该是一个被忽略了的人物——这就是莫言的《丰乳肥臀》中的上官金童。这个中西两种血缘和文化共同孕育出的"杂种"，在我看来也许是 20 世纪中国知识分子的一个化身。他的血缘、性格与弱点表明，他是一个文化冲突与杂交的产物，而他的命运，则更逼近地表明了知识分子在这个世纪里的坎坷与磨难。他身上的一切都是矛盾着的：秉承了"高贵的血统"，但却始终是政治和战争环境中难以长大的有"恋母癖"的"精神的幼儿"；敏感而聪慧，却又在暴力的语境中变成了"弱智症"和"失语症"患者；一直试图有所作为，但却始终像一个"多余人"一样被抛弃；一个典型的"哈姆莱特式"和"堂吉诃德式"的佯疯者，但却被误解和指认为"精神分裂症者"。作家在这一个人物身上寄寓了太多的寓意：他的父亲是流着西方（瑞典）人血液的马洛亚牧师，同时又拥有一个中国（本土）的母亲，这正是 20 世纪中国知识分子的"文化血统"的象征，显然，它具有"非法"和"高贵"两种矛盾的性质，它的非法性是源于中国近代以来遭受西方侵害和掠夺的历史记忆，西方对中国人来说是意味着帝国主义、侵略者、野蛮之地等符号；但同时，西方又是现代社会与文明的发源地，是现代思想的诞生地，是中国知识分子向往的地方。这样，当现代中国的社会气候一旦发生微妙变化的时候，他的祸福转化，就仅在一夜之间。

因为莫言施用了一个"人类学障眼法"的缘故，这个人物身上的一些"生物性"被夸大和曲解了，实际上小说所要努力体现的是他身上文化的二元性，这是 20 世纪中国知识分子的普遍的先天弱点的象征："杂种"与

怪物的嫌疑，已经先天地注定了他的悲剧，来自西方的
文化血缘，在赋予了他非凡的气质与外形、基督的精神
遗传的同时，也注定了他按照中国文化伦理来讲的"身
份的可疑"。这一点正是揭示了20世纪中国知识分子
共同的不幸困境——二元分裂的出身使他们备受磨难。
西方现代的文化与思想资源造就了他们，但他们又寄生
在自己的土地上，对本土的民族文化有一种近乎畸形的
依恋和弱势心理支配下的自尊。他们要启蒙和拯救自己
的人民，却遭受着普遍的误解，这样的处境和身份，犹
如鲁迅笔下的"狂人"所隐喻的那样，他本身就已经将
自己置于精神深渊，因而也必然表现出软弱和病态的一
面——他们没有像俄罗斯知识分子那样下地狱的决心，
却有着相似的深渊般的命运。其实从"狂人"到"零余者"，
到方鸿渐、章永璘，再到上官金童，这是一个连续的谱系。
他们有着与俄罗斯文学中的"多余人"相似的性格与命运，
但却更软弱和平庸。

　　容易被误读的是上官金童的"恋乳癖"和性变态，
理解这一点，我认为除了"人类学"和寓言性的视角以
外，还应该另有一个角度，即对政治与暴力的厌倦、恐
惧与拒绝。因为某种意义上，男权与政治是同构的，而
上官金童对女性世界的认同和拒绝长大的"幼儿倾向"，
实际也可以看作是对政治的逃避，这和他哈姆莱特式的
"佯疯"是一致的。同时，可以认为他与中国传统知识
分子中的一种"另类"性格有继承关系——比如他也可
以看作是当代"贾宝玉式"的人物，他对女性世界的亲

和，是表达他对仕途经济和男权世界厌倦的一个隐喻和象征。

上官金童注定要成为一个悲剧人物，他的诞生本身似乎就是一个错误，这是文化的宿命。他所经历的一切屈辱、误解、贬损和摧残，非常形象地阐释着过去的这个世纪里中国知识分子的惨痛历史。但他在小说中还有另一个作用，即形成了另一条叙事线索和另一个历史的空间——如果说母亲是大地，他则是大地上的行走者；如果说母亲是恒星，他则是围绕着这恒星转动的行星；如果说母亲是圣母，他则是下地狱的受难者……如果说母亲是第一结构的核心，他则是另一个相衬映、相对照结构的核心。小说悲剧性的诗意在很大程度得益于这一人物的塑造，他使《丰乳肥臀》变成了一个"民间叙事"与"知识分子"叙事相交合，"历史叙事"与"当代叙事"相交合的双线结构的立体叙事，两条线互相注解交织，从而极大地丰富了作品的历史与美学内涵。从这个意义上说，虽然这个人物的性格是足够病态和懦弱的，但他的丰富内涵却深化和丰富了 20 世纪中国知识分子的形象谱系。

2008 年 11 月 17 日夜

北京清河居

苍穹下的仰望

那儿有奇迹，那儿有神性的野蛮，

……令我心醉神迷，神圣的门户！

回故乡，回到我熟悉的鲜花盛开的道路上，

到那里寻访故土，涅卡河畔美丽的山谷，

还有森林，那圣洁森林的翠绿，在那里……

——荷尔德林，《返乡——致亲人》

　　一条小路出现在大地与云际之间，这是施瓦本山的尽头，海一样的褐色森林在这里停住了它的浪涛。那奔走的人也在这里迟疑了一下，他放缓脚步，回望这熟悉的山谷，迷人的风景，眼里映进了这童话般秀丽的城市。他吟哦着，叹息着，徘徊不前。

　　一条路就这样诞生了。而此时的我，就站在它与尘世连接的地方。我在心中默念着这珍贵的人，仿佛看见他在风中瘦削和佝偻着的身子，迷离而衰朽的目光，还有在风中稀疏而零乱的白发。他在吃力地攀登着，衣衫褴褛，气喘吁吁。世界已彻底抛弃了他，而他却还在为这世人担忧，为这大地上不息的生命而感动和吟咏。深沉的日尔曼尼亚，你诞生了太多的贤哲，可为什么独独将这一位纯洁的人遗弃？

关于他，我似乎已经知道的太多，却又是那样地少。现在是 2000 年的初冬，又一个世纪即将结束，在时间的涡流里，我似乎有呛水的感觉。但还好，现实的稻草还紧握在手中，脚下的泥土也似乎还算牢靠。我站在这古老的土地上，惊奇这世纪末，它的一切不可思议的和谐与安详，可我也感到迷茫：我想知道，这世界和他之间，究竟是怎样的一种必然互证与悖反的关系，两百年前的今天和现在，究竟又是怎样的一种不同，这美丽的土地诞生了他，为什么又让他和他的思想一起饱受贫寒、冷落、嘲弄和流离，我们的诗人那漂泊无助的灵魂，如今安歇在哪里？

世界的末日并未如约而至，一切都还照旧，山川秀美，容颜如始，甚至那为哲人所预言的世界之夜也尚未降临。此刻是下午三时，在这圆形的星球上，东边的祖国已将要安眠，而这里的一次远足才刚刚开始。冬日的白昼再短促，也有一番温情的盘桓。雨后的斜阳穿过密林，显得格外灿烂，天鹅和大雁就在脚下不远处的涅卡河中嬉戏，对岸的教堂里传来的钟声显得恍惚而悠远……一切都是这样地平静，仿佛这世界才刚刚开始，一切都还来得及。

我沿着这小路与尘世的连接处向山上走去。是寻常的那种山路，弯弯曲曲，穿越着林地与房屋，并不比通常的山路和街区更少人间的烟火气。它慢慢地向上，不断地在转弯的尽头消失，然后又重新开始。我并不担心自己会在那些岔路或者拐角处迷失方向，只是凭着直觉，慢慢地走向它的深处。

忽然有了似曾相识的感觉。一条小路能有多长？即便你从未来过，也会有恍若旧梦的谙熟，仿佛相约前生。看来人生的许多处境都是相似的，也许每一条路的情形大抵都差不多。对哲人而言，一段路和每一段路，一段路和人生的总长，也许就是同一个概念。"在路上"，不但是生存的状态，也是本质；是思想的过程，也是思想本身。在荷尔德林的一生中，海德堡也许不过是最短暂的微不足道的一站，却也留下了这样一条著名的小路。我查阅了那么多的资料，除了一首他的颂诗《海德堡》之外，竟没有见到他在这里的任何一点哪怕是稍稍详细的记载。某种程度上我甚至疑心这条以他来命名的小路是否真实。为什么在活着的时候无人理会，而死后却有了如此多的荣耀甚至追封？

但这是至为奇妙的一条：没有比一条小路本身更能够合适地纪念一位行吟的歌手和一位哲人的东西了。在这个世界上不曾拥有任何领地，却独独占据了思想，默守了思想的苍穹。你可以占据大片的土地，却不能独据任何一条道路；你可以统治住人们的身体，却不能占有他们的头脑。这真是一个妙喻，一个最好的回忆和证明的方式。

这也是一个奇迹。在近代以来的艺术史上，已连续出现了多个这样的例证。他们的作品和人格的意义在当世并未获得承认，而在他们死后，却发生了意外的增值。时间越是消逝，他们的价值就越是固执地凸显出来；原先越是遭受俗世的漠视、非礼和误解，身后就越是受到景仰和膜拜。这和那些当世的辉煌者常常正是相反，权贵和荣华随着时光一起烟消云散。得到的越多，那发自人内心的鄙睨也就越甚。

　　枯黄的和血红的叶子落下来，满地堆积，雨水已经把寒秋和初冬一起浸润得湿透。大地开始向下，而天空却比原来更显幽深。在出世的思想和红尘的下界之间，似乎还有一个"过渡"的阶段。各式各样的家居小楼挤满了山腰，窄窄的路上停满了住家的车辆。坡虽然很陡，但精巧的房舍还是令人费解地建在上面，更显出幽静高雅和富贵堂皇，令来者不由心生敬畏，可见非是寻常人家的去处。尘世的富贵大大逼退了诗哲脚步的印痕，使这条出世的小路更显得有几分崎岖和漫长。当年与荷尔德林在图宾根的神学院同窗的另两个非凡的智者，是格奥尔格·弗里德里希·黑格尔，以及弗里德里希·冯·谢林，他们曾同处一室同窗共读的佳话流传甚远。可与荷尔德林相比，他们却要幸运得多，因为他们在中年以后几乎就已是得到举世公认的哲人和名流了，而我们的弗里德里希·荷尔德林，至死却仍是一个寂然无声的隐者，一个精神上的孩童，一个为世人嘲讽和轻蔑的落魄的疯子。据说他的暮年是"穴居"在图宾根一个木匠家的地下室里，死时是被包裹在破烂的衣服里，由工匠们把他抬进了坟墓，他的手稿则宛若纸钱般地被人践踏和丢弃。在海德堡老城的法拉第街上，还赫然保留着曾在这里首次获任教授职位的黑格尔的旧居，而荷尔德林却选择了荒僻的山野。我不知道那时他栖身何处？此时我才真正明白了一个道理：一个诗人的必然命运，还有他和其他一切的人相比最大的区别也许就是，他是最容易受到误解的人——甚至包括了他自己的同类；他所得到的承认，永远是最晚的。

坡道好像缓和了一些。那时我得以漫不经心地瞭望，看到在那些各色各样的华美别墅的稍远处，也还有一些看上去相当简陋的木屋，它们或隐在树丛中，或靠在峭壁旁，显得歪歪扭扭，寒伧得很。我不知道那些房子是供什么人居住的，是看林人的临时小屋，还是流浪汉的栖身之所？直觉在疑问，是否当年我们的诗人也曾在这样的寒舍里栖居？我悄悄地上前，试图看看那上面有没有什么标记，但看到那些黯淡或者衰朽的房门上，除了些许的灰尘和青苔，都是空空荡荡，并没有我所期待的那种像老城那名人街上的大师旧居的纪念牌子。屋前杂草丛生，不见半点人的踪影。偶尔倒是看到一两只松鼠之类的小动物，"嗖"地一声从脚下蹿过，惊起人虚虚的一点汗湿。

或许在这样的居住和生存中，会有助于产生诗意的思想？也许我们的诗人那时还不至于落魄到在这样的陋室里沉吟。即便是已落魄到这般境地，对这位诗人来说，他也不会去书写他自己的那点小的怨艾。寒居和忧愤，当然可以成为诗人写作的动力，历史上这类例子比比皆是，但另一类诗人，他的富有从来都是一如黑夜的混沌和大地的慷慨，他根本不会去计算生命的代价与艺术的报偿之间究竟是怎样的一个比率，因为他实际上是居住在"世界的中心"里，存在的本质之中——他们是一些伟大的盲视者，这是一位东方的早夭的天才诗人海子说的。所以他要没来由地为人类歌唱，为生存去思虑和忧患。这并非源于美德，而是出自本能；不是源于智慧，而是出自逻辑。这样的品质，或许也可以解释为纯洁，但这也许就是荷尔德林所说的"诗人的使命"。按雅斯贝斯的说法，诗人就是属于那种深渊性格的人，他一定会迎着毁灭而义无返顾；按照尼采的说法，他注定要去"危险地生活"，因为只有在这样的生活中，才能"获得存在的最大享受"。他会因此而疯狂，而坦然，而毁灭，而高蹈，迎着不朽的光芒，迈向永劫的黑暗，在生命中失败，又在诗歌中永生。海子所咏叹的"天才和语言背着血红的落日，走向家乡的墓地"，大约就是这个意思。

小路上有稀疏的游人，这使它看起来更像一个旅游景点。这被称作旅游胜地的城市，号称德意志"最浪漫"的地方，如果没有这条登高怀古的路，大概会失却一半的神韵和灵魂。好在这是个萧瑟和略显寒意的日子，路上偶尔的行人看起来都有几分踽踽独行的意思了。毕竟摩肩接踵是有几分滑稽的。若是哲人小道看起来成了拥挤的香火之路，怎么说也不是一个贴切和真实的景致。

房屋俱被抛弃在脚下，到山腰了。拐过一个弯，视野随之开阔起来。可以越过下面稍矮的丛林，看到涅卡的绿波，以及河水上已历经几百年沧桑的老桥。据说这

桥原是一座"廊桥",后来不知何故就把上面的廊道拆
除了。桥对岸的尽头,是一双哥特式的白塔构成的大门,
那便是古代大学的标志了。老城区大学的主体建筑,就
坐落在对面的这座叫作"国王之山"的山下,山腰上矗
立的,是那座在上千年的时间里一直未竣工、一直在建、
又一直在变成废墟的"古堡"。海德堡之所以没有照读
音译为"海德贝格"(Heidelberg),而翻作了"堡"(burg),
大概跟这有关系。和对岸的"权威"与庙堂气象对峙着
的这边,是颇富郊野意味的"圣灵之山"。其房屋与对
岸相比要稀少得多,还都是民居,集中分布在山脚。想
来这就是诗人命定的去处了——诗人不在郊野,却在那
里安身?

　　但这正是合适的距离:从这里俯视人间的一切,远
远地,透过淡淡的雾岚,那里的奔忙还依稀可见,但纷
争和悲欢就全隐没于宁静的背后了,所剩下的,就是一
幅画境般的世界了,它和人近在咫尺,但又遥不可及。
这正适合思索,适合哲学和诗歌。尘世与自然,向往与
背弃,绝望和留恋……得以不即不离,不离不弃,一切
都恰到好处。我在想,如果不是有这一繁华、一静谧的
国王与圣灵二山,不是它们一南一北,居于绿水东来的
涅卡两岸,形成了这样的奇妙格局,构成了这样俯瞰与
对话的距离的话,也不会有这样一条哲人小路。正是有
了这样一个超然的距离和角度,这城市才有了几许哲学
和诗的情调,而不只是剩下了童话。

一条路。

这真是太有意思了，只有这时，只有当我真正在这寻访和攀登之中时，我才体味出它的含义，才有机会真正感知它，接近它，从精神上。而且我知道这也很难说是属于"认识"的问题，它是"一次性"的，是一次生命中的闪电，一次偶然的"神示"的心动，它将很快地消失，不会永久地"获得"和持续下去。这就是诗歌和思想，和生命，和一个流浪的人子的处境，和死亡……之间复杂的关系。理解一个诗人需要多漫长的过程？要耗费怎样的思想与感情？这条路帮助了我。那时我想到的几乎像莽莽群山的松涛，似乎汹涌澎湃，但又匆匆而逝，一恍它们就不见了，连个影儿都抓不住。

幸好还有他们帮忙，我手里还有他们——另一些作为诗人之同盟的哲人。是他们帮助我捕捉到那些思绪的丝丝缕缕，帮我去追寻这苦难而不朽的灵魂。这也是叫人困惑的——不是同时代的诗人，而是那些后来者，后来的哲学家、小说家和诗人把这灵魂重新找了回来，将他安放在艺术殿堂的高处，德意志的祭坛和人类精神的核心。

而歌德和席勒——这两位在青年荷尔德林时代就早已经名满天下的巨擘，他们却没有看到，也没有承认这后来者的才华，更没有亲和过他那纤细而博大的精神。为什么两颗同样具有着创造力、也热爱着自然和自由的心灵，却出现了可怕的盲视？当荷尔德林怀着一个晚辈对他们的景仰，跑到遥远东部的耶拿和魏玛去拜见他们，歌德所表现出的是一个长者的冷漠和盛名之下的傲慢，他几乎无视这位叉手不离方寸、无条件地膜拜着他的青年。而席勒就更加主观，他倒是没有歌德那样的自恋，但却在和这个年轻人的"不对等的友谊"中，给了他太多自负而愚蠢的指点。或许在艺术的历史上这样的例证并不算多，但这足以使我们的荷尔德林那痛苦的心灵雪上加霜——因为他是这样地相信他们，却又坚持着完全不同的自己。奥地利的德语作家茨威格意味深长地把这种交往称作是"危险的相遇"，因为他们是完全不同的灵魂，是水与火、碳与冰之间的不同。当席勒的思想正日益陷入恢弘掩饰下的苍白、理性包裹下的软弱的时候，他的诗歌的灵感也已经接近枯竭。他是这样喋喋不休地教导别人的："伟大的世界主宰孤单无朋，/觉得有所欠缺——于是他创造了思想者，/像一面幸福的镜子将他的幸福反射……"哈，这就是他已经完全定型了的思想，以及他日渐清晰又淡薄的高高在上的理性了。而这时我们年轻的荷尔德林是怎么说的——

> 欲说不能，他孤独地
> 在黑暗中徒劳空坐，
> 厌倦了那些征兆和神秘力量、
> 那闪电和洪水，
> 就像厌倦了思想，这神圣的主！
> 若信徒们不用心灵将他歌唱，
> 他就无法在人群中找到真实的自己。

生命的激情正在燃烧着年轻的身躯，放射出闪电一样的光焰。衰老的前者怎么能够使他就范？同样，当歌德在高呼着"要适度，适度！……节制，节制！"的时候，荷尔德林又是怎样在沉默中反诘，"如果在时代的坚实锁链中／我的心在燃烧，你们如何将他缓和？／只有斗争才能将我拯救，／你们软弱者怎能夺去我闪光的本色？"也许用这种诗歌"秘密"的或者默诵着的方式来帮助他自己去反抗这时代的权威，这本身也是荷尔德林的不幸和软弱，但是这应该也类似于一种"在路上"的情形了——他坚信着自己，但又怎能预料他身后的事情，知道自己一定会跻身其间，并博得那么多的承认，甚至超过了他面前的这两座高不可及的山峰？

我面前的小路似乎出现了犹豫，远处的一片密密的灌木似乎预示着那片最后的风景的到来。路旁有一丛凋谢的玫瑰，枝干零落，残叶绛红。只有两枝未开就已干缩了的，还在风中可怜地颤抖，执意地抵抗这季节的包围。

小路上已变的空空荡荡。一丝暮色中的孤独围拢过来。或许当年的诗人就是止步在这里？他哀叹着这自然的壮美和喑哑，却感到了彻骨的疲乏和寒冷。那时他回转身来，看看了无人迹的身后，那澎湃的激情还剩几许？疯长的秋草像波涛一样向他漫过来，将他那瘦弱的声音和无助的身体牢牢地盖住。

一百年后才有人重新踏上这一条路。是他们再度竿路蓝缕，重新踏出这通向诗歌、存在和语言的林中之路，这两位同样的智者，令这座古老的学府骄傲的人物——马丁·海德格尔，以及卡尔·雅斯贝斯——曾以不倦的热情，来为这被湮没的诗人呼号奔走。想必他们当年执教海德堡的时候，也会时常来这里漫步，追寻着诗人的灵感和踪迹。他们的很多思想也许就是在这条路上萌生或被感染的。想来这哲人小路也还应该有这样一层意思，而不独属于荷尔德林。最真实的意义上也许是他踏出了第一道足迹，而渐行渐多的后来者终将它踩成了一条道路。这也是思想和一切哲学的历程。

难以解释海德格尔为什么会如此衷爱荷尔德林的诗，一个职业的哲学家喜欢的方式是用繁难而抽象的文字，海德格尔曾经在这方面登峰造极。然而他又热烈地喜欢上了荷尔德林，在这属于"单纯者的辉煌"的诗歌里，不期发掘出了丰富的启示。所以，海德格尔认为他是用诗歌的方式，用了象征和充满了神性的语言，触及了"存在的真理"。某种意义上这有似于中国人的方式，在我们的祖先那里，对世界的认知基本上是体验式的，当他们登高追远，必然要萌发生命的感怀，而诗歌就这样产生了。大地与自然被赋予存在的意义——它们同时具有了自在的"永恒"以及与我"相遇"的双重含义。"人世有代谢，往来成古今；江山留胜迹，我辈复登临。"生命意识派生出存在的哲学，而哲学所关注的最终也是生命和生存本身。这样的方式在中国人那里已经延续了两千年，可是在专注于追求"客观真理"的西方人这里，诗与哲学的合一、语言与存在的真正相遇，却是从荷尔德林开始。

不过，最终使这意义得以确立的却是海德格尔，是他第一次从"存在"的本体、认知以及表达的"三位一体"的高度上，重新阐发了荷尔德林的意义，用征引他那些充满着神秘启示的断章与箴言的方式，表达了用哲学的语言所无法表达的思想。这是体验的哲学，或者是诗与哲学的统一。也是因为借助了这样的方法，借助了诗歌语境中最简单的和破碎的词语，海德格尔哲学中那些晦暗的理念和思想，才得以更加"澄明"。在这个意义上，他们是互相创造和辉映的。这意味着在某些情况下，诗也许比哲学更便捷地接近和通向真理，否则，哲人何以在哲学之外还需要诗？

还有雅斯贝斯。他直到第二次世界大战之后还在海德堡讲授哲学，据说他当年也经常来这条路上漫步，并被众多的崇拜者时时簇拥和追逐着。没有人能够像他那样在推崇荷尔德林的诗歌、解释着艺术真谛的同时，还充满激情地捍卫着诗人的人格。他对世俗伦理中的"精神病"概念是这样反击的——"寻常人只看见世界的表象，而只有伟大的精神病患者才能看见世界的本源。"他的例子是无可辩驳的：米开朗琪罗、凡·高和荷尔德林。在艺术史上类似的例子还有很多，他们的"精神分裂"正是他们艺术创造力的真正源泉，而那些寻常的诗人和艺术家，不过是"无数欲狂而不能的模仿者"罢了。这样的说法不但是对诗人精神价值的哲学肯定，而且也是对世俗伦理及其思维方式的无情抨击。实际上，现代人不就是像在监狱里培养罪犯和在战争的难民营里滋养暴力一样，在广义的精神病院里，制造着普遍的精神创伤，行使其精神的专制的吗？

伟大的怜悯啊，只有高贵的心灵，才能有这样非凡的理解。

精神缘何才会分裂？或者说，什么样的灵魂才会挡不住世俗的风刀霜剑？哈姆莱特说的好，"世界是一所牢狱"，在这所黑暗的牢狱里，"是徒然忍受命运的毒箭，还是挺身反抗？"他自己也无法回答，故只有装疯。荷尔德林自己说，为什么我会被视为疯子？是"因为凡夫俗子难以认出纯洁之人"。食指说，"我还不如一条疯狗，/狗急它还能跳出墙院，/而我只有默默地忍受，/我比疯狗有更多的辛酸……// 假如我真的成条疯狗，/我就能挣脱这无形的锁链，/那么将毫不迟疑地，/放弃这所谓神圣的人权。"是因为人们在种种的等级统治与精神的捆绑之外，还在谋求一种无处不在的压迫——这在最底层的人民中间也随处可见——就像鲁迅在他的《狂人日记》和《阿Q正传》中所描写的一样。所以，精神分裂在我们所谓文明的语境中，反而具有了广泛的隐喻意义，它成了反抗这些统治、表达个体的独立声音，甚至传达神圣的拯救意志的象征。这是人类的悲剧，在一切的残害之外，还存在着这样的不幸：人们在无意识之中正行使着——并且从未怀疑——其可怕的精神专制。

当然，更惨痛的例子是那些掌握了真理的英雄，他们也因为庸众的愚蠢而被误视为异端和危险，就像屈死的拉奥孔和布鲁诺，他们都是这悲剧的牺牲者。

梵·高也是最好的例子，他活着的时候一文不名，除了亲人，没有一个人真正赏识过他的作品。他是在误解、歧视、贫寒和落魄中度过了短暂的一生，可他死后却身价百倍，是他深刻地解释了绘画艺术的现代内涵，并且改变了艺术的历史。如今他的每一幅画都已价值连城，抵得上无数庸人蝇营所值的一生。在庸人的正常和创造者的精神分裂症之间，何者更具有创造的意义？何者更接近创造的本能？也许还有例外——雅斯贝斯指出了一个特例，那就是歌德，在伟大的诗人中只有他一个是"躲着深渊向前走"的，除此之外再无其他例证。在雅斯贝斯看来，寻常人只是用笔写作，而非凡的诗人却是用生命、用一生的人格实践来完成。这人生甚至不是人杰鬼雄式的伟岸，不是"世人皆醉我独醒"的高大，而是失败与落魄的悲壮，是狂人般的自我怀疑与人群恐惧症……于是天地间有了另一种悲剧，他和自己"内心的魔鬼"——那人世的欲望与庸恶在他内心的映像与渗透——去拼杀，他的超人性不是由于他人性的完美，而是由于他同自己内心的魔鬼进行的殊死肉搏。他创伤累累、血痕遍地，他由此演出壮丽的戏剧，这戏剧不亚于俄狄浦斯的惨烈、西绪弗斯的荒谬、普罗米修斯的悲壮。

从屈原到鲁迅，到食指和海子，这是在遥远的东方，在这里则有更多的例子：19世纪伟大的浪漫主义者们，还有凡·高、克莱斯特、尼采、斯特林堡、爱伦·坡，还有弗吉尼娅·沃尔芙、西尔维娅·普拉丝……诗人上演着人世间最惨烈的殉道的戏剧，承受着自我的分裂与病痛。他们在活着的时候只有被误解、伤害、鄙弃和嘲笑的份儿，他们伤害自己也伤害别人——当然，这盲目的伤害也构成了他们不平凡的生命的一部分……

这就说到了茨威格。我不知道这位本世纪里最优秀的德语作家，是否也曾来到过这条小路，但他对荷尔德林的理解，却最使人感动不已。没有谁能够像他那样从人性最隐秘的地方，从神性最辉煌的高处，还有从艺术的最精微、最不可言说之处，如此精细地解释着荷尔德林，解释着艺术创造的奥秘。他的这本《与魔鬼作斗争——荷尔德林、克莱斯特、尼采》曾使我彻夜难眠，难以自持。他对荷尔德林的描写和精神剖析，在我看来是那样地具有不可思议的切入生命与艺术本质的力量。

"内心的魔鬼"——我以为这是解释悲剧的命运以及不朽的诗人，他们普遍的写作动力与精神源泉的一个最关键的所在。任何人在本质上都是常人，只不过优秀的艺术家能够更直接和勇敢地面对自己的内心世界，有更多的精神斗争与内心的风暴罢了。这风暴当然会将诗人带入危险，加强他生命中深渊和自毁的倾向，但正是这危险的体验又再度激起他追逐光明的激情与力量——荷尔德林说，"哪里有危险，哪里就有拯救。"某些时候，这力量的神秘与不可抗性，会被诗人认为是来自"神启"

的意志，这样，他歌唱的欲望与语境进而获得灿烂的升华……茨威格认为，这样一种来自生命的隐秘结构的力量，就使荷尔德林变成了"德国的希腊精神的象征"，他自己也成了希腊神话中那位固执地要体验光明与生命之极境的悲剧青年法厄同。

这个古希腊人塑造的漂亮青年，乘着他燃烧的歌唱飞车飞向众神。众神让他飞近，他壮丽的天空之行宛如一道光——然后他们毫不留情地把他推入黑暗之中。众神需要惩罚那些胆敢过分接近他们的人：他们碾碎这些鲁莽者的身体，弄瞎他们的眼睛，把他们投入命运的深渊。但同时，他们又喜爱这些大胆的人，是这些人以火光照亮了他们，并把他们的名字，如"神威"，作为纯洁的形象置于自己永恒的星群之中。

这就是彗星，天才诗人的象征。他是早夭的，但是他燃烧自己放出灿烂的光焰，也用其不朽的生命人格实践完成了他的创作。死亡，或者精神分裂都是这燃烧的隐喻。这是诗人的代价，也是报偿。人其实与神一样，他们最终会折服于这样执着的勇敢者——因为再愚钝的人他们自己也会有那么一个高尚的灵光闪现的一瞬，他们希望自己也能够成为法厄同那样的勇敢者，但却只是想想而已，因为市侩气在他们的身上最终占了上风……

小路的尽头并没有出现雕像，在绿草之上，半黄的灌木之间，是一块简单的石碑，赭色的、接近暗红的一块石碑，好像一个边角还略略有些残损。那时暮色已快要降临，最后的一缕斜阳照射在石碑上面，打上一层古铜色的光晕。我的心不知为什么反而沉了下来。

这就是一条路的终点？就是这样一点可怜的风景？我不知道在图宾根、在法兰克福、在魏玛和耶拿，那些印着诗人稠密足迹的城市，是不是也有他的一两座雕像？在这个崇尚文化积累、热爱哲学和艺术的国度里，到处都是博物馆和名人纪念地，我甚至听说在某个城市里居然还有一块叫作"歌德呕吐处"的纪念牌。我不知道这究竟是出于崇拜还是对这崇拜的揶揄，但凡捕风捉影能够找到点依据的，人们总要想法子造上一座雕像，立上一块石碑，或者挂上一块牌子，沾一点名人旧居或足迹的仙气。可为什么独独对这位诗人，却是用了这样简单甚至是粗陋的方式？

我还是想起了茨威格对荷尔德林的评价，也许这样的方式是最合适的。这个与自然同在、与大地同质的纯洁之人，他不会在意，甚至不会喜欢人们对他的那种华丽的纪念。在德国的艺术史中，也许歌德是永远要居于王者之尊的，而荷尔德林却永远只是流浪者和悲剧精神的化身。他虽然挚爱着神灵和天父，但他将反对任何对他自己的"神化"。茨威格说，"在德国思想史上从来没有从这么贫乏的诗歌天赋中产生出这么伟大的诗人"，与歌德那样的诗人比，荷尔德林的"才华"也许是贫乏的，然而他的魅力和不朽之处也正是来源于此。正如天地的大美，山川的愚钝，荷尔德林所需要的只是用生命来实践他的热爱。"他的材料并不丰富"，"他所做的全部就是吟唱"，"他比其他人都柔弱，他的天赋比重很小"……然而，他却因为自己的纯洁而"具有了无尽的升力"——茨威格禁不住地感叹："这是纯洁性的奇迹！"

哦，奇迹！我想象那时，这疲劳的人站在高处，语言贫乏到了极点，嘴里只有茫然的唏嘘，似有若无的呢喃。语言在这时和这里已失去了意义。他用了最简单的音节，和最苍白乏力的音调，甚至看起来让人难堪和尴尬的重复，较量着古往今来那么多才思泉涌、文采横溢的诗哲。他的真诚和热切、执着和疯狂，让一切仅靠才华和语言邀宠的文人墨客们，宛若遇见了阳光的晨露一样，转瞬即逝，一点也靠不住——

> 凡夫俗子们，囿于自己的财产，有生之年
> 烦忧不断，一生中的情感
> 再无暇他顾。但终有一天，
> 他们这些胆怯者必将离去，在死亡中，
> 每一粒元素都将回归本原……

也许艺术的至境从来就不包含人为的复杂，纯洁的信仰所诞生的激情以及所酿制的语境，才是最神秘的力量。这也使人想起他的兄弟——遥远东方的一个天才少年，他曾经称荷尔德林为"我的血肉兄弟"。要知道，在80年代还没有几个人能真正了解这个人的意义，关于他的

一切还只有很零星的介绍，而海子对他的阅读也不过仅限于少量的诗歌，但他对他的理解和热爱却已经这样深。在他的最后一篇写于 1988 年 11 月的诗论中，可以看出他们之间灵魂的遭遇，他说："从荷尔德林我懂得，诗歌是一场烈火，而不是修辞练习。""没有谁能像荷尔德林那样把风景和元素结合成大自然，并将自然和生命融入诗歌——转瞬即逝的歌声和一场大火，从此永生。"如今，当我越来越多地比较他们的时候，我惊奇地发现，原来这一对兄弟在思想、气质、思维甚至诗歌的语境等各个方面，都是如此的相似！大地和神祇，共同构成了他们写作的基本主题，他们因此形成了原始而混沌、苍茫而辽阔的写作情境，并具有了不可估量的自动的"升力"。也就是说，是他们内心的纯洁和与生俱来的神性，使他们的词语具备了返回宇宙之初的、疯狂和爆发的、重新创世纪的品质，他们也因此而共同"走进了宇宙的神殿"。只不过与荷尔德林相比，在海子的内心和诗歌里有着更危险的毁灭倾向罢了。同样指向着深渊，而速度和倾角却有着差异。

因此我就想，一个西方的诗人和东方的诗人，其生命的处境在本质上能相差多少？不但像屈原那样的殉道者，我甚至觉得即便是陶渊明和谢灵运，某个时期的李白或杜甫，早夭的天才李贺，还有落难时期的白居易与苏轼，他们同荷尔德林之间，也间或有着相似之处——在自然与尘世之间，在入世与出世之间，在热爱与冷漠之间，在纯洁与复杂之间，在自信自恋与自弃自毁之间，在功名利禄与自由人格之间……都同样充满了内心的分裂与斗争。许多条相似的小道，也曾在那遥远东方的土地上留存，即便因为战火和时光的无情湮没，它们也仍然会长留在文字与诗歌里，留在东方人的哲学和心灵里。

我就来到了那石碑前：它刻着弗里德里希·荷尔德林盘桓于此的时间，也还刻着他盛赞海德堡美景的诗篇。我无法读懂这诗，但却能够想象得出他站在这里，面对彼岸这古老的城堡和它周边的壮美自然，心中所发出的由衷赞叹。再没有其他的什么了，石碑的周边，除了暮色与风声，连一朵鲜花也不曾留下，只有一片落叶覆盖的青草，在低低地迎风招摇。

我们的诗哲就是隐身在这与天地浑然的世界之中了。

我只能说，也许这就是最好的设计了。一条路把人们引向这里，并不很多的，但却是心怀敬慕、热爱着那些稀少之物的人。他们来过，在先哲留下的足迹上撒下，或沾上一点零星的草屑或泥土，有一声轻轻的叹息，这就够了。

暗红的黄昏如水一般降下来，无垠的苍穹则在一片暗蓝中飞升。我却不能不返身折回来路，回到我的世俗世界里去。涅卡的水波在海德堡的灯火里闪烁出迷人的幻境。那时我满足地想，一个卑俗的心灵也终于有了那么灵光闪现的一瞬，真是未曾预期。什么东西潮湿了我的双眼。迷离中，我仿佛看见那涅卡河的儿子，那未曾安歇的漂泊的灵魂，诗人中的诗人，我看见他带着凡人俗夫的全部弱点，从草际和水波上走过，没有什么标记，甚至褴褛的布衣和风中飘飞的乱发也不使他更加显眼……

2000 年冬于德国海德堡

2004 年 9 月 10 日深夜改于济南

我们会不会错读苦难

他们从来不会错读苦难，

这些古代的大师，何其准确地理解

它在人间的位置；它发生的同时

别人正在吃，在开窗，或是无聊地漫步……

——W. H. 奥登，《美术馆》

1994 年，一位名叫凯文·卡特的南非摄影家在苏丹拍摄到一张旷世罕见的照片，照片的内容是一个骨瘦如柴的饥饿女童在泥地上爬行，耗尽了最后一点气力即将饿毙倒地的情景。她那赢弱如纸的身躯再也支撑不起那颗显得过于硕大的头颅，而她身后约二十米的地方，一只食腐的秃鹫正等待她倒下的一刻。这张照片后来被命名为《饥饿的苏丹》发表，震撼了全世界，并获得当年的普利策奖。从某种意义上可以说，这张照片为激发全世界的良知、为赈济饥饿非洲所发挥的巨大作用，超过了此前任何组织和形式的力量。但此后围绕它所产生的伦理争议，却使摄影家送了命。

据凯文·卡特说，他为了这个场景等了足足有二十分钟，他本来指望会出现兀鹰展翅的刹那，但最终没有等到。按说单纯作为新闻照片，这确是一个杰作，它所抓取的瞬间是一个职业新闻摄影家一生难逢、可遇而不可求的机会，它所产生的正面作用和效果又是任何语言所无法企及。但是仔细审视，在这张只有兀鹰和女孩两个角色的照片背后，还隐藏了"第三个角色"——那就是在这死亡画面前等待的这个人，这个摄影家。他和那个虎视眈眈等待死亡之食的兀鹰之间构成了另一个意义上的同类——它们都在等待自己的猎物。唯一不同的是，它是在等待食物，而他则是在等待自己的职业机会；它等来的是一顿禽兽的暴殄，而他获得的则是人类的奖赏和职业名声。因此，这张照片暗含了一个巨大的伦理拷问：这个看起来震撼良知警醒责任的杰作背后，创作者是否扮演了一个与兀鹰相似的角色？摄影家为什么不去赶跑这死神般的猛禽，或者投身救助女孩的现实之中？固然，由它所唤起的道德力量业已激发世界去救助了更多这样的孩子，但面对这一个、这个生命的现实和个体，摄影家却扮演了一个残忍的角色。凯文·卡特由此遭到了舆论的质疑和自己良心的谴责，三个月后，他在约翰内斯堡的居所中用一氧化碳自杀。

之所以绕了这么大一个圈子，是试图引发一个相似的写作伦理问题，这个问题是我们首先必须面对的。阿尔多诺那句著名的格言"奥斯维辛之后，再有诗就是野蛮的"，也曾提出了类似的伦理问题，当人类犯下了这样永难宽恕的罪行的时候——不管你是哪样的人类，都再无资格和权利用诗歌的名义表达情感和思想，因为诗歌的精神和集中营的犯罪之间，无法想象是在同一个星球、同一个人类身上共存的。所以奥斯维辛之后，如果还会有诗歌写作的话，要么只能是写"野蛮的诗"，要么这种诗人就是野蛮人，否则不合逻辑。阿尔多诺当然无法阻止，也不可能阻止诗歌的存在，但他所提出的巨大的道德拷问的命题，却令人无法回避和抗拒。人类必须面对自己的道德状况，必须对其写作和表达的资格有所担负和证实。对于这一点，并非所有的诗人和写作者都曾经认真思考过。从这个意义上，我以为我们首先有必要对这场写作的主体权利作出追问。而且，许久以来我们的写作所面对的，一直是社会或人性意义上的命题，对于这样的自然之灾，这样的一场"没有犯罪者"的悲剧和"屠杀"又如何看待，却属未曾准备。而国人在灾难面前爆发出如此巨大的创作力，一时间涌现了数量如此之巨的"地震诗歌"，更是任何人都始料未及的。很显然，这场写作已经构成了一个景观，一个无法不认真面对的现象，如何来面对和评价这些诗歌，这场人数众多、情景壮观的写作？我感到了犹疑和困难。从现实的意义上，我当然应该赞赏和敬重一切以语言文字为载体表达悲伤和怜悯、表达哀思和爱心的写作者，但是当人们用不无过剩的热情来比赛产量的时候，用不容置疑的口吻来表达他们的怜悯和爱，甚至以伤痛者的角色表达感恩和"幸福"的时候，当有舆论将这同 1976 年的一场政治诗歌运动联系起来进行比拟的时候，我觉得其中的气味正在发生可疑的变化。

很显然，我们必须首先来认真思考这个问题，即写作的一切潜命题、一切写作者的潜角色必须要得到拷问，得到检验。只有这样，我们从语言中所获得的，才不仅仅是虚拟的慷慨和廉价的赞美，不是替死者感恩、为孤残者代言"幸福"的虚假写作，不是将哀歌变为颂歌、借血泪和生命来构造丰功伟绩的偷换式、盗贼式写作。这样的写作在过去也许不是问题，但果真像恩格斯所说"没有哪一次人类的重大灾难或悲剧不是以巨大的进步为补偿的"的说法是正确的话，那么这一次，国人在这场巨大的灾难中所获得的"补偿"，就是接近于真正认识到了"人"的价值，人的"生命"的价值，认识到了作为个体的人——而不只是抽象的"人民"——的第一位的价值。人们的眼泪、悲恸、慷慨捐赠与救助行动中所表现出的无疆大爱，都是基于这样一个进步所产生的价值共识，而这个共识正是我们检验政府救助工作是否得力和到位的标准，当然也是检验一切写作和文字表达的试金石。有的"写作"正是因为违反了这样一个价值共识而遭到了批评、反对乃至谴责和攻击。这表明，如果说话者的立场仍旧使用了过去那种公共利益大于个体价值、抽象事物大于生命价值的世界观的话，那么他的说法将因为悖逆和挑衅了这一价值共识和历史进步而遭到唾弃。

因此，我首先要为那些带有"拷问"意味的写作叫好，因为只有对写作者自我的合法性抱有质疑和反思的写作，才更具有思考的价值和感人的力量。我们应该庆幸出现了这样的作品，某种意义上也是它们挽救了这场

写作，赋予了这场"诗歌运动"以合法性。如果要举出
例证的话，我愿意以朵渔的一首《今夜,写诗是轻浮的……》
作为例子，它对包括"写作"以及自我在内的一切灾难
承受者之外的人与物、行为与表达的普遍质疑，恰好凸
显了这写作的意义："……想想，太轻浮了，这一切／在
一张西部地图前，上海／是轻浮的，在巨大的废墟旁／论
功行赏的将军／是轻浮的,还有哽咽的县长／机械是轻浮的，
面对那自坟墓中／伸出的小手／……想想，当房间变成了
安静的墓场，哭声／是多么的轻贱！／电视上的抒情是轻
浮的，当一具尸体／一万具尸体，在屏幕前／我的眼泪是
轻浮的，你的罪过是轻浮的／主持人是轻浮的，宣传部是
轻浮的／将坏事变成好事的官员／是轻浮的！／……悲伤
的好人，轻浮如杜甫"

> 今夜，我必定也是
> 轻浮的，当我写下
> 悲伤、眼泪、尸体、血，却写不出
> 巨石、大地、团结和暴怒！
> 当我写下语言，却写不出深深的沉默。
> 今夜，人类的悲痛里
> 有轻浮的泪，悲哀中有轻浮的甜
> 今夜，天下写诗的人是轻浮的
> 轻浮如刽子手，
> 轻浮如刀笔吏。

　　一切怜悯、救助和感人的至爱，都无法抵消万千生命和肉体毁灭这一悲剧，无法抵消死亡者的死亡、伤痛者的伤痛。谁也没有权力用别的什么东西和言辞，来覆盖冲抵这无边的悲伤，没有权力随意地叙述和书写任何有关的人与事、情或理，"当我写下语言，却写不出深深的沉默"——真正得体的表达也许就是"沉默"，但仅仅用沉默却同样也无法表达沉默。如果说这首诗中有一个言说的立场的话，那么它便是无限接近的"上帝的立场"了，对于一个没有基督教传统的民族来说，读到这样的诗歌我们应该有理由感到欣慰。当年奥登在观看美术馆时，对古代画家们在灾难题材的绘画中所表现的伟大立场和道德力量的由衷赞美，似乎可以作为一种启示和佐证，他告诉我们，什么才是不朽的人性力量与价值光辉，离开了自我拷问和灵魂介入的言说是没有价值的。现在中国的诗人也同样具备了这样的理解角度，它可以说见证了此次赈灾行动中民族精神与价值认知的飞升。

　　因此，对生命的理解和价值尊奉的程度，将是决定这场写作中文本价值的标尺。荷尔德林说，"人能够将自己置放到他人的处境中，把他人的领域变成自己的"，"这正是人的需要"。如果不能以这样的理解和精神去关怀，任何"灾难写作"都将很难获得严肃的意义。它甚至不如为灾难的承受者们做哪怕一点点实事来的更有价值。从这个角度说，我宁愿去讴歌那些用身体而不是语言、用物质而不是情感去支援灾区的人，那些本身介入了救

灾实践的人们，更有资格书写他们的体验和思想。地震
以后，大量的媒体和出版人用了各种形式、以最快的速
度赶制了各种版面和出版物，我们当然不能否认它们有
可能发挥的作用，但面对上述伦理，它们的价值甚至动
机也将首先面临质询和拷问。当我在5月末收到由诗人
黄礼孩主编的《诗歌与人》特刊《5·12汶川地震诗歌专号》
的时候，我的第一反应是惊愕，惊异他竟然有如此迅疾
如职业记者的意识和速度；我的第二反应是疑虑，难道
在这举国悲恸的日子里真的还有必要、有那么多人有心
情写下那么多的诗歌作品？但当我读了诗集的前言，得
知他和他的同仁们为赈灾举行了巡回诗歌朗诵会，并为
灾区募集了8万余元资金的时候，我的眼睛湿润了。我
感到他有这个资格来编辑这样一本诗集，因为他所做的
不仅仅是语言与修辞的工作，8万元对于这巨大的灾难、
对于数百亿的捐款来说也许是微薄的，但他们却实现了
自己作为诗人的担当，实践了他们的"完整性写作"的
诗歌理想："'完整性写作'的诗歌精神就是敢于去担当，
去照亮，去恢复人性的崇高。这一刻，诗歌是一个行动
者……"是的，诗歌必须同时参与这爱的"行动"才具
有合法性和价值。因此当我读到另一位诗人哑石的"诗
歌日记"的时候也深深地认同他的说法："周围的一些
博导们，开始/抽着名烟，喝着茶，/（眼神中，不时闪
过恐慌）/讨论天灾的哲学意义，国际影响……/他们都
曾是我很好的朋友。/突然，我开始厌恶他们，说不出理
由"——

我扭头离开他们，来到离学校最近
的采血点，献 200 毫升血：
足足排了四个小时的队，
队伍中，大多是年轻人，甚至
有的看起来还是嘻嘻哈哈的，
（雨中，有一对恋人还站着接吻）
显然不严肃。我得承认，
今天，我真的、真的更喜欢他们。

    我必须说，这首诗也让我充满感动，因为它使诗歌的表达获得了人格实践的支撑，行动见证了语言，鲜血介入了修辞。同样情境的还有林雪那样的亲历式写作，她的诗歌是写于灾区的现场，因此具有了"将自己置于他人处境"的见证力量，她的一首《请允许我唱一首破碎的苔西》中有这样的句子："在这里，我才知道，以前 / 我用过的'破碎'，从没有像现在 / 我看到的这么绝望、彻底 / 以至于我怀疑自己，是不是 / 一直在滥用？ / 我愿意把破碎这个词最后再用一次 / ……破碎中，我们还有灵魂 / 是完整的……"我们自然无法要求所有的写作者都具有"现场"和亲历的实践，但无疑，这样的写作是最有感染力和可信度的。这看起来似乎苛刻，但自古以来诗歌的常理也是如此，最感人的诗歌必定是渗透了诗人生命见证和人格实践的诗歌，渗透了人生对文本的"介入"和践行的诗歌，屈原、李白、杜甫、曹雪芹，甚至项羽、岳飞、文天祥，他们的诗之所以有感人的力量，无不是因为他们的悲剧生命人格实践了他们的诗歌。虽然这悲剧各自不同，但"失败"、牺牲或者挫折，都是其感人力量的真正源泉，这是一个诗歌的定律。

对于那些最广泛意义上的"地震诗歌"写作，我只能说，它们的意义都需要检验——不是让批评家或者"质检员"来检验，而是要用每一个写作者自己的良知来检验，用其思想的状况和精神的现实来验证。但我宁愿相信，这是一次民族激情的释放，一次价值观的集体反思和蜕变，一次道德良知的奋起，一次哀情的诉说，甚至一次泪水的伟大奔涌……我们这个民族太需要用眼泪来洗刷这些年欲望的红尘和道德的锈蚀，太需要用泪水荡涤我们钝化的良知和彼此隔膜的心灵了。因此某种意义上，我们不在意这场运动会不会留下长久传诵的诗歌作品，不在意诗歌会不会在这样的群众运动中获得"复兴"，因为这既不现实也不重要，重要的是诗歌会像法国诗人圣琼·佩斯说的那样，成为"激发神性和灵魂"的形式，成为唤起良知、推动社会进步的借力方式。如果我们必定要寻求"历史补偿"的话，那么好好守护由鲜血和生命代价唤起的"人本"价值，把这样一种价值贯穿到我们社会生活的各个方面，使之成为我们的日常规则，应该是最好的方式。我甚至认为，当我们不仅仅是对地震中人民的生命才那样珍惜尊重，不仅仅是对那些特殊的伤者才那样真情关怀、无私救助的时候，当我们对所有的人民、所有的生命都同样珍视的时候，我们这个民族为地震付出的惨痛代价才算是没有白费，在苦难中获得的道德奋起和精神净化才不会成为一个很快破灭的泡影。

当然，作为一个观念的表达者，"我"说这番话的同时也同样需要反躬自问：我怀疑和追问的资格何在？我言说的凭据和理由何在？我是否也试图用力所能及的付出，践行了我所推崇的价值？在此，请让我向那些勇敢和果断的志愿者，抗震救灾的实践者，竭尽绵薄之力去担当责任的普通人们，向那些为救助他人而付出了宝贵生命的英雄们，致敬。谢谢你们，是你们的努力使我们民族有资格一起持续这场思考和自审。

2008 年 7 月 14 日深夜急就于北京

"在你恐惧中颤抖的胸怀"
——韩国现代诗人金素月读记

读到这首《无题》，心中不免一震，仿佛是杜甫《春望》的翻版，或是李后主《虞美人》的改写，"国破山河在，城春草木深"，"问君能有几多愁，恰似一江春水向东流"。它们的意境与情结是如此相似，不过，读之仍给人以触动，一个苦难中抒情诗人的形象也油然而生、跃然纸上。

国家已经灭亡

山川依然那么青苍

一年一度的春天又来了

只有草木又披上绿装

啊！无限忧伤

难道这就是春光？！

这是韩国现代诗歌的奠基者之一，被誉为"民众诗人"的金素月的名作。生于忧患之中对一个人来说是不幸的，但对于一个诗人来说又是天地与命运的成就。用眼泪、用苦难、用国破家亡和山河破碎来成就一个诗人的美名，固然残酷了点，但古今中外这样的例子又实在是太多了。所谓"国家不幸诗家幸"，"时穷节乃现"，文学与历史就是这样奇怪和奇妙地纠结着，互相悖谬地缠绕着。

　　金素月（1902—1934）的原名叫金廷湜，生于朝鲜平安北道的一个农家。他的一生让人想起中国的浪漫诗人朱湘。他生于1902年，于1934年32岁时，在国仇家恨和艰难困境中服毒自尽；而朱湘是生于1904年，在1933年于忧郁困顿中自沉扬子江。他的一生比金素月还短，只度过了短短29岁的青春。这两个人的诗歌中都有纯情和忧郁的情愫，虽然风格不尽一致，但其所经历的年轻的愁苦和艰难的时世，却让人感到似曾相识。如同一对异国的同胞，一双难兄难弟。

　　金素月曾是一位少年天才。作为宗族长孙，又兼生性聪慧，所以从小备受家人疼爱。但他生性敏感忧郁，更兼逐渐认识到自己国家和家庭的穷困与不幸，均是源于日本侵略者的掠夺与压迫，便激起了他心中无限的悲伤和愤懑的情绪，开始用诗笔来抒写民族的悲苦和乡土之趣，使之逐渐成为朝鲜早期新诗人的一个代表。他15岁考入五山中学，在校时期即参加了"3·1"人民起义。之后，他东渡日本入东京商大学校工读，关东大地震时不得不辍学回国。归国后，他先后当过小学教员，也曾在《东亚日报》支局谋职，但不久就在困境中辞世。

　　1920年至1925年是金素月创作最旺盛的一个时期，其生前影响最大的作品是1922年发表于《学生界》杂志的《金达莱花》，获得了时人的很高评价。1925年他出版了生前唯一的一本同名诗集，这本诗集奠定了他在韩国文学史上的地位。

悲伤是金素月诗歌的基本格调与抒情主题。这一半是源于他宿命性的性格气质，一半则是源于诗人生存的时代环境。国恨家仇，山河沦丧，当然是他人格的悲剧气质与诗中的悲愁气息的主要根源，这些总是在他的诗中隐隐地闪现着，弥漫着。不过，假如不考虑这些背景因素，常态地看，那么他的悲情也是一种与生俱来的心结。历史上这样的诗人有很多，从萨福到济慈，从普希金到莱蒙托夫，浪漫的和浪漫主义的诗人们世代都是如此。中国诗人中也一样，从屈原到李贺、李商隐，从李煜到李清照，当代诗人中的顾城与海子，这些具有浪漫气质的诗人，无不以没来由的忧郁和悲伤为歌吟的主题。金素月的诗中几乎每首都能找见"悲伤""悲愁""忧伤""哭诉"这样的字眼，表明他的确遗传了一个浪漫主义和感伤主义者的血统。

如果要细加分析，他的这种情怀，也许首先是来自中国古典诗歌的影响。比如在《春雨》中，便可以看出那种在中国诗歌中常见的"伤春"情绪，"不知不觉零落的花里，春光流淌着，/不知不觉飘落的雨中，春天哭泣了。/忧伤，在我的胸中！/看，云高，枝绿。/又见傍晚薄暮。/悲愁的绵绵细雨就要停了，/我却蹲坐在落花处哭了。"多像李商隐的"芭蕉不展丁香结，同向春风各自愁"，或是李璟的"青鸟不传云外信，丁香空结雨中愁"，还有李煜的"林花谢了春红，太匆匆，无奈朝来寒雨晚来风……"所以，很难说这种"春愁"是来自何方，出于何种具体因由，它更多的也许就是一种抽象的"东方文化遗传"罢。还有"悲秋"也是如此，如《秋晨》中的句子，"……呵！这是冷雨飘落的清晨。/ 小溪也在枯叶下结了冰。/ 满是泪水的所有记忆。"这也很像是范仲淹《苏幕遮》或《西厢记》中"碧云天，黄叶地，波上寒烟翠……"的句子，或是《红楼梦》里，潇湘馆中，"秋花惨淡秋草黄""秋风秋雨愁煞人"的意境。作为一个深受中国古典文化影响的民族，感伤主义的文化性格与精神气质，很自然地给了金素月的诗歌以这般印记。

　　然而 20 世纪诗歌中新的现代因素，也同样在金素月的诗歌中刻下了痕迹。同二三十年代中国早期的象征主义诗人、唯美和浪漫主义诗人们非常相似，在金素月的诗中也隐约浮现着李金发、王独清式的颓伤或者冯乃超、戴望舒式的忧郁。他的诗中可以说混合着来自日本和欧洲近代诗歌中的某种气息。这种影响可能有相当广泛的来历，有直接来自欧美的，也有来自中国新文化的、现代新诗以及日本近代诗歌的共同影响。比如这首极简约的《万里长城》中，就可以看出这种影响的复杂性与混合意味。他使用的是一个中国式的古老意象，但传达的，则是一种非常"现代"的内心世界的苦闷："夜夜 / 整夜 / 筑了,拆了 / 不见尽头的万里长城！"显然,这是一种"向内"的深掘，灵魂的纠结，而不只是一种外化的抒情。可以断定，金素月的诗歌从一开始就鲜明地渗透了现代主义的影响。

还有更多的证据。比如《女人的味道》一类作品，似乎可以理解为一首意念"暧昧"的情色之作，但是它处理得十分节制，用隐秘且暗淡的语义，传达了诗人对于情感和肉体的认识。它似乎可以是对诗人颓伤情绪的一种慰藉，但事实上却又加深了内心的悲伤。这是一个郁达夫式的矛盾人格与病态心理的生动写照："月亮穿上碧云的味道。/太阳披着红霞的味道。/不，是汗的味道，沾灰的味道。/淋了雨发凉的身体和衣服的味道。"这似乎是暗示着一种颓败情绪中身体的交会，但它所引申出来的情绪却更加灰暗，"……青灰色的生命之灵/融合摩擦而发出生的呐喊。"接下来，诗人再一次印证了"爱与死同在"的唯美与象征主义的诗歌观念——"还是，葬礼经过的树林的味道。/载着幽灵的跷跷板沾染的味道。/生鱼的海腥味。/在暮春的天空里穿梭的味道。"

表达对于生命的困惑，生与死的纠结，是金素月诗歌中十分常见的主题，他常常会暗示自己要坚强，要热爱生命，但更多的时候是又固执地去体认死亡，这种困惑也是典型的现代诗歌的特征。

忧郁的情绪自然伴生着阴郁的意象。金素月的诗歌在给人以纯情和典丽印象的同时，也给人以一种晦黯而悲凉的浸淫。这是他最鲜明的一个风格。浪漫诗人有时当然也会有类似的特征，但在金素月的诗中，似乎有更多类似波德莱尔式的黑暗符号，有类似李金发和戴望舒式的阴郁象征。我当然不能据此说他们之间必然有着某种影响关系，金素月甚至比戴望舒的创作时间还要略早些，但至少，我们可以从他们之间看到某些相同的气息。这是两个古老国家共同和接近的命运所赋予的，也是两个民族的诗人与知识分子共同的文化性格与精神遭际所给予的。如《香烟》中有这样的句子：

> 和我的长叹作伴
> 无法割舍的我的香烟！
> 有人说，你是
> 逝去的岁月里
> 忘记了自己身世的
> 少妇坟头
> 转瞬即逝的小草。
> 隐约在眼前消逝的黑烟，
> 只能燃尽的火花。
> 啊！我心悲伤。
> 空虚无聊的日子里
> 与你合一而过。

"少妇坟头""消逝的黑烟"这些意象中所包含的现代意味，是显而易见的。

不过，金素月的诗似乎并不刻意地营造复杂的意象，所有的表达都属于自然而然的流露，是其内在敏感而丰沛的情绪的自然外化。

死亡意识是金素月诗歌中不可忽视的部分。与大多数忧郁型诗人一样，他的诗歌自始至终都流露着悲凉和绝望的弃世情绪。从早期的"寂寞清愁"，到《金达莱》时期所表达的失恋的悲伤，到后期《少时聆听长大后我懂得》《日落前的时光里》等诗中渐渐深化的绝望情绪，死亡意念慢慢将他缠绕，变成了一条挥之难去的绞索。金素月过早地走入了自己生命中的黄昏，此种日渐深化的危机究竟是由何而生，恐怕是一个生命之谜。在他的生命历程中，忧郁与诗歌是如此紧密地纠缠在一起，死亡与诗意是如此奇怪地共生着，难以给出一个真切而合理的解释。

但死亡意绪或许就是诗歌的某种原动力。对于现代诗人来说，这种悲剧与诗歌共生的例子实在是太多了。诗歌的话语就是死亡的话语，或是与死亡世界的对话，或是对于现实世界的反抗与穿越。正如雨果所说，近代的诗神总是将生与死相生相伴。没有死亡的话语，诗歌就缺少了神性，缺少了一分黑暗的深度。死亡如同预言，与诗人的生命结伴而行。在《少时聆听长大后我懂得》一类诗歌中，可以看出这种萦绕在耳的预言，是如何固执地在对他进行召唤——

烧尽的蜡烛残留的火星
反会被火热的气息吹起

映照了什么？映照了什么？
在你恐惧中颤抖的胸怀，
适时占据我的心，不曾相见的那个人
对我说"到此为止，请走吧"。
……

一个人生活在提前到来的死亡里，这种情绪终于有
一天会变得不可救药，尽管在大多数诗篇中，我们还可
以读出诗人对这种冲动的反抗，他自我的抑制和宽慰，
但终于他还是过早地迈向了那个充满黑暗诱惑的神秘
渊薮。

时光翻过了将近一个世纪，仿佛默片时代的忧伤仍
然透过时针，咔咔作响地给我们带来那晦黯岁月的阴郁
气息；或是更为久远的古代，那夜雨芭蕉或者残月更漏
的余响。金素月的诗歌已然融入了时间的卷册，与我们
想象中的历史，以及似曾相识的前世旧梦，融为了一体。

2011 年 10 月 8 日夜，北京清河居

【金素月：《金达莱》，范伟利译，
山东友谊出版社 2011 年版】

黑夜里的百合

17 世纪的第一个早春，正遭受所谓"大学才子"们的攻击和非议的乡下人威廉·莎士比亚，坐在戏院低矮潮湿的阁楼上，满怀激愤地书写他的第一部悲剧作品——那时他并不知道，希腊的光辉正在大西洋的孤岛上空闪烁，正是他的这部作品开启了人类历史上又一个悲剧艺术的时代。春天来了，可来自挪威高山的寒风还在吹着，泰晤士河上消融的冰块漂浮着，撞击着。

昏夜下一个少女的影子，像水面上飘落的百合花一样映入他的眼帘。

有谁能比她更适合作为美的化身？

丹麦的黑夜像泰晤士河边的黑夜一样黑，黑暗和无知总是世界的统领。然而这黑暗和昏庸诞生的女儿，却是比女神更美、比大地更具魔力的尤物——不是因为她的妖艳，而是因为她的自然，不是因为她的放纵，而是因为她的宽容。她是最美的，纯洁得就像天上的星星，黑夜里的小萤火，泰晤士的黑水上耀眼的冰。

王子从光亮中走来，威登堡的光亮灼伤了他的眼，他成了黑夜中的盲者。贼子坐上了王位，淑女与其狼狈为奸，谎言穿着最华丽的衣裳，杀机挂着最和善的笑容，暗夜中正好寻欢作乐、笙歌一片。这个年轻人怎么能不疯？

他要以疯狂来暂避风暴，舔舐创伤，以恶毒的言辞抗拒周身的寒冷，支持自己那脆弱的神经。

哦，奥菲丽娅，风雨如晦中不幸盛开的花朵！以她那不朽的光明和柔情，绽放了她伟大的牺牲。来吧，你们的剑，你们那挂着俗不可耐的笑容和关怀的针刺；还有你，我的爱人，你的痴爱和恶语，你的无端冤屈和嘲讽，你这最无情的风暴，让我无法躲避的骤雨。还有，你那盲目的、软弱得可恨的剑！它刺向了昏聩，但昏聩却是我的父亲。

郊外的小河很清，河边的野花灿烂地开着，谣曲就在水上荡漾，这儿是我的家。它安详、洁净，没人来打搅。人们说我疯了，其实是世界整个疯了，我只有这样睡去，心里才会安宁。要知道，爱人，我只有为你而死，因为我爱你；我不能不为你而死，因为我恨你。

再见了，我的父亲，我的王子，我的爱和甜蜜的谣曲。

嚯，威廉，你流泪了吗？你怎么变成了一个孩子。你陷入了无边的沉思——两百七十年前的沉思。现在，十七岁的黄头发的阿瑟·兰波来到塞纳河上，他诵读着你的悲剧，须发一夜皆白，他对着波涛汹涌的河水呼喊，孩子啊，我的孩子——

啊，苍白的奥菲丽娅，你美如瑞雪
是的，孩子，你在汹涌的河中葬身！

……奥菲丽娅，诗歌的恋人，黑夜里的百合，天上的星辰。诗人的泪水托浮你，不朽的光明与柔情——他们称你为孩子。

你让少年变成了父亲，变成了沧桑的老者。因为他们目击了美是怎样在刹那间消失，爱是怎样眼睁睁化为乌有，人间如何变成了地狱，杀向刽子手的剑是怎样鬼使神差地砍向自己。他们不能不老，成为永恒黑夜里的说话人。就像你，不死的精魂，水波上的花容。他对着每一条河流呼喊：与真理和诗歌同在的可怜的少女啊，白色的幽灵，几百年了，你还在黑色的长河中穿行！

那鞠躬的芦苇，叹息的睡莲，那被你的小曲引向甜梦的鸟巢和星。一切都还是按那最初的样子，你被大地和天空、草木和鱼虫共同守护着。你看见小兰波在岸边啜泣，他哭得像个孩子，却絮语着像个老人。他捡拾着你袖边遗落的花朵，记下你通灵的歌谣，把它们谱成华彩的诗句。

而那时，一位年长的东方诗人也在奋笔疾书，画下另一个夭折的少女，她的纯洁、美丽和逼人的傲骨。她哼着葬花的谣曲，远离笙歌和人群，掩埋着花朵和春的尸骸，用泪水和青春之血谱写她那祭悼生命的华章哀辞。她是来自清水的少女，与碧波和落英同在的少女，活在诗歌和梦幻里的少女，在东方的夜幕里独自抽泣。

奥菲丽娅，还有黛色的女儿，一千年来，是你们在一直引领着诗人上升……

1998 年 3 月，济南舜耕山下

三辑

三

辑

续貂闲话

一部《红楼梦》，给人间留下了如此多的麻烦。想那雪芹曹公，把前半生的荣华富贵更兼脂粉温柔享用周遭，又用了后半生，将这化作了浮云皂泡的美好记忆一一细品，蘸着他那追怀与痛惜的泪水，与世人作了淋漓尽致的渲染。我想，他那饥寒交迫中"披阅十载，增删五次"的执着，绝不单单是为了写一部传世的小说，更不是为了要开创一门无端而生、耗纸费墨的"红学"。因为古来那些想"赢得生前身后名"的志士文人，有哪个是在胭脂和泪水中成就的？哪个不是指望惊天动地舍身成仁，做一番男儿的功业？曹公之志根本就不在此之列。一个落难的公子，落魄的文人，他写此书，无非是向世人诉说，不管是富贵荣华还是温柔之乡，从来都是浮云一般，幻梦一场。恰如人生，倏忽短暂，落花流水。既如此这般，我之落魄，尔之富贵，有何差异？此一时，彼一时也，尔之今朝，我之昨夕也，以此取得活命的平衡。再者，便是他通过那十足的"私人叙事"和"个人写作"，将自己残剩的时光心思，尽悉沉湎在往昔的幸福追忆之中，他由此而使余生找到了一个心灵的避难所。在这昔日的天堂里，他如痴如醉，忘我投入，奋笔挥毫，让惨淡的人生幻射出幸福的光芒。这正是一部《红楼梦》能够传世的原因，他全然沉入了生命的幻境、自遣的快乐之中——直到他间断或醒来"追问"这写作的"意义"时，才发现，那是没有意义的。"满纸荒唐言，一把辛酸泪；都云作者痴，谁解其中味？"于是，他又自解道，"芳情本自遣，雅趣向谁言。"管他别人如何，我只是聊以自慰罢了。而这正好成就了曹雪芹，使这部脱去了功利与杂念的书，成了超凡脱俗的书。反之，设若作者满脑子教化别人，名垂后世的功利心，或许写不到这般遗世绝尘的境界。

由此我就想，《红楼梦》的真昧应从何解？世人究竟因何迷恋之？除了作为"学问"（将之当作学问穷究之的毕竟是极少数的）来推研索解，寻常人在内心深处定有与这书相认同的某种"情结"。何耶？我想这就是一种共同的关于生命的认识：一切都曾经有过，但一切又终归空无——这是中国人自古的一种感伤。既是天下没有不散的筵席，又何必相聚谈欢？所有的人都从中读到了自己，感受那曾经的有，预想和叹息那终将到来的无，在那灿烂的往事（刻意勉美化之）中体味生的悲情与快乐。所以才读得如痴如醉，似在梦中。泪水就是畅快，叹息就是觉悟。只有那执迷不悟者，才刻意去考究那曹府的家事，做那偏执可笑的对证索隐——因为曹公早就说过多遍，"假作真时真亦假"，不过小说而已，何必当真呢？

但这又是浅见了。一门"红学"堪称博大精深。精研为学，穷究极问，许多代学者硬是"虚构"出这样一门学问——有许多学问原也是无用的，无须实用，但求智慧之乐、知识之游戏。从这点上，我不但佩服，而且羡慕这些"红学家"的才智和执着。世上的事情，怕就怕"认真"二字。作为一个当代有影响的作家，刘心武先生多年来对红学亦深有造诣，我的确感到很钦佩，重作妙玉的文章，另续出一篇小说，更能见出作家的智慧，也是别有乐趣的事情，文学史上这种"关于虚构的虚构"也是屡见不鲜的。而且平心而论，这确乎是一篇很好的小说，不但情节引人入胜、一波三折，将原作中妙玉这一着墨甚少、多存疑窦的人物渲染得光彩照人，而且就作家在叙事中所表现的丰厚的文史知识、语言素养和想象能力来说，都令人叹服。

然而，当我细读文末的《后记》时，便又大大地疑惑了。因为刘心武先生告诉我们，他献此作，是证明他红学研究"探佚的成果"，他"大声疾呼：不能相信高续，高鹗出生比曹雪芹晚半个来世纪，两人根本不认识……"因此他认为，高鹗的续作是"对曹雪芹原意的歪曲与亵渎"。基于此，他的《妙玉之死》便成了对曹著原意的一个匡复，因而也就是读者应当"相信"的可靠的发微与"大解谜"。

在未读这"后记"之前，我还认为这小说是很有意思的，在读了之后，反而觉得没意思了——我们的作家好像认真得有点偏执、偏执得有点像孩子。他忽略并弄错了一个前提，小说毕竟是小说，不是现实，我想即便是曹公雪芹，在小说开始时也未见得已经排定了妙玉（以及其他人物）的结局。没有哪一个小说家能在落笔之前，就事先完全想好了他的人物的经历和命运，他实际上不过是大致有个框架，边写边想，有时人物自身的性格逻辑还会左右和改变作家的初衷，比如托尔斯泰写安娜之死就曾设想过多个不同的结局。连生活本身都是偶然的，某个葬身车底的人那天要是不出门不就啥事都没有吗？现在小说家们甚至会给一个小说同时设置多个结尾，"后结构主义"者还把小说写得像扑克牌那样可以随意拼接。实际上如果是让曹雪芹重写一遍《红楼梦》，不看原稿，恐怕写出来也会与原来的大相径庭，凭什么就认定你写的这一结局就那么符合原作的逻辑呢？作为小说，特别是这种"元虚构"式的小说，试图证明自己的"真实性"和"复原性"，是很可笑的。高鹗先生已不在世（他够冤枉了），无法和你争辩，如果能，他一定会说，你说我比曹公晚生半个世纪，你比我还晚生两个世纪呢。你们俩人要到曹雪芹那里讨公道，曹公也会无奈地笑道，天知道你们俩谁写得更对，因为我也还没想好怎么写呢！

　　以"修正"为目的，刘心武先生的许多想法看似有理，其实是可疑的。如他穷究第五回"太虚幻境"中关于妙玉的判词，在"肮脏"字眼上做文章，理由是不充足的。其实这"十二钗"的曲辞只能是个大体上的纲领，好似诺查丹玛斯的"大预言"那种秘谶一样，含混得很。有两种可能，一是全书写作初始时拟好的"大纲"，二是书稿基本成形后又作的"概要"。不管哪种可能，其中词句都只能含糊笼统，如果都说得很情楚，"谜底"在前五回已揭得昭昭然，那便无须再费百万字的笔墨了。怎见得"肮脏"一词在这里就不作"龌龊"而作"不屈不阿"解？作前者解就是"绝大的错误"？实际上，稍

稍斟酌一下，不难体味出，"到头来，依旧是风尘肮脏
违心愿"句中的"肮脏"，只能作"沦落玷污龌龊不洁"
讲，换成"不屈不挠"根本就不通。另外，那段写陈公
子也俊痴恋着妙玉的情节本写得很好，但也就是"虚构"
而已，刘心武先生又强说这一"大胆推断"恰符曹雪芹
的暗示，是原作本如此，就又显强辞，没意思了。据我
看，那妙玉所暗恋的"王孙公子"不是别人，就是贾宝玉。
刘心武先生这样分析道，"……妙玉明明知道宝玉与黛玉、
宝钗已构成了一个'三角'，倘再加上湘云，已是'四
角'，难道她还想插足其间，构成'五角'，谋一姻缘吗？
这是说不通的。"

这样的分析未免滑稽，既有个三角四角了，五角六
角又有什么区别？如不是暗恋宝玉，她为何偏以自己一
向的傲慢之身，对宝玉独有破例的表示？"暗恋"而并
不相与争夺，有好感但已不可能考虑婚嫁，这正是妙玉
尴尬而痛苦、令人哀怜痛惜之处。实际上，稍加思考便
知，《红楼梦》不过是曹公自传，那贾宝玉便是雪芹的
影子替身，他是那封建时代的王孙公子，满脑子的"男
性中心主义"，如今可笑的研究者把贾宝玉美化"提升"
成什么"初步具有民主主义思想"的"封建礼教的反抗者"
云云，真是笑煞人也。在我看，贾宝玉不过是西门庆的
一个"翻版"，他不同于西门庆，不过是因为他还未"成
年"，还是个孩子，他的潜意识里早已种下了"妻妾成群"
的皇帝之梦，占据所有女孩子的想法。他讨厌结了婚的
"婆娘"，喜欢所有青春的少女，他说她们是"水做的"，

表面上是赞美她们，但他却不愿她们中的任何一个人离开他，他虽然尚未从肉体上染指或占有她们，但潜意识中却已固执地认为她们都属于他（按：这里没有贬低贾宝玉、贬低《红楼梦》的意思，也谈不上是贬低）。因为贾宝玉不过就是一旧时代的王孙公子，没有无产阶级的两性道德观，即便是无产阶级——西蒙·波伏娃也还说，他们也不见得不歧视妇女。贾宝玉是一个"未成年"的、还没有恶的表征的男性中心主义者——而贾宝玉的意识就是曹雪芹的意识，他就是固执地要写贾宝玉（也就是他自己）的多情风流，他的潜意识里固执地认为，他有权力爱所有美好的女性，而所有美好的女性也必然爱他，妙玉自然也不例外。这不但不奇怪，而且很正常，是明摆着的，就是这样。

　　我这里无意一一将刘心武先生的观点质疑和推翻，只是随便扯到几个例子。对他的小说，我一向还敬重，不论是思想深度，还是小说技巧，在当代作家中都属上乘。我在这里想说的是，把红学考证和小说写作分开，不以"修正"和"恢复本来面目"为己任，因为这样做，好比是硬给米洛的维纳斯再装上一截胳膊，讨不得什么好的。不过，要是另外塑一个别一姿态的维纳斯，甚至单是塑两只胳膊，却也是可以的。如果去掉上述前提，我将为刘心武先生的《妙玉之死》叫好。在这个小说中，我看到了贾府败落后的世态炎凉，看到了人间的善恶美丑，更兼看到了一个沉着镇定、智慧超凡、侠骨柔情、坚贞勇敢的妙玉的形象；另外小说在穿插人物、安排情节以及语言叙述上，都颇得古典小说的神髓，尽管有些人物安排有些枝蔓散乱，有的场景和对话不那么可信——比如忠顺王爷逼妙玉屈其淫威时的脸谱化的描写，就过分"现代化"了，显得幼稚，与原作相去远矣。另外，结尾处壮烈的"爆炸"，虽然在刘心武先生看来可能颇觉得意，但在读者看来却恰恰拆除了他试图"揭开原著谜底"的奢望——这是典型的现代式的写法，无论是曹雪芹还是"糟糕"的高鹗先生，都是绝对不可能这么写的。

　　写到这里，我颇有些惶惶然了，因为是编发刘先生小说的刊物的朋友相邀命笔，便拉杂写下了如许文字。我对红学几一无所知，对刘心武先生的小说又一向看重，未料却说出许多不恭的话，怎地便如此抖胆？想来还是因了对《红楼梦》、对小说所取的阅读视角和评价角度有所不同，小说就是小说，小说就是虚构，就是托思寄情的幻象，自遣矣，自娱矣，很难讲你写得不对，我写得对，天知道曹雪芹当初是怎么想的，后来又是怎么想的。即便《红楼梦》是部残书，它也照样传世夺人；如有续作，大家也姑妄读之。即便是"貂尾续貂"，也不可能了无断痕；哪怕是"狗尾续貂"，也很好玩，又何必争什么对与否？想到此，就有些释然。借着曹雪芹的原句，并读《妙玉之死》的愉悦，随手写下几句打油，聊作自我宽解，并请刘心武先生宽恕妄言：

　　　　芳情本自遣，雅趣何须辨；
　　　　古今闲来客，戏说妙玉言。

何必论高低，自让读者看；

曹公惜已去，如何作评判？

1998 年 5 月，济南

这就叫天花乱坠

如果把这个人看作是一个批评家，那他无疑是给批评增了色的。某种程度上也可以说是他"中和"了当今批评的颜色，改善了现今批评的生态——他给一片灰蒙蒙的颜色上带来了一弯金黄或者一抹新绿，给一片修剪整齐的草坪或庄稼带来了一丛丛生机葳蕤的丛林灌木甚至杂草。

这样说有得罪一大片的危险，但这是实话。读李敬泽的文字，我感到他使很多人正使用的一套文体和专业化的"话语"显得黯然无光——当然首先是使我自己。对我个人来说，敬泽的文字不仅促使我狐疑于自己一直信任和使用的一套家伙儿，而且完全有使我重新考虑"批评"之意义与性质的分量，使我对什么是批评，批评又是什么的基础问题产生了疑惑。

界临的文体或出格的面孔

首先我要谈的是他的批评文体。这似乎有点本末倒置，但问题的提出确实应从这里开始，事实也是文体这样的"形式"决定了方法和内容。他的批评活动与"常规"不同，说其文字是"文学批评"有时未免是勉强的——但这是按照时下的标准，我们查遍鲁迅全集也找不到一篇按照今天的标准看是属于"常规"的批评文字，没有一篇是附了"参考文献"、装了理论器具、加了"内容提要"和"关键词"的正经八百的文章，可是鲁迅仍然可以称得上是一代批评宗师。这就事关对批评"文体"的不同理解和选择了，这可是大事，不能不说。幸亏不是在高校或者研究所工作，否则若是评职称的话，敬泽可要吃亏了，因为按照学院的标准进行甄别的话，我不知道他的批评文章里能有多少可以算作是"成果"的。

这当然是戏言。我感到敬泽是选择了一种带有"界临"色彩的、非常边缘的文体来作他的批评的。虽然批评家中也有不少能把文字弄得活泼散淡、感性丰盈的高手，但像敬泽这样"出格"的，我还几乎见所未见。怎么说呢，在他的丛林幽径和"天花乱坠"的山路上，我是经过了"千岩万转路不定，迷花倚石忽已暝"的梦游，才看见他站在万绿之中那一副闲怡自得的神情的，敬泽像仗剑的游侠，敬泽像携着书袋摇着团扇游山玩水的书生阔少，敬泽左牵黄右擎苍，溜着鸟儿扛着钩儿，敬泽举火洞悉煮酒邀月磨洗折戟吴钩辨认着前朝的沧桑，敬泽叼着他那根莫名其妙不知有什么来历的烟嘴……牛啊，敬泽把批评给玩成了这样恍眼的风景，像写小说一样地写评论，像弄散文一样地弄批评，简直一个哗然向然奏刀霍然合于桑林之舞乃中经首之会的庖丁。

何以会有这样的洒脱？文体——我只能解释为"文体"——起了决定性的作用。当然在文体背后是"作者"

的倾向和意志。"作者"是什么？问问福柯，他说作者充其量不过是话语的作用之一。这太玄，但是通常人们对于文体是没有，也很难作出反抗的，批评什么样？批评家通常只是按照流行的和"合法"的样式去制作罢了，否则他就很难找到说话的场所和权利。而我们时代的各种健全的制度已经把什么格式都准备好了，你只须依规格行事即可。便是最好说话的办刊人也有人家办刊的规则和思路。一句话，文体早已经准备好了，作者是谁已经不太重要了，不过是个符号而已。所以我们便看到如今的批评家们不得不都操着相近的口音，用着相同的名词和理论，庖丁的游刃已然变成了杀牛的机械程序，产量和效益大幅度增加，而作者却面目全非，烂得一塌糊涂。

而敬泽却站着，面孔清晰，因为他的文体。这是敬泽的意义，他用"出格"的大胆，将批评的样子"模糊化"了，让那些使批评的规格整齐划一起来的批评家们感到了茫然和自卑。敬泽所使用的一套"话语""方法"因为其没规矩而显得生气勃勃，有了自己独具的一格，当然你可以说，这本来就是批评应该有的样子，批评无定法应是常态，过去好的批评家不都是如此吗，但即便是在20世纪甚至更早的批评家那里，他们的批评文体也还只是保持着"随意的本色"而已，有时是无意识的，倒不像敬泽这般"专业"。他是用了非常具有"反专业"色彩的做法，来实现他非常"专业"的职责和目的，用了最不像"批评"的文体，自由地进行他的文学批评。在文字的变节和篡改能力上，敬泽可谓奇才，像好的作家那样，他的"批评叙事"——请注意我用了这个词——也几近达到了"狂欢"的程度。我以为，敬泽的文学批评同文学创作中的一些功能，一些叙事性质的自觉的结合，是使他的批评具备了文体活力的根本原因，这样在解释方式未免是腐朽的，但我只能这么解释，这是对于敬泽的文学批评的文体功能与意义的"学术探究"。

　　批评能不能成为一种"写作"——不只是说理，还能够成为有趣和可观赏的"叙事"，成为一种真正的文学创造？答案应该是肯定的，但却几无事实。"像"可能是比较容易的，"是"却不那么简单，严格意义上，批评像"杂文"和"随笔"在以往是常见的，但批评像"叙事"，类似小说的某些特点和功能，却是敬泽的大胆创举。我一直固执地认为敬泽有写小说的才能，他对某一情境、处所、时空与人物关系等因素有特殊的敏感，其语言也充满了对动感和叙事效果的癖好，这当然和他长期做小说编辑的"职业反应症"不无关系，但做小说编辑兼搞批评的人肯定不是敬泽一人，况且大家做批评的谁不读小说？谁每天不在读文学作品？但谁会想到要下决心把批评变成另一种形式的"文学文本"？我想起先人在批评小说时，常常是在书的字里行间、在印刷的留白处写写划划，在和假定的作者、读者、知音人士进行对话，那也是一种"介入式"的批评，今人阅读时不免会把这些文字自觉不自觉地当作小说之不可分割的一部分，产生一种类似于"解构主义"的情境；敬泽则差不多是反过来了，他自己的创作变成了主导的叙事或者"叙事的主线"，其中充满了实在的"事件性"与时空因素，而把原作中的诸般因素则当成了辅助，将它们"搅和"在一起，互相形成了另一种对话感应的关系，再加上他异常丰富的文学与生命经验的参与，感官、神经与身体这些实实在在的"主体"的不断印证，还有跳跃、切断、故意的混淆、叙述的伎俩等因素的拨弄调侃，他的批评就变成了一种"狂欢着的活体"——我很难用一个词来给它一个命名，但我得说它们给了我极大的阅读快感。某种意义上说，敬泽用他的"批评事件"和充满狂欢与游戏意味的文本探索了一种"批评的诗学"也未尝不可，他给这种因为种种的写作与利益制度而变得垂死的文体，输入了新鲜独特的生命活力。

因此，敬泽的意义我想不仅在于他实践着对批评本真之相的回复，而且还在于他实践着对批评如何更加亲近文本对象，亲近作家的精神世界，亲近读者的感性感受，并且维护自己的文学品质和"打造"出自己的个性魅力的目标。批评究竟能不能写成好看的东西，能写成多好看的东西？——这是敬泽下的一个赌注。这个问题具有普遍和重要的意义，敬泽可谓赢家，我因此想，我们的批评活动是否应该调整这充满歧途的方向——应该取两头而舍中间？"两头"是要么像文学史上那些真正的批评家那样，把构建自己的艺术理想或学术思想当作根本，而批评作家作品只是为构建这些艺术或学术的思想提供佐证和工具；要么就是真正和作家的作品"打成一片"、难解难分，使自己本身就成为具有"自足"的文学价值，包含着真正的文学要素、生命经验，而不仅仅是知识经验的活的"作品"。"中间"是什么？中间就是那些不上不下，既无理念又少感性、水比奶多、汤比肉多、空话假话比实话真话内行话多、二手的知识三流的眼力比老老实实的经验多……的批评。"两头"中的前者固然是少之又少，但后者的本色之义应该属于批评家之本分。我这么说当然不是要让我自己和一些那么好的同志失业，再给压力很大的政府添麻烦，总得吃饭生存啊！不过因此能引起点儿自惭，即便是有临渊羡鱼的想法而无见贤思齐的心思，也总比视而不见的好啊！

杂学与见识

文体的蓬勃疯长对他来说自然有决定性的意义，但是批评的质核同样是重要的。我之喜读这般文字，还不仅在于他才华四溢的招式。他并非仅靠着卖弄一点笔头的"陌生化"伎俩和效果来看家，恰恰相反，他批评的"思想资源"和学术背景是异常丰富的，仅仅说是感性的批评家是不能敷衍的。别人我不清楚，对我自己而言，读他的东西是难免要"出点儿汗"的——当然是舒服的出汗。作为批评家，敬泽的"身体棒"，是因为他的营养好，一看就是吃肉喝奶更兼取杂粮长大的，有"大户"人家子弟的倜傥。这叫人嫉妒，可是有什么办法。"偏食"而导致虚弱，是当代营养不良的批评家们普遍的状况，这其中情况各不相同，几年前我曾经有一阵子折慕上海的一位胡河清，他是用了刻意的偏执来显示他的偏食，但文章竟然写得卓尔不群、风流备至，几年中他几乎是中和了那些年过于西腔洋调的批评流俗，给文坛带来了一股魏晋玄谈的风流诡气，但不幸此人英华早逝，令人掩面哭不得，回看血泪相和流。当年读李劼的一篇《中国当代文化的共工篇》，曾不禁长吁短叹。胡河清君当然不是真正的偏食，他是故意用了一种偏食者的风格，来一扫批评界混乱的靡靡合唱。但与之相对的另一种营养不良，却一直也没有得到纠正，问题当然是出在"时代"身上，我们时代的一切文化活动在90年代以来迅速地体制化了，批评界也不例外，它几乎被一种集体共谋的制度和规则同化了，批评逐渐成为了一个"学科"，大家画地为牢，各司其专，批量复制，凭着一点点理论的依据，演绎着大块而虚弱苍白的批评版本……

批评家主体的营养不良，当然导致了批评的创造性、思想和精神的内涵以及艺术含量的稀薄。读了几本书，从其文章里大约一看便知，这应该不是夸张。而读敬泽的批评文字，首先令我吃惊的是他的阅读量，其过眼的作品之多，而他所看的无以数计的"闲书""杂书"以致"奇书"，更让人狐疑不已。敬泽之牛气、之不正眼儿看人看事、之表情暧昧、之油滑俏皮、之上下云游海征博引滔滔不绝，概因为其心中之风云际会，肚子里之有玩意儿。这是真功夫，断不是装出来的。这才叫素怀野心，暗养扶摇之力，看看人家读的是什么书啊："汉语中的梵音"——《长阿含经》，"黑夜之书"——《酉

阳杂俎》，"永恒之城"——《东京梦华录》，"一世
界的热闹"——《陶庵梦忆》，还有《板桥杂记》《笑
林广记》《洛阳伽蓝记》《春明梦录》《云南相玉学》……
一概的稗史野记、假语村言、鬼话狐禅。我真是打心里服气，
这样的杂粮小户人家未必没有零星，但却常不知其贵，
视之而不见，或者只是习惯地盯着那鱼肉白面，想着养
足了力气还要急于出活儿而已，非"主流"的知识不取，
却哪里知道正是这些东西，在某种意义上矫正了主流知
识给我们带来的偏颇，正是这些荒诞不经，离传统意念
上的文学和真实最近，最能激活人的经验世界与想象力。
带着这些玩意儿，敬泽去解释文学，当然会有四两拨千
斤的招数，有出奇制胜歪打正着的妙处。

　　不过，要据此以为敬泽只会些野招奇术那就褊狭了，
所谓正经知识敬泽也一应不缺，只是不那么板着面孔去
生用而已。我看到他一篇谈论"真实"的文章，叫做《印
在水上、灰上、石头上——关于"真实"》，其实谈的
无非是"历史叙事"的问题，但他却压根儿也没有提"新
历史主义"的概念和理论，没有提不是不知道，而是完
全"化掉了"——知识被经验化掉。同样一个理儿，让
人家敬泽一比划，它整个就成了活的和原创的东西，如
此直观和感性。敬泽说：

　　读《春明梦录》读到《战事奏报不足信》，只见咱
们圣明神武先天下之忧而忧的皇上半夜里被"特快专递"
喊起，披龙袍，秉孤灯，"忽闻官军收河北，漫卷折子

喜欲狂"！而我就比较纳闷，他们是否知道他们手里的折子其实就是一篇小说，是"军事题材文学创作"？

妙啊，妙。你看见那本玄之又玄的道理，在这里就变成了历史和身体共有的一部分，那奏报自是先已经拟好，在"历史"尚未发生之前就先已考虑了各种可能的结果，并且早已遵从着固定的"修辞格式"编定了，"历史"就是这样被"书写"和"叙述"出来的……它是真实的吗，是不真实的吗？这么点儿篇幅在福柯和海登·怀特那里还不定要费多少口舌呢，这就是"经验"超过"知识"的妙处吧？敬泽把新历史主义费九牛二虎之力还说不清楚的理论，用了寥寥数百的近乎"轻佻"的文字，就拨弄得淋漓尽致。

我由此想，"经验的含量"也许应该成为我们文学批评的一个基本标准，因为它和"知识"的向度正好相反，知识向着抽象、体制、脱出生命主体的空中蒸发；而经验则向着具体、边缘、深入生命和身体本身渗透，文学当然是建立在后者而非前者的基础上的，那么批评——我说的是"狭义"意义上的批评——自然也应该建立在经验的根本之上。否则批评家便根本无以与作家本人以及读者构成共同的体验与对话的资格，更不用说实践了，他的批评就是虚惘的。经验的含量当然也相应地是检验一个批评家能力的关键因素。在所有的经验中，生命经验显然应该居于首位，生命经验化解和融合进审美经验、知识经验以及所有的日常经验，使之变成一个非常综合的东西，这才是批评家应该背靠的，也只有这样，他才配得上解读复杂的文学文本，成为作家的知音。敬泽之招人喜欢，我以为正是由于他的批评中有足够乃至丰盈的经验含量。

还有见识。这点最不好说，但衡量一个批评家是不是、好不好，见识当是第一位的。人的趣味不同，所以乃有见仁见智之分，但"见"出的"识"总是有一个大致可估算的量。在敬泽那里，当然也有不得不"抵挡"些个"巧言令色"的文字，但他的标准是一贯和严肃的，话说的艺术，但决不说过，比如他对莫言的一篇"失败"的小说《师傅越来越幽默》所作的批评，我以为就是中肯的，不为贤者讳，而接着在同一篇文字里他说《檀香刑》"是一部伟大作品"，我以为也是由衷和准确的，他用了近乎潦草的笔墨，就显示了其充足的理由："《檀香刑》是 21 世纪第一部重要的中国小说，它的出现体现着历史的对称之美。"精准啊精准，"历史的对称之美"，这是个多么重要和根本性的问题，高瞻远瞩。敬泽接着说，

20 世纪是中国小说现代化的世纪，我们学会了在全球背景下思想、体验和叙述，同时，我们欢乐或痛苦地付出了代价：斩断我们的根，废弃我们的传统，让千百年来回荡不息的声音归于沉默。

而《檀香刑》标志着一个重大转向同样是在全球背景下，我们要续接我们的根、建构我们的传统，确立我们不可泯灭的文化特性。

这竟是"文学史的敏感"了，倒叫学院里的人有汗颜之窘。巨型的作品和一般的作品通常的区别便是在这里，但人们给予认可差不多都是事后诸葛。李健吾先生曾说"伟大作品的仇敌"，就是它"同时代的批评家"，竟也有例外，我坚信未来文学的历史必将印证敬泽的预言。

敬泽的批评可见是见识"溢出"的产物——这一点很具有分界意义，因为多数批评家的写作状态事实上是被外力"憋出"来的，读敬泽的书我没有这种局促的感觉，溢出的见识和憋出的见识怎么可能一样，这是从心所欲挡也挡不住地流泻出来的，空山流泉，白云出岫，挥洒点染，瓜熟蒂落，自是和挤牙膏逼驴上架不同。其实敬泽文字的总量中关于当前写作的评论比重并不是最大的，相反关于各种奇文逸事的感想倒是居多，古今中外，山南海北，兴之所至，一无"专业"限制，这恐怕是"地界"之大在暗起作用，所谓莽莽苍苍、生机暗藏。说敬泽是个文学评论家未免是缩小了其体积，实在地，他是个杂家。用杂家的见识来做文学批评，自然别有洞天。

尺子与绳子

下面的话要严肃点儿了，第三部分里我要谈谈敬泽的批评品格。"天花乱坠"——这是敬泽喜用的一个词，我想这也可以用来形容他的文字，他赋予了这个词以新的含义，这是上下飞舞，一夜春风万树梨花的豪华气质，当然也是飞星传恨暗香盈袖的迷离境地。敬泽的批评风格确难用一两个词就可概括：现场、有效、尖锐、简约、精准、风流、浮华、诚实、弹性……我可以将这样一大串平行的词语一直罗列下去，但忽然我感到有一个词是接近于准确的——"弹性"。对，是它了，敬泽的批评是弹性的批评，是弹性成就了他的批评以非比寻常的品质。

弹性是什么？弹性即是一种有精神深度和人性含量的尺子。我亲耳听到作家张炜的一句话是这样说的，"文学又不是跳高……"这句简单的话给我以很长时间的回味，它表明，对文学的评价是需要一种"多维的尺子"的，没有弹性的评价表明了这把尺子之短、之薄、之脆弱、之浅陋，艺术是宇宙间最模糊的东西，没有最暧昧的尺子是无法将它比量清楚的，这就是辩证法——海德格尔曾称赞的荷尔德林式的"单纯者的辉煌"。为什么单纯者比复杂者会有更高的荣誉？这是因为诗有比哲学更便捷地通向真理的途径，果真能有用哲学和理论就能完全说清楚的道理，这世界就无须什么文学和艺术了，批评之不能远离艺术本身的道理和原则，也正是出于这样的理由。最好的作家是懂得如何通过简单通向复杂的，如何通过感性来装裹理念的，聪明的批评家也同样懂得这样的韬晦之理：通过游移、猜测、拟喻、推敲、欲言又止、含糊其辞、环顾左右而言他……在不求表达中完成表达。当不得已陈述自己的"批评观"时，敬泽说他"一直只是一个读者"，我以为这不仅是谦辞，而是对自己的心理定位。因为"批评是一种职业"，而"阅读是一种生活方式"，批评的心态和背景往往是"表明立场"，而读者却是"彻底地贯彻享乐原则"。因此前者是容易"言论化"并易于成为一把尺子的，而后者则保守了"心灵化"而易于保持其弹性。敬泽是聪明的，也是诚实的，他把批评写得云里雾里，不是故意炫耀才华，卖弄学识，而是确实想逃避那把易于武断伤物的尺子，是出于他作为"读者"的感受的原发和丰富，这是没办法的事。因此敬泽也培养起了他几无人可比的"经验的串联"的能力——他简直一线南北、九流旁通，一个看似单面的道理也弄得珠玉齐响。有一段话我以为可以为一个以批评为业的人所牢记，他说：

中国最好的读者或在遥远的过去，他们涵咏、吟味，追求未"封"的境界。他们有时保持沉默，有时悄声叹赏或拍案叫绝，但他们从未想过把一朵花摘下揉碎，分析它的成分和原理。他们因此无法获得"知识"，但对他们来说，没有知识——或套用一句理论术语，"前知识"——的观花或许是更美好的生活。

这应该就是弹性的精髓了，既是现代社会已然分工到了今天，批评又不能不做，那批评家唯一可选择的就是还用手工——别是割草机，那样什么花也就只有被蹂躏糟践的命运了。某种意义上，手与割草机之间的差异，就是经验和知识、弹性的柔韧和僵硬的死力气之间的差异。

敬泽的弹性有时出乎常理，繁文缛节是他，三言两语也是他，如鼹鼠般深钻细节的是他，猛禽般傲慢滑翔的也是他。看他弯来绕去，闲庭漫步一般，可实际上那双不大但却时见冷光的眼睛却没闲着，时不时敬泽就现身了——嘴角斜叼着他那根烟嘴。这是我在他的纸张文字背后经常会下意识地看见的。近读他为毕飞宇的《玉米》做的序言，再次领教了他以少胜多近乎不战而屈人之兵的本事，寥寥千把字，《玉米》《玉秀》《玉秧》三篇小说的神韵毕现，毕飞宇几乎"束手就擒"。毕飞宇何许人也？九根绳子也未必能绑得下，文字滑腻如鳝鱼，意思有时难以捉摸如羚羊挂角一般，是拐弯抹角的行家里手，而敬泽偏有这本事，虚虚的一根草绳就绑了，还竟绑得毕飞宇舒服得不行。敬泽说：

　　玉米是贫贱的作物……但毕飞宇把这个词给了一个女人，他让"玉米"有了身体，美好的、但伤痕累累的身体，他还写了"玉秀"和"玉秧"，那是将要成熟的玉米和正在成长的玉米，从此，在"玉米"这个词里、在玉米的汁液中就流动着三个女人的眼泪和血和星光般的梦。

　　……所以在这本名为《玉米》的书中，我们看到的首先是"人"，令人难忘的人。姐姐玉米是宽阔的，她像鹰，她是王者，她属于白天，她的体内有浩浩荡荡的长风；而玉秀和玉秧属于夜晚，秘密的、暧昧的、杂交着恐惧和狂喜的夜晚……

　　……通过对"极限"的探测，毕飞宇广博地处理了诸如历史、政治、权力、伦理、性别与性、城镇与乡村等主题,所有这些主题如同血管在人类生活的肌肤下运行。对我们来说,读《玉米》是经验的苏醒和整理……

这是无形的、又实又虚的绳子,它的力量首先来自它自己的简练和精确、感性和生动。

敬泽的弹性还表现在对文学现实的反应能力上,这或许和他的"位置"有关,他是在"现场"的批评家,成天和作家挤来蹭去,没点儿耐受性和反弹力怎么行,但这弹性并不是让敬泽去搞文学里的暧昧政治,而是一个作家和批评家构成精神的交流对话的有机联系,一个反馈反应机制。在今天这样的机制是宝贵的,敬泽是以一个作家的"对话人"的身份出现的,这当然首先是因为他有这对话的能力;其次,自我的定位也是重要的,敬泽曾将他的批评活动的处境比喻为"纸现场",表明他是这样设定自己的批评目的、角色、风格和语境的——就在"事故"的现场。这和"超视距"的批评当然是完全不一样的,敬泽培养了自己的敏感,保持了锐利的"目击—反应"能力,而且用他的文字及时而准确地记下了我们时代文学的脉搏,让我们感受着它的体温和毛茸茸的身体,它的某根敏感微妙的神经。这恐怕是大多数蹲在学院或者研究所里的超视距的批评家们所不能做到的。

最后要说的是情怀,这大概已经属于多余了。一个批评家的品格高低,固然最终取决于情怀这个东西,但情怀也不是整天挂在嘴上、写在誓词里的,情怀是一个批评家认真研究问题的态度、能力、境界。调子不一定高，但程度一定要深。我认为敬泽是诚实的——对批评家来说这不是一个很低的要求，对批评的权力不肯滥用，是因为敬泽保守了一个真正的理想主义者的看法，看看他的新作《圣杯骑士或一种"小说"》就可以看出这种大与小的张力，张则张到极大处，小则小到极小处，在"主义"与"问题"之间、修齐治平和逍遥无为之间，我同样看到一个"弹性"的敬泽，这是个秘密——它实际上是一个最关键的东西，因为我们看到的太多的东西都表明，那些鲜明的立场或者武断的判断，都离文学太远了。

我想到敬泽曾经很不自愿有点儿羞羞答答地承认自己也是个"知识分子"，不由暗笑，不好意思自有不好意思的理由，当代中国的紧张的语言方式与非此即彼的语境，常把很好的意思弄得不三不四，不由不叫人警惕，但这也正好给了聪明人鱼归大海的感觉，敬泽在当代中国的文字的沼泽林莽中左右冲突上下求索，拿着高于教授相当于白领的钱，做着给当代文化和批评原本紧张的肌肉和神经推拿松弛的工作，我认为是一件百分之百的好事，因为这在某种意义上是一个两全——既达到了知识分子崇高的目的，又保持了自己的自在和尊严，这不是玩笑，而是出路。

2002 年冬，济南舜耕山下

小女贼的惦记

　　俗话是这样说的：不怕被贼偷，就怕被贼惦记。此话也可以反说，最有杀伤力的"贼"不是因为其偷人，而是会"惦记"——让你感到被锁定的威胁。"小女贼"之魅惑力恐怕就在这里：她对人的"琢磨"是让你冷不防的，有明枪的犀利，更有暗箭的阴损，当然还有细手捏脚中所暗含的痒，一种毛茸茸过电流般的危险的预感。

　　很少有人会把写东西比作"贼"的，更不会有人把自己作贼称。但"贼"并不是一无是处的，至少其"眼力"是非常好的，能够看出寻常不易看出的门道来。尤其是一旦坦率到把自己称作"贼"，其实就已经不是贼了。因为贼之性在于"偷"，在于其隐蔽和伪装，坦称自己是贼，这贼性其实就已经只剩下了眼力的尖锐，这是一种自信。再者，贼还有一个特点，就是胆大，所谓贼胆包天，寻常人不敢想的，他能够想到，别人没法打的主意，他却敢打。敢称自己是贼，也是艺高人胆大，窃想这作者给自己的书取了这个名，一定是得意了许久的。不过，这说到底是一种"低调"的定位，故意把脸上抹块黑，引些注意，损失不大，但却很合算，因为低调一点，便不易于落小资小布作秀的窠臼，且会使人去德远，去智近；德是虚伪的德，矫情的德，智则是真实的智，直奔要害的智。

智近于贼，但强似德近乎伪。因为有些道理不但要逼近，而且要说破的，比如这话："肯以本色示人者，必有禅心和定力，所以，伪名儒不如真名妓。"听起来并未石破天惊，但细细想却叫人出汗，这便是深刻了。

总是有人处心积虑地撺弄新鲜玩意儿，但总是很少有人能够做成。只有极少数的人，那些生来就有某种天分的人，于看似不经意间，弄出新奇的东西，让你惊疑：原来也可以这样，怎么可以是这样，这样看起来并不复杂，但我为什么没有想到？

但其实天分也并不是什么特别的东西，或许只是胆量，在某些时候是舍得东西的魄力。在这里，简单地说其实是一种"减法"。减法在很多时候都可有妙用，这已是屡试不爽的。就那样简单的几笔，论线条比不得谁谁，论颜色也比不得专业人士，可是加上那么几句话，画和文字便都活了，这是智慧，单靠笨功夫难以做到的。而且话也减到了极致，意思是在若有若无、非此非彼之间，所谓"禅意"也大约就是它了。必得要绕过"箴言""警句"一类的陷阱才有此境地。拿腔作调总是落于常识，而既已定位为"小女贼的细软"之物，就是纯粹比论智慧了。

从细节处说，这画画人是有点怪的：她在某些地方是简练的，比如大多数的物件、人形或物态，主要的东西，她的用笔都俭省得很，偏在某个细小的地方搞得很复杂，比如偶尔有个挂衣服的花架、西式的围栏什么的，总是勾画得精致逼真，繁缛富丽。可见这是个对细节一丝不苟的人，大处落落大方，小处则精细入微，一点不肯省事。

免不得让人猜想，呃，食不厌精还不说，还有点小件的恋物癖呢，看看那一溜摆开的女人的鞋子，阿猫阿狗的眼神什么的，你就感到那与丰子恺实在是不同，是地地道道的女性的，而且很"主义"的东西。

干净。这像是有"洁癖"的文字，近乎删减到零的地步。我试了好些地方，想给这文字做点小手术，但差不多都失败了。很多意思明明已到了笔尖，但又让她闪转腾挪，踮着脚尖略过去了，偏不说。但不说是为了给你留下玩味的余地，太满则亏，这也是禅之本意。其实"告诉"不是禅之理，"悟"才是禅的真谛。这一点看来她是领悟透了，不只是在语言上，而且是在性情里。她刻意闪烁其辞，因为本意即是用以自明自悟、自鸣得意的，呃摸把玩之后随手仍给一点，漫不经心，闲笔出神，用得聪明，见得神韵。你要是认真起来，那也懒得和你理论。这就不只是聪明，而且还是狡黠了。因为说到底，言这东西其实是最"玄"的，言永远追不上意，"禅"只是言谈中意的灵光一闪，何以有言过其实、言不及义、以词害意等等之说？与其说多，还不如留白，这叫虚词以待。

也称得上无韵之诗。有人以韵入诗，得其形而失其神，有其音而无其韵，而此人此书，每每只消一两句，却总是击中要害，挠到痒处，甚至伤及命门，令人怦然心动，或哑然失笑，比如："美满的婚姻诚为人间的异数，所以结婚应与仇人结——既完成终身大事，又完成复仇大业，一举两得。"又比如："某些女人的工作履历是——

前半生通奸，后半生捉奸。"这可以算是讲人生至理的，有些"歪"，但却精警提醒；还有的也很政治，比如："历史并不缺少奇迹，可惜奇迹都没有好结局。""对权威的信任就像少女的贞操——一旦失去了，就永远失去了。"这就几近于无韵之诗，不是因为它的美，而是本于它的真。因为人只有在面对真的时候，才更需要勇气和能力，这时他也才更近乎于一个诗人。能够删掉无用的美善，而把真话告诉人们，在某种意义上，更符合一个写东西的人的道德。

画是很好的，未见过此类画法，也许这更叫无心插柳，不求形似，反得其韵，用笔也减至极致，或许可以称之为"漫笔的白描"。不知这样的说法是不是被行家见笑，白描以省事，漫笔以遮短，聪明至极的取法。估计这人的生活和性格也与这画相类，喜欢线条简单，但绝不应付了事，习惯以少胜多，但决不以劳心费神作代价。出行或出言既少，却总有金石之响、刀剑之利，或有明水之凉、秋风之爽。随意出笔点染一番，随你怎么体味评说，执意流连，她这里早已经相忘江湖，踪影不见。

也许生活之智和艺术之慧从来就是不可分的，有生活之智的人才有艺术之慧，生活的智在艺术里面最终表现为一种慧，或者反过来说也成立。钱海燕的文与画，在她所极尽追求的简单中，确包含了很多从传统、从生命、从人性里得来的智慧，能给人带来很多启示。

异端的老套

《第二次握手》是一个至为奇怪的文本。在它问世将近四十年来，先是经历了被毁禁查封、作者被逮捕判刑的惊心动魄的厄运，随后则是被当作"与极左路线斗争的光辉范例"被平反昭雪广为宣传，随后是在主流报纸连载、正式出版并被搬上银幕，再随后就是归于平淡，销声匿迹，在所有的文学史叙述中都被敷衍地一带而过，语焉不详甚至干脆不被提起。在当代文学史上，像这样命运跌宕的一部小说，恐怕是绝无仅有的例子。

说它是一个奇怪的文本，一方面，它是一个革命时期产生的"通俗言情小说"，却被放大成为了"反革命的政治文本"，随后又被放大为"反对极左路线的革命文本"。另一方面，一个从未有过特殊经验的普通知青作者，却写出了一部非常"玄乎"的小说，既涉及当时的最高领导人之一周恩来，又涉及至为神秘的中外核子科学家的生活，还写出了他们之间跌宕起伏的情感纠葛。同时，意外地，它还构成了一个特殊年代里中国人与西方文化、与强大且又妖魔化的美国所代表的西方文化力量之间的某种"潜对话"，在传达了对"帝国主义"的蔑视的同时，也隐含了对"西方"和"美国"这一至为神秘的地域符号的曲折向往。这使其中"民族主义"的和"西向开放"的复杂情愫得以混合式地存在，潜伏于上述故事之中，为我们多年以后的解读留下了幽曲丰富的空间可能。

假如要追问上述因由，首先一点，便是它作为"传奇文本"的基本特征。这是小说史上最为普通和常见的一种套路——因为是"传奇"，所以许多叙述元素都是既定的：英雄、书生、美女、小人，必须有父母之命、媒妁之言，必须有意外和重逢，风暴或强人，最后须是由道德或正义之化身作为主导力量，使光明重现正义伸张，或有情人终成眷属。关于这些套路，无论是曹雪芹与鲁迅，还是巴赫金与普罗普，都做过十分专业和精细的论述，这里就不再重复。我要说的是，即便在"革命"的时代，在横扫一切传统"四旧""牛鬼蛇神"的时代，革命叙事中也潜藏了上述叙事的"集体无意识"，而且某种意义上还是这些东西支持了革命叙事本身的并不丰厚的"文学性"。这一点我们在前文谈及《林海雪原》《红旗谱》等小说时都已经讨论过了。需要强调的是，不管是什么性质的文学，是"封建主义"的、"革命"的或者是"反对专制"和某种"启蒙主义"的，它们在叙述的方法方面，实在并无多大的差异。所有的传奇故事在叙述元素与人物构造方面，其资源和方法几乎都是一致的。

至于作者张扬以他平常的背景写出了富有神秘色彩的故事这一点，也并不奇怪。金庸先生并未经历什么江湖武林的生活，甚至也并不懂得半点"武功"，却写出了洋洋大观卷帙浩繁的《天龙八部》。中国古代的小说家们的情况也差不多，施耐庵也并未有落草为寇混迹江湖的绿林生涯，但照样写出了脍炙人口的《水浒传》，把一百零八个好汉的事迹写得生动无比天下传扬。这都是因了两个字："传奇"。传奇是有固定写法的——更准确地说是有"套路"的。张扬正是无意中借用并得益于这些套路。它按照中国传统的才子佳人小说的写法安排了它的叙事：男女主人公在偶然中（大海边、暴风雨）相遇——女性遇险，男性搭救（这里甚至有《青春之歌》一类革命叙事的影响痕迹，当初林道静遇到余永泽就是这样一个情境。这类革命小说同样是受到传统叙事的控制或支持的范例）；随后是"定情"和客观原因不得不分离（国家陷于内战之乱、父亲权威的竭力阻挠），丁洁琼去美国学习，苏冠兰留在国内，他们各自因为一时无法改变的原因而分离，天涯阻隔（都成为了杰出的科学家，但分属不同的世界与阵营）；终于冲破阻挠得以重逢，但为时已晚，男主人公已经身属他人（这里有"胀出传统"的安排，小说因为这一点而得以胀破终成眷属的俗套）；正当女主人公悲伤绝望意欲离开之际，主导力量出现，做出了超越性的安排，使男女主人公越出个人情感纠葛，得到为国家强盛之伟大事业而奋斗的最终归宿（周恩来的出现挽留了丁洁琼，使之为国家的核子科学做出了关键贡献）。毫无疑问，这是一个传统叙事与革命叙事互相结合和妥协的产物，使小说越出旧套路而出现升华的是其革命叙事元素，而真正使小说的故事保有魅力和"文学性"的，则仍然毫无例外地是传统元素。

　　《第二次握手》的写作思想中有没有明显的"正面"意义？这一点确需要追问。在"重写文学史"运动发生以来，这类小说之所以被冷落和搁置，确有其思想贫乏方面的原因。它确实并未给我们带来太多新鲜的思想意识——即便是"历史地来看"也是如此。放在20世纪70年代，它的最大意义不过是张扬了"政治正确"的一方，将社会和历史的进步归功于正统的政治力量。所以一当国家意识形态出现了变革进步，这类叙事中的正面意义马上便被矮化和变得无足轻重了。虽然它的故事中纠合了在当时的政治与社会生活中具有"陌生"意味的科学家的生活、知识分子的情感世界、异国他乡的海外赤子、美国和西方世界的异质力量，还有发生在中美不同背景中的科学家身上的异国恋情……但所有这些，都只是构成了有限的和暂时的"异端性因素"，它所隐含的"科学至上""爱情神话"，与五四新文学所提供的民主、科学、人性等思想资源比起来，是那样稀薄和孱弱。

　　当然，如果我们从"个体无意识"与"集体无意识"的角度看，也许还有更深层的东西，但这需要放大我们的诠释。比如，小说在集权主义的年代中，敢于通过科学神话和高级知识分子的职业生活，来隐晦地取向西方和美国的陌生世界，使叙事获得巨大的吸引力与神秘感，这表明了一个久藏于中国人内心的情结：即对于"发达世界"或"西方"的"二元想象"——既作为魔鬼世界同时又作为理想世界的混合矛盾体，这样一个奇怪的情感态度，将这个年代中国人强烈的"现代化神话"嫁接在关于西方世界的想象之上，隐含了某种"现代性"意识。不过，这些东西在更早的经典的革命叙事中也早已暗藏，并非始自张扬。在《青春之歌》中，关于林道静的"血统"就有一个微妙的安排：她的"母本"是来自佃户的女儿，是劳动人民；但她的"父本"却是来自"剥削阶级"，是大地主和大官僚，这反映了作者的一个非常微妙的潜意识：真正高贵和"有教养"的出身，根本不可能是单一的"穷人世系"，而必须有富有的家庭背景。林道静的"青春"之所以能够成为一首"歌"，与她生活的城市背景、知识分子圈子，还有小资与浪漫的感情生活、地下的和富有冒险意味的政治斗争之间，是无法分拆的共生关系，单纯以农村为场域的革命斗争是不可能产生这样的浪漫情调的。读者对于这部小说的喜爱，与它潜叙事中暗含着的"第三者插足"（林道静与卢嘉川之间）、"未婚而先行同居"（林道静与江华之间）的城市化和西化的生活方式之间，是有至关重要的关系的。

因此，所谓异端其实是假的，被解释出来的，这正是后来人们逐渐放弃了它作为这个时代的代表性文本来叙述的原因，甚至人们对于某些在"文学性"上远不及它的极端文本，如《一只绣花鞋》《曼娜回忆录》的粗糙的手抄文本，纯粹娱乐和"诲淫诲盗"的极端型例子，似乎都更愿意津津乐道。这是因为它确实缺少真正的思想价值并且被抬得过高的一个结果。

但不管怎么说，《第二次握手》绝对是一个值得重新研究和认真谈论的文本。

插花与套叠：一种文本秘密

大约在 1971 年，我在乡下老家的小学里读三年级。有一天学校旁边的场院上来了三个怪人，他们打铁又兼说书。在乡间的手艺人中我还从未见过如此身兼两任的人物。白天，他们叮叮当当火星四溅，晚间则点起一盏明晃晃的汽油灯，一通乱鼓和钢板的敲打之后，在飞虫乱舞的光线里，他们唾沫飞溅地开始说书。

他们说的，便是《红岩》。但想来那是最蹩脚和混乱的说书了，三人中一个负责看场子倒水，一个敲鼓，另一个是师傅模样的人，粗糙的大手里敲着两片月牙似的钢板，拖着怪模怪样的长腔，说的是江姐见叛徒甫志高与双枪老太婆。其中插入了很多并不着调的小段，说到了"女特务"的长相，江姐的旗袍，甫志高的油分头和小眼睛，最后说到膀大腰圆手持双枪弹无虚发的老太婆。其间好像还穿插了对美帝和苏修的挖苦讽刺，现在想来真是有些"后现代"或"解构主义"的意味了。

那是匮乏年代的景象，乡村的场院里人挤得水泄不通，不知道那口水里出来的粗俗比喻和夸诞叙述有什么魔力。

但这确是我童年难以抹去的一个记忆。几年后，我得到了一本只有半张封皮的《红岩》，对于这本书，十二三岁的我并没有产生太大的兴趣，至少远没有得到

《烈火金钢》时的那种兴奋。我花了很长时间也没有将它读完，究其原因，大概是没有足够的耐心看那些沉闷的人物背景交代，还有它奇怪的"陌生感"——现在想来这应该是弥足珍贵的一点，陌生是文学性的必备条件。但那时的我似乎更热衷《烈火金钢》一类作品，因为它更具有浅近的故事性和传奇性。不过我对这本有些残破的书中的插图——大约十几幅木刻画，倒是产生了强烈的兴趣。这些奇怪的插画让我对它产生了敬畏感，感到了它与别的书迥然不同的冷峻和硬度，以及苍劲和神秘。

后来我知道，这木刻是一种高雅的现代艺术——不只鲁迅喜欢木刻，很多人也都喜欢，它的效果是神奇的。在黑暗的背景上，用阴文的方式展现出环境的压抑，牢狱的昏暗，气氛的凝重，还有人物的坚毅表情与雕塑般的肌肉轮廓。这是一个神奇的体验，我盯着它们的时间大概超过了对文字的阅读时间。

这就足以表明，《红岩》从写作到包装，是经过了精细和考究的策划与准备的。也可以说，假如小说没有这些插图，或者插图如果不是这种木刻画而是别的形式的话，都将大打折扣。因此在今天，我们对于这部作品的认识，确乎应该在意识形态的有色眼镜之外，找一些问题和有意思的角度。

显然，仅就笔法来看，《红岩》中渗透和掺入了真正专业作者的功夫和水准。比如对地下"潜伏"工作的描写，就是认真和"专业"的。小说一开始就写到了敌特利用进步学生身份做掩护，潜入重庆大学，试图通过接近学生运动来破获共产党的地下组织，其描写不但是老练和节制的，而且写得很有悬念。这种"悬疑性"不止带来了强大的叙述动力，而且在十七年的小说中堪称独树一帜。某种程度上说它潜藏了"革命时代的商业秘密"也不过分。从近年炙手可热的"潜伏"与"密战"文艺中，大概不难找到它为何迅速热销的答案。甚至我们还可以看出它们之间明显的相似性——如果不存在后者对前者有"模仿"的话。它表明，即便是在60年代初这样敏感的政治化时期，创作者们也遵循了某些历史的原始样貌，以及大众或市场化的规律来加以虚构，而并非完全夸饰的编造。

还有，小说对于甫志高这个人物的描写，对他叛变前的历史、心理与性格的交代，都可谓冷静和客观，并未加以脸谱化和简单化的处理。虽然小说相对地对许云峰等党的领导人物的描写十分理想化，但对于甫志高一类人物则并未予以妖魔化。小说甚至还写到他模模糊糊的"争取在全国胜利前多做一些工作"的心理活动，这并非纯然是个人动机，而是一个地下潜伏者正常的心态。还有，在写到某些革命者出现的时候，也同样是按照历史而不是脸谱来处理的，比如写到码头和渡船上"江姐的仪容"，对她的着装打扮、精神气质，那种"端庄"和"典雅的风姿"的描写，也着实会令60年代初期政治环境中的人们感到惊奇和浪漫——小说写到了她"头上的纱巾""一双时髦的半高跟鞋""新的细绒大衣"……

她的"咯噔咯噔响着"的鞋子，"双手插进大衣口袋"的姿容，在随行力夫的陪伴和"穿着破烂军衣的壮丁们"的环绕下，简直是贵妇般鹤立鸡群。这里"革命"本身浪漫的奢侈，以及革命者天然拥有的传奇身份，无疑鲜活地昭示了革命本身"身份与行为分裂"的事实——即革命者反而是真正具有"资产阶级风仪"的。而这些作为无意识层面的心理活动，正是激励无数青年人向往并参与革命的重要而隐秘的力量。

上述笔法无疑是老练和出众的。与《林海雪原》《红日》等作品相比，我以为要高出若干。与《红岩》一样，它们也都是"浪漫"的，但却笔法粗糙，情绪外露，是典型的"非专业性写作"。像《林海雪原》，其文字格调简直犹如小学生作文一般稚嫩，人物心理与性格的描写粗陋不堪，如果不是其中的一个"才子佳人"老套路挽救了它，简直就是一个"革命历史斗争故事"而已，称不上是一部"文学作品"。而《红岩》却是比较精细和沉着的，在人物塑造和故事的展开方面，有着专业写作的水准。

还有景物的描写，在《红岩》中是时常凸显在行文中的，这一点严格地说有"装饰性"之嫌，但作者常常是试图利用这样的描写将环境"象征化"。重庆这座城市的地形样貌本身就有拥挤与逼仄压抑之感，而作者更意图将国民党"最后的"疯狂与黑暗血腥的统治加以突出，也营造出地下工作的险恶环境，所以在每章的开头或结尾，大约都要花费一些类似的笔墨。比如：

黑沉沉的大楼，耸立在布满密云的夜空里，厚实的窗帘，紧紧遮住灯光，就像一匹巨大的野兽，蹲伏在暗处，随时可以猛扑出来伤人。

一连几天暴雨，逼退了暑热，渣滓洞后面的山岩间，日夜传来瀑布冲泻的水声……微风拂进铁窗，带来几声清脆的鸟叫。

滚滚雷声中，又是一阵耀眼的闪电……粗大的雨点，狂暴地洒落在屋顶上，黑沉沉的天像是要崩塌下来。雷鸣电闪，狂风骤雨，仿佛要吞没整个宇宙！……

这分别是第六章、第十二章的开头和第十一章的结尾，类似的写景状物在文中可谓随处可见，有时是必要的，作为人物心理和命运的烘托，有时也显得有些孤独，如同装饰性的"插花"或"镶嵌"，摆放在文字中间，除了表明写作者的笔法是"优美"或专业的，大概作用并不大——当然，也没有什么害处。

还有"套叠"，这一点似乎更为重要。现在想来，如果要认真追究一下《红岩》为何创造了发行和销售量的神话的原因，恐怕有"叙事构造"上的深层秘密。它也许暗合了中国传统小说中的某一种类型，比如《西游记》《明清笔记》等"神魔小说"中对于妖魔鬼怪的描写，"洞窟""囹圄"中的氛围，有似妖孽盘踞兴风作浪的去处，监狱的酷刑和折磨，也有似人妖颠倒英雄落难的故事，这使得小说无形之中得到了中国古典小说中某种叙事传统的支持。虽然并不明显，但它确也营造出了一种叙事的动力与期待，对于读者的胃口是一种强烈的吸引和挑逗。

当然也还有别的叙事类型的隐约轮廓，比如"探案小说"，还有前文所说的"潜伏叙事"等，地下生活的惊险和刺激，混入敌营或匪巢内部生活的另类想象，不止对于革命意识形态控制下普遍患有"红色幻想症"的青年人具有巨大的吸引力，而且也隐含着普遍的"商业小说"的叙事秘密——这与《青春之歌》一类小说中的"三角恋爱"、《林海雪原》中的"才子佳人"等叙事老套的作用是一样的，某种意义上，《红岩》是以最不起眼的方式"实践了革命叙事的商业动机"，在革命叙事的下面安装了一个虽然模糊却更为诱人的商业化故事模型，从而实现了一个隐秘的"叙事套叠"。这应该是小说得以空前热销的根本原因之一。

另外，关于华蓥山游击队与"双枪老太婆"的描写，也似乎是刻意插接其间的部分，有人认为这是"民间性"传奇叙事要素的掺入，是有道理的。它略显夸张地放在那里，似乎也可以作为"革命叙事的政治"——即配合狱中斗争的敌后另一战场的代表，来应和小说叙事的主线，同时也打开了小说故事场域的空间感，不能不说是一个不可或缺的妙笔。这一叙事强化了小说中的民间性美学元素，使得作品的美学载力得以更加丰富。

如果从无意识的角度看，也许问题还会更加复杂：

比如展现刑罚、虐待、牢狱、杀戮这类叙事对于读者潜在的隐秘吸力，是一个比较值得分析但又很难给出结论的视角。在革命叙事中，虽然也大量地写到死亡、暴力与酷虐，但几乎从不正面涉及，革命者的牺牲是轰然倒下、在"无痛苦"的状态中离开的，死亡即是永生；至于敌人的死，那就更如蝼蚁虫豸，没有生命和肉体感觉，革命者刀枪所至，敌人只有"欢快地倒下"，从无深入和正面地面对过肉体的痛苦。而在《红岩》中，特殊的题材使小说无法绕开身体的疼痛，尽管作者也同样夸大了革命者的钢铁意志，但还是用了大量的牺牲与肉体摧残的叙事来印证敌特的残暴，而这些，恰好在感官上对于十七年的小说读者构成了新鲜的经验与刺激。

作为一部先天注定了某种不足的小说，《红岩》创造了一种奇迹，传播和再传播的奇迹。有人统计，它在1961年出版后一年多的时间里即发行500多万册。在80年代到90年代，据"不完全统计"又先后重印了300多万册。自60年代以来还先后被翻拍改编成电影、歌剧、曲艺等其他作品——我童年记忆中的民间说书大概是最粗糙的改编了——甚至其中的人物故事已超出了虚构的界限，变成了家喻户晓的"历史"。这是值得我们认真研究的，不管怎样，革命叙事中所包含的复杂性，不论是从历史还是从艺术的角度，都有令人会心的秘密。探讨这种秘密，使我们充满了发现的喜悦。

穿干部服的旧文人

　　他一生似乎都穿着一种叫作"中山装"的干部服，但内里藏着的，却是一颗旧文人的心。在当代文学中，孙犁是一个奇特的个例。一方面，作为一个有着"解放区文学"写作经历的作家，他一直靠自己的抒情和诗意特色保持了较强的文学性，即便是在"极左"的年代也是如此；另一方面他还保持了"升值"的势头，在"革命文学"逐渐淡出公众和研究者视野的80年代，他却大有硕果仅存、水落石出的势头。而自90年代以来，随着"十七年文学"被重新发掘研究，作品为数并不甚多的孙犁也几乎成为了"由边缘进入了中心"的范例。那我们要问：为什么能够这样？孙犁依靠什么能够独享这一荣耀？

　　很显然，是他作品中比较丰厚的传统元素、旧文人的趣味和比较边缘的写作视角帮助了他，在意识形态的宏大叙事受到质疑和反思的年代，孙犁反而凸显了他与文学的核心价值之间的关系。我们马上就可以举出这类例子：《铁木前传》。这是他50年代写得最重要的作品之一，既叫"前传"，计划中必然还有"后传"——虽然并未实现。其整体布局的原意，大概是想写解放后的新生活给农民带来的新变化。作为一部表面上的"歌颂体"小说，它要正面描写新人和新气象，比如铁匠家的九儿，还有木匠家的四儿，他们和政治靠得紧，是小说中正面歌颂的人物，作品也预示了他们之间会产生志同道合的爱情，但关于他们的故事小说中恰恰着墨很少，只是处理为很次要的和隐含的线索。而叙述中旁枝斜出盘桓过多的，倒是关于不走正路的六儿，和另一个招蜂引蝶怪异风流，颇有"狐媚"气质的另类人物——小满儿，不仅写她和六儿的"鬼混"，甚至小说中作为作者（叙事人）影子的一个人物——"干部"（原文中为"专门来了解人的干部"——意为作家的角色）也掺合其中，且住进了小满儿寄居的姐夫黎大傻家里，并与她玩起了深夜交谈和身体亲近的游戏——当她一大早闯进干部的房间，在他的头前翻找东西的时候，她的胸部竟然"时时磨贴在干部的脸上"，后来又在一个夜晚"几乎扑进干部的怀里"，这样的着墨方式对于一个历练已久的革命作家来说，显然是过分和不得体的，对于该小说叙事的安排而言，也实无必要。尤其是，在一些关节点处，作者还莫名其妙地替上述人物抒起情来，更显得与小说的叙事口吻不相协调。抒情者究竟是谁呢？缘何会出来一个抒情者？"童年啊……"说的是谁？读者很难弄得清楚。究其原因，作家为何这样闯到前台，"忘情"地出笔呢？唯一的原因就是他的趣味左右了自己，主题没有控制作者，而隐含的旧趣味却支配了叙事，他喜欢的人物大书特书，而浮在面上的人物则敷衍了事，成了幌子。

可是，也正是这样的一个不正常的写法，使他将蒲松龄式的"旧文人趣味"和《聊斋》式的"男性中心主义的色情幻想"融入了《铁木前传》之中，使这部小说超出了意识形态的规范和预期的主题，变成了一部具有超常情趣的小说，一部由"革命油彩"装裹的旧的聊斋故事。放在今天看，某种意义上，它潜在的"毛病"恰恰成了它的优点，它的叙事的某种意义上的不成熟，恰恰成了其胀破规范、越出樊篱的原因和诀窍。

90 年代初期，陈思和教授提出"民间视角"这一文学史线索与价值标准的命题的时候，曾提出了一个有意思的概念，即"民间隐形结构"。虽然他并未当即予以充分阐述，仅是提出了《李双双小传》中的"男女调情模式"、《沙家浜》中的"一女三男模式"等很感性的说法，但他的角度对于十七年文学的研究者来说，却很有启发意义。如果从结构主义叙事学（比如普罗普的俄国民间故事形态学）的角度，我们可以借鉴西方许多理论家的论述，探讨在红色叙事的内部所隐藏着的大量民间故事的结构模型，并且由此解读出革命文学中真正的文学性所在。推而广之，我们也可以说，革命文学中不光含有"民间隐形结构"，而且还含有"传统隐形结构"和作家的"个体无意识结构"，如果能够将这些隐含的东西统统解释出来，那么其文学性也就获得了丰富的可诠释的内容。从这个意义上说，某些"革命文学"也是可以通过多角度的解释，而部分地获得文学经典意义的，而孙犁正是这样一类作家，他的作品中孕育了更多这样的可能。

我把孙犁小说中的"旧文人趣味"看作是一个重要的文学元素。自然,放在当时这是一个很致命的缺点。但他似乎知道这点,并且有效地给予了改装处理:他给他的叙事人赋予了"干部"身份予以包装——这是一个到处指导革命工作并且兼而"了解人"的特殊人物,有某种"特权",这样他自然可以寻机与小满儿这样的"落后分子"接近,并且单独相处,去探寻她的美貌、性格和生活,以及她不寻常的女性之魅。如果没有这样一种身份,显然是不得体的。因为这一点,他就可以虚构出一些在革命文学中罕见的浪漫故事、有风情的细节或情境。这个"干部"以亲历者或者目击者的身份来讲述他的所见所感,便巧妙地回避了正面的意识形态叙事的内容,而可以截取日常生活中的片段,捕捉带有民间或传统色调的小人物,来书写与革命"相关"的人和事。《山地回忆》中,他以第一人称的方式,回忆了在阜平山区的经历,在河边与一个农家少女"妞儿"的相遇,他们之间发生的一场"狼和小羊"式的口角。这位山村姑娘嘴舌伶俐、泼辣机智颇有些娇憨之态,而"我"随后竟然就在她家度过了许多时日,其间当然也就持续了与她之间性格与语言的冲撞,但临行时,她竟为"我"缝制了一双袜子,让人有一种难忘的温馨回味——至于这种"温馨"的内容是什么,读者自可从旧式的才子佳人小说中找到原型。

但有时也很露骨:在另一个短篇小说《吴召儿》中,

这个特殊的人物在日寇扫荡的时候要转移到山里，结果组织上便给他安排了一个青春少女作向导，这个女孩时而把一个棉袄火红的里子翻出来，时而奔跑歌唱，活泼至极，全然没有"躲避扫荡"的紧张和恐怖，倒是变成了山野男女同行共宿的浪漫之旅，她简直就是青春和美神的化身了。等到下雨的时候，她便和他一起挤在一块岩石下面避雨，那时他们的身体也借机发生了亲近和接触。

这种描写在"革命文学"的年代其实并无必要意义，它也许就是某种无意识层面上的私念，或者言重一点也可以叫"准色情幻想"。这种情况在长篇《风云初记》中也有痕迹，类似将召儿式的人物和小满儿那样的人物比起来也有神似之处。这些人物身上近似于妖娆或者狐媚的气息，显然有中国传统小说的影响，充满了旧文人式的趣味。孙犁说："我以为女人比男人更乐观，而人生的悲欢离合，总是与他们有关，所以我常常以崇拜的心情写到她们。"与其说这是作者自己的一种含糊其辞的解释，不如说是一种辩解和掩饰。我们可以把这种意识理解为一种传统的男权主义的表现形式，女人的狐媚、男性的狎邪与赏玩趣味，在传统小说中可谓比比皆是，无论是"奇书"类的长篇小说、才子佳人小说，还是笔记体的文人小说中都颇为常见。让我举出《铁木前传》中的一个段落，分明可以看出类似《聊斋志异》一般的笔法：

　　无论在娘家或是在姐姐家，她好一个人绕到村外去。夜晚，对于她，像对于那些在夜晚出来活动的飞禽走兽一样。炎夏的夜晚，她像萤火虫一样四处飘荡着，难以抑制那时时腾起的幻想和冲动。她拖着沉醉的身子在村庄的围墙外面，在离村子很远的沙岗上的丛林里徘徊着。在夜里，她的胆子变得很大，常常有到沙岗上来觅食的狐狸，在她身边跑过，常常有小虫子扑到她的脸上，爬到她的身上，她还是很喜欢地坐在那里，叫凉风吹拂着，叫身子下面的热沙熨帖着。在冬天，狂暴的风，鼓舞着她的奔流的感情，雪片飘落在她的脸上，就像是飘落在烧热烧红的铁片上。

　　每天，她在夜深人静的时候，才回到家里去。她熟练敏捷地绕过围墙，跳过篱笆，使门窗没有一点儿响动，不惊动家里的任何人，回到自己炕上。天明了，她很早就起来，精神饱满地去抱柴做饭，不误工作。她的青春是无限的，抛费着这样宝贵的年华，她在危险的崖岸上回荡着。

　　而且，她的才能是多方面的，谁都相信，如果是种植在适当的土壤里，她可以结下丰盛的果实……

　　这完全是一个灵异的或"鬼狐"式的人物，这些夸张的描写溢出了通常的细节或肖像叙述，而变成了一种奇幻的"过剩想象"。其间可以看出作家对她的一种不甚合理的偏爱，和超出角色的想象。不过这样说绝无贬损作家"道德状况"的意思，恰恰相反，正是因为这些旧趣味、这些看起来并不那么"革命"的叙事元素挽救了孙犁，挽救了他小说的文学性，使他在概念化和类似道德洁癖的红色叙事的年代显得不同寻常，拥有了超越时间局限的更多意义和增值的可能，同时也造就了他本人作为"穿干部服的旧文人"的一个奇怪的作家身份。

贼的内心风暴

除了可能的皮肉之灾，贼会有精神的痛苦吗？这是个很有意思的问题，通常人们喜欢用一个道德化的眼光来将"贼"予以简单的处理，而不会顾及他是否也有内心的活动，更不会细想贼的某种"不幸的处境"与"心灵的斗争"。也就是说，人们通常不会把"贼性"与"人性"挂起钩来认识，而只是夸大它们之间的对立。但俄罗斯的作家安德烈耶夫对此却有他的理解，并且给了我们一个正面、奇妙而且富有哲学与道德内涵的回答——他写出了贼身上神奇而真实的、残酷而充满精神震撼的斗争，并且完成了一个精神的悲剧，一个富有启示的寓言。

这当然或许有宗教传统的作用，这样的悲剧，在我们这个民族似乎不大可能会发生，因为"罪与罚""作恶与忏悔"这样的思维习惯与道德命题，通常不会那么强烈地困扰一个中国人，在我们这里，道德命题的显现，常常是以外力介入的形式出现的，即作恶的人遭到了"报应"，而作恶者很少会主动对自己予以道德谴责，甚至予以"自决"。而拥有基督教或东正教传统的俄罗斯人就会不太一样，他们的文学主题中会充满了类似的精神斗争与道德自罚的内容。

　　任何好的小说其实都可以看作是一个"寓言"，庄子说"寓言以广"，大意是说寓言性的叙述总是有很宽阔的拟喻性。对于《贼》而言，这个寓言的拟喻性不但宽阔，而且相当幽深，堪称一个"精神的寓言"，"贼性"的习惯与"人性"的诉求之间，发生了不可调和的冲突。从这点上说，他的作者已不只是一个现实主义作家，而具有了"精神分析"的意味。但这部小说是出现在19世纪的晚期，那时无论是"意识流"还是"精神分析学"都还远未显豁出世。所以《贼》可谓相当难得，也难怪鲁迅会推崇安德烈耶夫，认为他有至为深刻的一面。

　　但它仍然带了古典短篇小说非常强调的"戏剧性"意味：一个"下意识"的冲动毁了一场原本可以很愉快甚至"浪漫"的旅行——刚刚出狱的盗窃犯尤拉索夫在一个明媚的早晨，踏上了一个前去看望女友的、本可以十分体面的旅程，他渴望自己这时的身份再也不是偷偷摸摸的、坐过三次牢的乡下人费德尔·尤拉索夫，而是一个体面的德国人，一个有着会计师身份的瓦利切·盖利赫。这个预设的身份在他的脑海里非常强烈，使他此行的"角色感"非常强烈，他想象这次行旅"会像小鸟一样翱翔在天空"，而完全与一个"贼"的身份绝缘，好好地享受一场唯有正派人和体面人才能享受的情感之旅，尊严之旅。他身上带了足够的钱，希望能给他的女友带去快乐，何况，那个喜欢他的妓女还可以供养他，"他要多少就给多少"。然而临上车时，他还是抑制不住本能的"贼性"，"顺手牵羊"地偷了一位老者的钱包。

这是一个危险的错误，它使这位时而是"尤拉索夫"，时而又是"瓦利切·盖利赫"的贼先生踏上了一场错误的旅行。他身上难以抑制的"贼性"和他对"体面人"身份的渴望之间，产生了不可调和的冲突。得手或意外收获的得意和愉快，只是持续了一小会儿，很快他就陷入了人格破碎和道德危机的折磨中。我们设想，这当然是"作者的安排"，事实是，一个"老练的贼"当然也可以不动声色，泰然自若地躲过搜捕，因为毕竟没有人抓住他的现行，他要是不那么"高看自己"，就把自己定位为一个惯犯、一个屡教不改的贼，应该也不会翻船。但作者偏偏要让他陷入了人格的危机和道德的审判。而且还要以逐渐加重的幻觉、不断反复地自我掩盖与自我揭露的思想斗争的形式来加重危机，最后使之陷入崩溃。

然而真正的"文学性"和"教益性"也正是同时来自这里：不但小说家的思想影响了人物，而且人物自己也演绎了他的命运，使这个死亡变得必然和有意义，变成了一个人"灵魂的发现"和"肉体的毁灭"的统一，非常有戏剧性，有逻辑，同时又出人意外。小说家在完成了戏剧性叙述的同时，也升华了小说的道德境地，实现了对读者心灵的深度冲击。在这个过程中，值得佩服的还有整个心理过程的复杂、反复、幻感，以及与现实之间界限的含混与消失。在中间部分，有关尤拉索夫被逮捕的恐惧与想象写得亦真亦幻，写他对自己的道德宽解和精神折磨的循环往复，写他最后通向死亡深渊的心理进程，都十分细腻自然，富有感染力和说服力。

　　在终极的意义上说，文学永远不止是可以看见的"现实"，而应该是难以言喻的精神性的现象，或者说是精神的现实。只有揭示精神意义上的复杂状况，文学才会拥有它不可替代的品质和价值。而对于时下陷入了"问题写作""表象现实"的中国作家来说，安德烈耶夫的深度和笔法，都是值得学习和借鉴的。

没有胜者，只有发笑的上帝

　　一百多年了，可是这样的故事对中国人来讲却仍然是现实和鲜活的，仿佛就发生在我们身边，自己的身上。这是永远难以解答的困惑。

　　和通常的年轻人一样，两个西部的青年，威廉和杰克，带着他们年轻的雄心和一腔热血，从荒凉的西部田园来到纽约。来到躁动的、颤抖着的都市，来到这座集地狱与天堂、拯救者与魔鬼的城市，以图实现他们成功的梦想。

　　他们首先要与城市决斗：或者被城市俘获，或者把城市踩在脚底。这是一场无法说清的搏杀，要想成为胜者，首先要适应它，被它接受，而这被接受的过程是否就是失去自我的过程呢？也许是，也许不是。

　　四年后，两个人相约来到了一家餐馆，威廉现在已经成了一个有钱的营销商，他刻意节制而又掩饰不住自豪地点着那些昂贵的菜肴，漫不经心故作不介意地应付着杰克的轻蔑与挑战。选择了绘画——艺术的杰克看起来精神充实，但囊中却显然有些羞涩，看来注定要由威廉买单了。可杰克却不买账，他用尖刻而犀利的口吻讥刺着被纽约"俘虏"的威廉，两个人你来我往，展开了一场激烈的角逐。

你已经完了，杰克说。可是威廉却显出了成功者的沉着和有钱人的大度，他毫不介意若无其事地叫着名贵的法国软干酪，一点也不与杰克计较。后来的事情可想而知，杰克和威廉没有分出胜负，威廉走了，杰克在夜里失眠了，他收到了他所爱慕的女孩子从西部发来的催他回去的电报，大意是说，如果回来，即答应嫁给你。但他犹豫了十分钟却回答"暂不回去"。他似乎无法选择在这样一个时刻，离开这座在他看来肮脏和污染了威廉的城市。他还要一直待下去，不知道是为了什么。

故事到此也就结束了，这是美国20世纪的小说家欧·亨利的一个短篇《决斗》的梗概，原作当然要精彩得多，我的复述已经尽失了原作的魅力。不过，启示可以同样是丰富的。这是什么样的决斗呢？简单地概括可以说是艺术与金钱、物质与精神之间的较量。但这样说又未免流于简单，我想也许有许多个层次：首先是两个青年人与城市之间的"决斗"，是被城市俘虏呢还是战胜它？这似乎很抽象，很难判断，很难说清究竟是适应了它呢还是被俘获，是被污染了呢还是已将它"征服"，这再一次证明了一个真理，即所有的道理——包括真理——都是被解释出来的。适应和被污染之间，拒绝和失败之间，到底有没有一个可以作明确判断的界限？这恐怕不是一个简单的道德式的结论就可以服人的。其次便是两个人——一个商人和一个艺术家之间的"决斗"，谁是胜利者？似乎也说不清。这又是一个"解释学"的问题，一个拥有着"物质"，一个占据着"精神"，拥有物质的人似乎俗不可耐，但却可以实实在在地买单，而占据精神的似乎很有些居高临下，却免不了心虚刻薄，骄傲得不那么理直气壮。看来谁说话，谁气更盛，谁就掌握了"解释权"，胜利就属于谁了。最后每个人与自己内心的决斗，谁能够更自信地说，自己已然是一个无可争议的胜利者？恐怕也没有。皈依艺术的人试图用自己精神上的富有，来面对自己物质上的困窘，但他夜里的失眠却无疑暴露了内心的矛盾，他的尖刻和挖苦也分明可以看出他精神上的脆弱。而拥有金钱的人也不能不在雄心万丈地拍出他的美元的时候，感到有一丝铜臭的自卑——只要他还不是一个十足的市侩的话。他何以要这样在朋友面前显露自己的优势呢？这难道不也是内心虚弱的表现吗？

看来这注定是一场没有胜者的搏斗。这真是太有戏剧性了，即便是人物退了场，概念也会一直争论下去，而且永远没有答案。我想这应该是人类几千年以来一直在进行着的一场决斗，只要欲望和人性存在下去，两者的决斗就不会有结果。

你当然可以用一种东西来否定另一种。比如可以夸大精神的力量，这看起来会显得高尚，而且在个别情况下也的确可以做这样的判断，但是从普遍的哲学意义上，这样的判断却与无限夸大物质的力量同样是可笑的，艺术的价值判断和哲学的价值判断有时并不是一回事。在这篇小说中，欧·亨利显然不是在作一种道德和艺术意义上的传统判断，如果是那样的话，就失之简单了。之所以作这样的分析，是因为还有一个场景佐证，在小说的开头，作家用了不少的笔墨来叙述一个看起来过分遥远的情景，奥林波斯山上的众神喝着美酒琼浆，在无忧的春睡之后慵懒地看着下界的人类，看到他们像蚂蚁一样来回搬运着，蝇营着，感到好笑和不可思议，他们这样忙碌究竟有什么意义吗？

欧·亨利为什么会做了这样一个开头，这很有意思。他显然是给人类提供了另一个参照，因为人类的一切劳作乃至蝇营，是基于他们自己的一个价值准则，他们假定出一些高不可及的东西，令他们自己去纷争，由此来决出胜利者，分发荣耀和好处，满足贪欲和虚荣。然而这一切在高居在奥林波斯山巅上的众神看来，却是太渺小了，渺小到根本无需给出判断，在他们比照下，一切都不过是徒劳。这就是哲学了，我们的作家所要真正展示的"决斗"，实际是在这里——人与神，永远不会平等的、对人类自己来说也根本没有意义的决斗，在这场决斗中，人永远不会成为胜利者，因为当他们决定要做任何决斗的时候，都已经注定了是一场悲剧。

这真是应了这样一句话：上帝本来不会笑，人类一思考，上帝就笑了；神本来无所谓胜利，人类一决斗，神就胜利了。

四辑

如何『看莫言』

骑鹤江湖去，关山入梦来

阴影与微光

旧时明月曾照谁

『雨和森林的新娘睡在河水两岸』

……

如何"看莫言"

2012 年 10 月 9 日，也就是莫言获得诺贝尔文学奖的前两天，关于他可能获奖的消息已经炒得很热，我在接受一家报纸的采访的时候，曾回答他们说，"假如不考虑意识形态的因素，而真正考虑文学的因素"，假如评委们"在坚持人文主义普世价值标准的同时，也对我们的民族文化有一定理解的话，那么我认为此奖最应该授予的就是莫言。"果然，两天后消息公布，莫言终于如愿折桂，一时间国人欣喜若狂。

中国人自然有理由高兴，因为按照某些逻辑，甚至按照某些常理，中国作家要得这个奖是不会顺利的，然而在莫言这里却是出乎意料地顺，在他 57 岁还如日中天的时候，让他拿到了这个让全世界的作家梦寐以求、让全世界的读者翘首瞩目的奖，确乎不易。而为了这个奖等到耄耋之年，甚至终生错过的作家在全世界绝非个例，更何况，在中国作家头上，还罩着另外的一些说不清道不明的因素。这些年，我们所听到的对中国文学与中国作家的批评声音实在是太多了。这些批评有的当然是对的，但有的则是想当然的求全责备。因为在某些人那里，他们对于作家和文本的批评从来都不是出于悉心和认真的阅读，而是出于想当然的厌恶——在他们看来，中国什么都坏，文化是粗鄙的，道德是低下的，文学是浮躁的，作家是缺少教养的……自然创作就好不到哪里。不止国内的某些批评家，国外的学者也凑热闹，如德国的汉学教授顾彬，即在很多场合说到"中国当代文学是垃圾"，"莫言余华的小说在德国是通俗文学"，云云。可谓里应外合，凑成了一个互相呼应、很有阵势的合声。

这些批评当然也是有理由的，没有哪个国家和哪个时代的文学是没有问题的，特别是在近代以来，文学变成了同商业和政治密切合谋的东西之后，文学的泡沫化与市场化变成了常态，这自然是人们诟病它的一个基本原因。但是即便如此，我们也应该看到，低劣的东西从来也没有真正妨碍和淹没一个时代最珍贵的东西，人们仍然能够从大量的泡沫中找到黄金，从形象与故事中找到人文主义的精神和灵魂。莫言的小说就是这样的作品——尽管从风格上他并非适合所有人。

曾和许多文学圈内的朋友讨论，为什么是莫言得奖而不是别人？确乎他有幸运之处，因为中国作家中还有不少优秀者，有较大国际影响的也不止是莫言自己，但最终获此殊荣的却是他。自然大家见仁见智，但有一点是公认的，那就是——他的东西是"原始"的，比一切讲究人工和智慧的创作更有"原始的灵性"和"原始的情境"，更有民间的、粗蛮的、生机勃勃和莽莽苍苍的的气质，而这些最终超越了人工，也超越了思想层面的东西。形象永远大于思想，这是文学中的定律，形象的东西，原始的形象的东西所生发出的诗意，可阐释出的思想，永远大于概念和思考本身。莫言正是沾了这个光，占了这个便宜。

所谓的"魔幻现实主义""民间故事""历史""当代经验"等，这些授奖词中的关键词，都是从这种原始性中生发和解释出来的。

当然，莫言的优点和好处决不仅仅是这一点，他是有思想的，而且还一直在以自己的创作追赶中国现代最优秀的作家们的思想，比如鲁迅的思想。事实上，中国当代所有最优秀的作家，都或多或少地在追比鲁迅的思想，如他对国民性的针砭，对人性弱点的洞悉，对中国历史和文化的批判，而且在尖锐和深入的程度上他们还有所前进，在这方面，莫言可谓范例。他的《檀香刑》不就是对鲁迅小说中"围观主题""嗜血主题"的深化吗？甚至，在对中国文化的内部结构的分析方面，他比鲁迅的看法更有了精细和传神的表达——比如关于孙丙的描写，在封闭自足的文化状态下，他原本是一个正面的符号，一个美男子，一个茂腔戏名角，长着一副美髯，唱的一口好戏，他分明就是古老的东方式"田园牧歌"的标志性符号。但是，当外来的文明以钢铁的、强势的、侵犯性的方式出现，且在中国人的生存和中国文化内部引发了巨大危机的时候，他就变"丑"了，变成了谎称"岳大将军神灵附体"的装神弄鬼者。他注定会反抗，但结局自然也就只有两个——要么变成洋枪洋炮之下的牺牲品，要么变成失败的内部统治者的替罪羊和替死鬼。这就是中国文化内部的裂变，孙丙的死和阿 Q 的死是如出一辙的，但与鲁迅相比，莫言却将这一出戏演到了极致。

莫言的好处当然不止是这一点，他的优点还有很多，比如他对于中国传统文化的看法就不止是采取了鲁迅的视角，而且还获得了一个"反进化论"的视野，比如他对于更早先的中国文化的理解就不止是"吃人"，而是有充沛的生命力、有"结构性活力"的一种文化。在《红高粱家族》中，他所展现的"爷爷奶奶"的生活就是如此，他们出入于红高粱大地，"既杀人放火，又精忠报国"的性格，便是在被主流与正统文化规训之前的状态，而这种对历史的想象，其实就是对于"将来好过现在，现在好于过去"的简单进化论的历史观的一种反对。这是他更"现代"的地方。从"爷爷奶奶"，到"父亲母亲"，再到"我"，历史不是呈现了我们习以为常的"进步"，而是一种可怕的倒退，一种生命的衰变和文化的颓坏。这一点，虽然不能说是莫言的独创，却是他比之中国当代的革命作家们所描写的"进步论神话"的一个反拨与补正，同时也是对于那些优秀作家所表现出的反思精神的一个深化与承续。

有人说，莫言和很多当代中国的作家有对"暴力"的嗜好，乍看起来确乎存在这类问题，但与此相连的另一个问题就是：是莫言凭空捏造了这些暴力的叙事吗？

如果不是，那么一个作家面对历史上和现实中屡见不鲜的暴力，是如同鲁迅所说，"敢于直面惨淡的人生，敢于正视淋漓的鲜血"，还是无视暴力的存在，并努力做装饰与美化的美容师？答案当然不言自明。还有人说，暴力可以写，但作家一定要"有态度"，这也对，但是作家的"态度"既可以站出来表达，自然也可以以隐含的方式让读者自己去感受。我相信读者在读了《檀香刑》之后，不会对暴力产生迷恋和喜好，而会有深深的恶心和恐惧。

还有，莫言的小说中还呈现了强烈的伦理倾向——对于民间伦理的托举和对于政治概念的压抑，我之所以坚持认为他的《丰乳肥臀》是"一部伟大的汉语小说"，就是因为他在这部作品中张扬了传统民间社会的美好与诗意。如果用最简单的话语来概括，这部小说所表现的题旨，就是"中国传统民间社会在20世纪被侵犯和被毁灭的过程"，母亲所代表的人民与民间世界，在一切外来的政治与权力因素的合谋下，在一切外来力量的侵犯下，最终陷入了从肉体到精神的毁灭。仅就他所刻画的人物看，我也认为，说他写出了伟大的小说绝不是夸张。

写到这里似乎该打住了。关于莫言和他作品的认知，这本书里的专家们要远比我所讨论得高明。我要说的是，关于莫言的研究，在当代中国文学和作家的研究中将会成为一个久远的"显学"，过去就很重要，今后将会更加显要。这当然不是就"赶热闹"的意义上而言，而是就莫言的重要性而言的。某种意义上，如果说中国的汉语新文学诞生以来迄今有"两个最重要的作家"的话，那么无疑就是鲁迅和莫言了，不管你承认与否，这一点将会逐渐成为不可动摇的事实。莫言的作品将会被作为经典反复讨论，其经典化的程度将会越来越高，其意义也会越来越被放大，其研究也将会越来越多——那么这本书的价值也就会越来越明显，虽然它只是一部应急的书，一部还没有来得及认真和全面甄选的书。

"如何看莫言"？我在最后还是得回答这个难以回答的问题，"看莫言"的方式有一千种，就像一千个读者有一千个哈姆莱特，一千个读者有一千部《红楼梦》，但归根结底看莫言的方式又只有一种，那就是"看作品"，不看作品只看热闹是没有意思的，莫言为我们提供了一个生气勃勃的文学世界，为我们创造了一个丰富而庞大的人物谱系，为我们提供了许多种不同的叙事风格，也为我们创造了独属于他自己的想象方式。这些，只有通过认真的阅读，才会有真切的体会。

我们要向以往所有莫言小说的研究者、批评者和阐释者们表示敬意，他们对于文学的敏感和对于作品的解释能力，对莫言如此迅速地产生出巨大的国际影响力，也具有不可或缺的推动作用。某种意义上，是莫言和批评家以及读者们共同创造了他的那些作品，也共同创造了"莫言"这个符号。因此，"看莫言"对于批评家们来说也是看自己，对于读者来说则是从阅读中寻找自己的文学理解。这本书不可能提供完全和最终的答案，但却可以是一个小小的契机，一条通往莫言和我们自己的文学世界的花间小径。

它很有风景。

2012 年 11 月 2 日，北京清河居

骑鹤江湖去，关山入梦来

1

　　要是说历史上最有味道的故事都出自离乱或是末世，大约总有些残酷，至少是不够严肃，然而"四十年来家国"或是"万里悲秋"与"百年多病"，以及"衰草枯杨，曾为歌舞场"的故事，其中人世沧桑的叹息与遥想，无不有一番深长和体味不尽的滋味与凄凉。却是为何？自老庄始，中国人便相信"无常"，"无常"和"常无"，乃是世界之本，"天下之物生于有，有生于无"，老子说。唯知"常无"方能"观其妙"，知"常有"而只能"观其徼"。"徼"乃世事万象之间微小的差别，而"妙"则是世界那神秘和恒在的大道。知道这两者互为表里，才算是懂得了什么是"玄"。因了这样的哲学，中国人才有了那么多讲述"陋室空堂，当年笏满床"的繁华之梦，那些曾经的"有"和如今的"无"的故事，也才赋予了"末世"以久远的诗意和叙述的动力。而历史本身，也确乎有这样一番沧桑轮回的法则与规律，盛世的文章气象也有，但大约总在少数，而离散与衰败的末世往往更出产真正的诗赋传奇。屈原自不用说，汉末有古诗，有三曹七子，晚唐五代除了有韦温，有小李杜，更有南唐后主那啼血凝泪的亡国之音。至明代，则有四才子书所谓分合盛衰与生死离散的悲情野史，至于《红楼梦》，虽说未出于末世，但讲述的却是最为经典正宗的豪门落败与红颜离愁的没落故事。

今读欣力的文字，也似有这般感受与滋味，循着她一路的寻访与追想，体味那"野花芳草，寂寞关山道"上夕阳古道的景致，体味那一番说百代之伤与万古之愁也许还算不上，但到底也是离乱与寻梦的悲情、伤怀与追逝的叹息滋味，也算是千般纠结，五味混杂。那个枝蔓众多、兴盛一时的家族，那些曾经风华绝代的金枝玉叶或叱咤风云的祖先人物，而今安在哉？

这是典型的中国故事了，典型的家国一理、诗史同在的故事。物是人非，甚或物已非物，君不见，几番"革命"下来——远有人匪更迭兵火频仍，近有"文化革命"，眼下又忙于旧城改造，多少古迹已然齑粉黄沙，与那渐行渐远的人物一同湮没于历史的尘埃之中。如同苏东坡感叹的，江山如画，一时多少豪杰。可曾有的一切，而今已灰飞烟灭，荡然无迹，于是"人生如梦，一樽还酹江月"的悲凉诗意方油然而生。蓬莱文章建安骨，是说笔力要飘忽，若海上仙山之不可方物，而格调上还是要慷慨悲凉为妙，这是做文章的常理，但很少有人能够做到位。今我观欣力的文字，不免暗叹她手腕的不俗。她的关于家族人物与山河旧事的讲述，称得上是娓娓道来，把一部缩微了的清国兴衰史，讲得慷慨跌宕，将一部放大了的家族世系恩仇录，演绎得不绝如缕。家事与国运，个人和时世，在纠结缠绕中互为映衬和显现，互相激发出久远苍茫的诗意。

也确乎称得上是方家手笔。散文历来有擅长讲史的一面，但讲得俱有依据出处又绝不拘泥，却也殊非易事。她飘洒摇荡的文字，最终都指向一个"人"字，因此叫人欢喜和折服。从来都是这样，讲历史如果没有人的命运作为核心，与讲人物而没有沧桑历史的映照一样，都是没有戏，或没有情怀意味的。自太史公以来，中国文人中的入流者都得此传承，写历史都会崇尚"人本"，写人物都会希图"入史"，也就是在历史变迁中的结局和命运感。所谓"史家绝唱，无韵离骚"都是这样出来的。欣力同样深谙此道，她在一个百年沉浮的变迁中获得了戏剧的长度，在悲剧与命运感的凸显中获得了美学的高度，正所谓骑鹤千里，寻梦百代，地理的宽和历史的长，在这些文字中互相张大，彼此找到了适宜的氛围与台面，这讲述自然就有了气势，有了格局味道。

2

故事是从大清朝的绥远将军、伊犁将军、兵部尚书、陕甘总督伊尔根觉罗·长庚开始的，这百年前的满人，作者的"舅高祖"，外祖母的祖父，让故事的起点恰好不远不近。他生于狂澜既倒、大厦将倾的乱世，但并非概念中所说那种腐败无能的纨绔子弟，虽然作者从未正面描述他的形象，但隐约可见，她对这位"戍边安民、政绩斐然"的祖先其英武之气，是何等瞻仰与追想。奈何国运将衰，他的一生除了离乱迁徙，并无真正施展抱负的机遇。另一个起点式的人物也相近似，是更为显赫一时的端王爷，鼎鼎大名的爱新觉罗·载漪。这位载漪曾因主张倚重义和团扶清灭洋，而权重一时，然一朝沦为臣虏，又被无能的慈禧太后剥夺爵位发配新疆，做了她的替罪羊。好在念他为皇室宗亲，网开一面，在万里流放的路上，他又取近道归靠了他的岳丈——蒙古的一位郡王多罗特色楞的家里，从此过了隐姓埋名的庶民生活。

有如此显赫的家族世系，这故事自始至终便带上了"降幂排列"的诗意，用现在的话说叫"一代不如一代"。这自然是说身份，俗话说贵不及五世，富不过三代，君子之泽尚且"五世而斩"，载漪之命更与国运所系，也属于自然而然。讲述者不存心为先人讳，而是直言其"掩耳盗铃"私心挟带的"爱国"，丝毫也难掩其"滑天下之大稽"的愚昧。如此的一个起点，恰好让这番家族命脉的讲述，获得了近代历史的大逻辑。这便是作者的超脱且聪明处了。何况，那诗意的悠远叹息中，也因此有了几多难以言喻的荒谬或悲凉。两位显赫一时的先祖，在冥冥中互相走近，生出了如许恩怨纠结，居然结出曾孙辈的姻缘瓜葛，以至于有了这位登临和凭吊的后人，此情此景的叙述者。一切仿佛前生已定，时光倒流。这样的讲述，确有"命运提前显现"的奇异和震撼。

所谓"由历史到诗"便是如此罢。"历史"总是有审判的，有真理和谬误，有正义与邪恶，有一分为二辩证唯物主义云云；而文学和诗，则只有叹息和悲伤，扼腕和感奋，只有无望的怅惘和茫然的寻梦，只教人"别有一番滋味在心头"了。问君能有几多愁？恰似一江春水向东流。

因此上，这位欣力有了一个滔滔不绝的角度，以及一发而不可收的语势：把那万里的追索和百年的寻思，将那历史和现实，眼见与幻觉，生前与身后，家事国事天下事，纵横穿插挥洒成一部时开时合的史书，以及一串身在其中又跳脱超然的议论与抒情。行文则因此如山河遥迢，如水深路远，如平野阔而大江流，其势滚滚，不可遏止。故事一直讲到姥爷和外祖母这一轮，虽是江河日下，但仍是凡人不及的传奇。姥爷，乃是道光帝的五世孙、端王载漪的孙子，爱新觉罗·毓运，姥姥，则是那位绥远将军长庚少白的孙女，乱世中的颠沛流离，让她本属金枝玉叶的生涯充满了动荡与劫数，也充满了一番"现代"的悲情与浪漫。尤其这位姥姥，她年轻时还是位爱好文学、颇知诗赋的妙人，这般人物加上离乱人生，其间该有多少难以胜数的故事呵。窃以为，写到这些的时候，欣力的文章笔墨可谓最见情采和诗意了。也难怪，同是女人，一如前身后世，可以感同身受，往来穿行。他们从京城到蒙古的阿拉善，再到陕甘的张掖，宁夏的中卫，再到南国江宁的一路迁徙颠沛流离的一生，整好应和着讲述者的飘忽的行程与逶迤的心路，正所谓咸阳古道香尘绝，山河的旷远，疆界的遥迢，在纸上一路铺展。

还有祖父祖母这一脉的故事，欣力似乎讲得少。少是因为母系的故事太多，所牵涉的历史风云澎湃汹涌，因此父系的历史便被遮住了，压下了。着墨既少的祖母，只能娴静地安坐于历史的上游，精于女红，"坐愁红颜老"了。

其实可复述的故事也许并不太多。毕竟不是小说，也不是历史和"报告文学"，这是散文，抑或是散文体的诗歌，历史不过是借以点染意绪、指点山河，甚至是借以游历神州四海而挥洒文字的借口，家族故事也早已是神龙见首不见尾，或者是首尾可循，而行迹已属渺然飘忽的追念与猜测。然而就是在这番猜测之中，讲述者把一路的见闻与借题发挥的种种冥想，一股脑儿地填塞进去，打开的是一个有无数缝隙的时间隧道，与交叉小径的命运花园，它穿行于大地山河之间，跌宕于自然景物与神思意念之间，交错于先人陈迹与现实红尘之间，叫人生发出无边的感慨与遐想。

——也许这才是作者的本意？

3

写意风景辅以重述历史，或是演绎家族故事，在于今"大散文"中可谓多矣，但散文之"大"已大到病态的程度，原因则无非是"景"与"物"间的貌合神离与生拉硬扯。但欣力的文字却得以避开此类时弊，她的人事和景物的描写，空间和历史的穿插，个人意绪和人性意义的阐发，家族情感和普世价值交融，称得上是情因景生，意与境谐，感性和理性互相补充。其西风残照、汉家陵阙的悲凉慷慨之境，与家族人物的颠沛流离、悲情命运之间已完全交融一体。如此她的文字方能欲擒故纵，蜿蜒跳荡，一路狂奔，无拘无束，看似离题万里，但轻轻一点便尽收眼底。这笔法仿佛是鹰击长空又加蜻蜓点水，鱼翔浅底又泥牛入海，往往是出其不意又严丝合缝。她可以在写到祖母远嫁京城的思乡之病时，用西方文化中的"homesick"来大加发挥；可以在讲述长庚将军封疆西域的戍边岁月时，扯开到宋词中豪放派的"苏辛"来加以譬比；时不时的，她还在旅途的见闻中无节制地旁枝斜出，把眼睛盯在那淳朴美妙的店家小女身上，去关怀打量一番，延宕挥洒一阵。开阖收放，敷衍铺张，在她这里压根就不费气力。

这也便显出文中之人的风度与气质了——文如其人，这"无节制"和"无边界"，归根结底都是"主人公"气象与性情的豁达，其不俗的阅历和非比寻常的修炼。没有多年海外游荡的经历，以及家学渊远的积攒，装何以能装得出来？

万里路和万卷书，少了哪一个都不灵。

还说到了"气象"。欣力文章的气象是女性中少见的，倒不是性别歧视，巾帼志，儿女情，人各有志，缠绵悱恻或气吞山河全在下笔所好。这位欣力的文章中什么都有，但"气"和"象"却是最突出的。气是满人骨血中的豪气，中国传统辞赋文章的风骨精神之气；而周游海外的人生见识，则给了她超乎血缘与本土的思路和方向，两相结合，成就了旷达不羁的形意与形相。这外与内，正应和了中国人关于文章的见解，所谓风骨于内，气象其外。风骨是人的内在品质，气象则是风骨在文章中的赋形。欣力的文字，虽不能说没有半点女儿气，但风骨刚健，绝不让须眉。讲述先人的悲欢离合，虽然身在其中，也时时"情动于中，摇乎其形"，但自哀自怜、自怨自艾的小家子气却是一点也没有。否则也断不能有亲往先人故地去寻访大漠，游历祁连山，穿越雄奇而荒凉大西北的一番巡游。心象与物象的折射，人格与自然的彼此召唤，简直是"扑向"对方，风骨和气象，以此互得表里。

但似乎还可以换一个说法——"胸襟"，此一点至为可贵。因为文章所见，终是人的境界精神，我看到了一种匹配，一种内与外、心与象的感召与应和。我与欣力从未相识，无法去揣度其人，从文章气象去妄加猜测，以为确属不俗、不骄、不自恋。说自家事，议天下人，讲的眼前之物，纵横的是四海古今。她叙述着作为"沉默的大多数"的沿途草民的身影，却一路心仪着那些不肯盲从和特立独行的不朽灵魂，从辛德勒说到林昭，从王小波说到张志新，甚至于说到美国的人权运动领袖，那位黑人的灵魂马丁·路德·金，说到自由的代价，文章的境界与功夫……真个漫游的是大地，纵横的是精神。

还有"知"和"识"，似乎已不必多说了。人格胸襟、风骨气象，自然是一个人怀抱见识的结果。文章下笔千里，思接天南地北，上下古今，不止是因为话多，而是因为书参得透，所感所思蜂拥而至，块垒于胸不吐不快，于是才有如此不知节制的文字。想来这番驾鹤江湖的万里寻访，不止是凭吊先祖、圆人生之梦，也算是她践行自己的"知识"和"文学观"的一种方式罢——有时"行为艺术"确是必要的。

还有笔法，说到笔法就要以一篇《爱莲说》为例了，此篇的主角，便是作者反复提及的姥姥赵诵琴。作为长庚将军的孙女，她金枝玉叶却生逢乱世，一生"曲折顿挫，颠沛流离"，命运又让她嫁给了端王载漪的长孙罗秀峰，也即爱新觉罗·毓运，如果把她一生的故事记录下来，定然是一部跌宕而漫长的传奇。但作者只用心为她做一幅"精神的肖像"，把她比作一朵出淤泥而不染的莲花，全用了写意的皴染，侧笔的白描，在闪烁其间，将离乱的世事、家族的动荡、家庭的变故、曲折的婚姻等这些外部环境的交代，同她美丽的红颜、脱俗的个性、喜好文学的素养以及一生坚韧故我的性情之间，通过对照而构成了一幅生动的剪影。这一切正如她涵养深远、笔墨摄人的日记文字，以及她珍藏的一幅白莲一样，让人凭吊和遐思，这番命运的水落石出，也如同她亲自的题款于白莲之侧的"还与韶光共憔悴，不堪看"一样，令人掩卷长叹，良久唏嘘。

4

记忆的来路或精神的原乡在中国人这里，永远有如天堂的幻象，它既是故地，也是归宿，既是历史，也是现实，既是空间，又属时间；抑或，它也原本就是一块鸦片，独有洞天福地的幽秘，桃源般令人神往又迷失的曲折和招魂术。一旦寻到它，也便随着那一股渺渺的青烟和谜魂的香气，梦寻千里，以至于失魂落魄，流连忘返。

传说晋朝有个人名叫王质的，他上山打柴，见两个童子在下棋，便驻足观看，沉迷至终局才发现，他手执斧头的木柄已经腐烂了。下山回到村子，方知人世已过百年，早已物换星移人事皆非。今读欣力的文字，亦仿佛这番情境，往世穿梭，人物鱼贯，前朝的悲欢离合与恩怨情仇历历在目，让人不觉有身历百年的沧桑与感叹，好似读了一卷散章的《红楼梦》，不知今夕何夕。自然，并非所有回溯历史的人都有她这般切肤之痛与血缘之亲——毕竟贵胄根苗，那穿梭遥想的旷远时空，非是一般人能比的。然而，就历史的虚妄和缥缈而言，又都是一样的。无论哪朝哪代，每代人都是曾经的将来和现在，每代人又都终究会是历史。江山留胜迹，我辈复登临，存在者有手握现在的喜悦和慰藉，但也必有那前不见古人、后不见来者的悲鸣，最终仍然是沉舟侧畔，病树前头的艳羡与感叹。这也应了鲁迅那种十分现代的解释：每代人，都不过是"历史的中间物"罢了。

但"中间物"也是不一样的。每个人对世界的认知与理解，大约都与其"身份认同"有关，都与"我是谁，我从哪里来，到哪里去"这类问题有关。小户人家的子孙难免草民的习惯，对世界的理解往往不出一亩三分地的田园，所关注的历史世象与人物景观也总是有限，"帝王将相宁有种乎"，"问苍茫大地谁主沉浮"的宏伟想象和质问，毕竟不是谁人都敢于生出的。

所谓"纸上的祖国"或心中的家园，欣力这番百年的穿梭和万里的寻访，在我理解，最终也许是为了在纸上安放这些先祖的游魂，把他们植入到时光的激流和浩渺的土地之上，让他们在文字中再活一回，同时也是为了对照自己的人生阅历，生命的脚迹，安放一下中年的疲惫和生命的迷思。代代如此，参透生命不易，但唯有参透者方为未曾虚度一生。在这些文字中所活现的人与事，对一个读者来说，或许注定过目即忘，但它所勾起的记忆和经验，却会如天光云影浮动于周身，如前生旧梦如影随形。

2010 年 6 月 10 日深夜，北京清河居

阴影与微光

夜已深，静谧总易让人产生浮想，而这些文字正是荡开这涟漪的石头。它们的作者虽年轻，但文字却是如此厚重沉实，甚至可以说有几分沧桑了，他笔下的人物与经历是那样充满质感和疼痛，让人读之久久难以释怀。

这是我读刘汀文字最初的感受。历来，这种有关"老家的故事"在文学中都是颇常见的。自鲁迅的故乡系列开始，有关故乡的人与事的书写，便是新文学中叙事的典范。《故乡》《风波》《社戏》，乃至《祝福》《孔乙己》诸篇，都是可以叫作"故乡系列"，或者"鲁镇往事"的。而且从文体的属性上说，也确乎很难分得清它们到底是"小说"还是"散文"——说是用了散文的笔法写出的小说，或是用了小说的笔调写成的散文，都未尝不可。这便是好文字的标记了，而今我读刘汀的文字，也有类似的感觉，尽管我知道它们是"散文"，但却鲜明地感受到它们小说般的精细和质感，在笔法上是如此鲜活和细微，人物的描画是如此传神和生动，细节的描写是如此跃然和丰盈。

每个人都有记忆中的故乡，但我们思维中的常态却不是善于清理和叙述，而是关闭和遗忘。刘汀的文字似乎再次唤起了我们关于"老家"的记忆，帮我们实现了一次内心深处的返乡之旅，再次忆起了那些被淡忘的人物，那些渐行渐远的风俗，那些贫瘠或丰富的人事与场景，苦难与悲欣，特别是，那些逝去的时光——从这个角度说，将它们当作一种诗意的文字，也是未尝不可的。

这让我感到惊讶之余又颇为欣慰，作为一个"80后"的年轻的写作者，刘汀居然还有较为完整的乡村生活记忆，有着清寒的童年生活的一幕幕场景，这恐怕是同龄人中不多的，即或有类似出身的年轻人，却也未必愿意承认，或能够记得住，至少注意力是不会在这上面的。这足以表明刘汀是一个知道感恩的人，一个有自己真实记忆的人。而且在我看来，一个没有乡村记忆的写作者某种程度上是有残缺的，不止是因为他缺乏有痛感的经验，更重要的是他可能会离自然和诗意更远，离一个有谱系的生命世界更远，更不要说有关"大地"的概念与想象了。刘汀，却让我依稀看到这些东西，在时下青年人热衷的城市叙述与幻感世界的描述中，刘汀确乎有更为珍贵的东西，显示了独有的质朴与深远。

读其文字，我首先为之感动的是人物。那些故乡的形形色色，三教九流，他们就活在字里行间，散发着他们的气息、体味，活动着他们的音容笑貌。他们中首先是多年挣扎在"转正"路程上的民办老师父亲的形象，以及父子两代人生命的接续和错位的种种描写。父亲当年没有走入乡村权力的核心，也没有能够成为建筑商，也许是家庭贫困多年的原因，而历经四年的退学与复读的轮转，终于考上名牌大学的"我"，面对父亲及家族亲戚"学而优则仕"期待，却选择了清淡的文学生活，然后不得不面对惨淡的现实挤压，个中滋味杂陈，真可谓难以言喻和想象。刘汀笔下的父亲，没有被美化得多么高大，而是保有了一个北方乡村汉子的本色，有他自己作为小农、作为小知识分子、作为父亲、作为一个底层的生存竞争者的全部真实，有他的父爱、权威和弱点。但他形象的真实与质朴，立体和感人，却让人读之难忘，似在眼前。

这个人物画卷中让人不能不挂怀的还有很多，最为悲苦的大概要数羊倌舅爷了，他少年时代作为祖母的"陪嫁"，随自己的姐姐从远方外地来到作者的故乡，一生未娶，到死都是个光棍，他孤苦伶仃也让人费解的一生，让人隐痛唏嘘。作者甚至写到，哪怕他这一生中有一点点艳遇，有那么一点点什么"非法"的情事也好，也给他白纸般的一生添上一笔色彩。但他对世界和生活似乎早断了欲求和念想，已全然安于贫穷和孤寂的命运。作者怀着无限的悲悯，书写了他无人照料的晚年和业已死灭的灰心，几乎让人为之落泪。

刘汀笔下的人物似乎都是这样：真实、质朴、本色、善良，有种种与生俱来无法改变的小农观念与思想，小农缺陷与痼疾。敏感、固执而且"小性"的四叔，他因为脾气倔而丢了在矿上的工作，后来又由于瘠薄的农田无法养活全家，不得不再次求告矿主，选择了更为险重的工作。每日于黑暗的矿洞与飞扬的粉尘中讨生活，还

养成了酗酒的恶习，随之身体也日渐衰弱，而且膝下的
儿女似乎也并不争气。但他的自尊和善良却从未改变，
在"我"考上高中时本十分艰难的他居然塞给了我 20 元
钱。某一天再见时，他变得无比憔悴苍老，但还是一定要
与归乡的侄子促膝对饮一番，并且还惦记着有朝一日要还
自己欠侄子的一千元——当年他考上大学时，自己因为手
头拮据而没能给钱资助，至今还耿耿于怀……除了四叔，
同样倔脾气却思想活络，擅长不择手段发点小财的、命也
好得多的三叔，给人留下了深刻的印象，他奇怪的道德说
辞，常"顺一点"矿上或"公家"的财物，但从不拿个人
东西的小农伦理，更具有某种文化的代表性。除此，他
笔下让人过目难忘的人物还有很多：有着江湖行走的传
奇的爷爷，性格与命运各异的二爷爷、三爷爷，还有能
下神的二娘、心气高的小姑、东西邻家的叔伯婶娘、兄
弟姐妹……他们也都有着种种传奇的、有意思的、令人
哭笑不得匪夷所思的性格与经历，有着守财奴或败家子的，
跳大神的或赤脚大仙的外号或秉性，让人读之如在眼前。

　　这些老家人物的悲欢离合与命运变迁，在刘汀笔下
不止是单个的画像，而是悄然折射出了时代的变迁——
假如这部小书有更多文学性意义的话，我想正是在这里。
而且，这变化并非是"进步论"意义上的物质丰盈或观
念的现代变化，而是一种充满颓圮感的，挽歌式的吟咏，
成为正在全面消失的乡村世界的真实录影。对于这些无
法随着时代前行的人们来说，当儿女成为他们未来生活
的"光亮"时，他们自己却永远成为无法走出历史和现

实阴影的一群。这也许是出身乡村、有着切身体验与记忆的刘汀最真实的感受，是他对于现今乡村世界内部景象的真实叙写。

刘汀的文字中，不只是人物的刻画充满了浓烈的乡情，他对这片土地上风物的描绘也至为细腻。少年的往事渐成奢侈的回忆，那些童年难忘的风俗，年节的仪式，走亲串户的礼仪，乡人的交往习俗，剪纸、敬神、撒灯、撒仓房……这些儿时的记忆，都在他笔下活色生香地映现出来。不只如此，很多有趣的乡情故事，也曾顽劣斗狠的成长经历，比如喝到蒙古族人的"牛奶煮面条"的滋味，读书时因为饥饿而伪造饭票被抓的窘境，中学时代伙同同学一起堵在太平间去砍人的不堪回首……这些都有似鲁迅《故乡》中场景的再现，同时也融入了人世变迁，沧海桑田，旧时玩伴成陌路的唏嘘感叹，那里有平庸的欢乐和罪恶，周而复始的轮回与荒诞。读之同样让人有种种感慨与回味，心动与联想。

朴素而鲜活，真切而生动，这是这部作品给我的基本感受。刘汀的笔调已经十分老到和成熟，写人状物，从容不迫，不加雕饰而能够尽显其形，不做渲染而可以尽出其神，确乎让人欣悦和欢喜。情绪的平衡和总体的把握，使他能在朴实的笔致中，书写出人物的起伏跌宕和悲欢离合，写出他们的七情六欲和性格短长。在总体上，他把住了一个"低"和"真"，低使他得以将人物还原到他们的真实处境与命运之上，真使他写出了这些人物的活的弱点与性情,唯此才能令人信服。这不止是由其"散文"的文体所决定的,小说容许夸诞和虚构,而散文必须尽力客观和写真;同时也是一种艺术原则和美学精神的体现——那就是要销蚀此类写作中易于出现的美化与小资情调的泛滥。刘汀做到了,而且做的很好。

但这也并不妨碍刘汀才情与文笔的发挥,他在适合的地方也会抒情,虽然压抑得恰到好处,但也会不失时机地让其文字显出黑铁的质地,与冷色的光彩。这是他关于四叔一篇的结尾处的一番描写:

我的脑海里,一直印刻着他满身矿粉的瘦弱身躯,四叔站在家里破败的院墙前,衣衫单薄,艰涩地笑着,眼神里只剩下微微的一点光亮。我难受极了,真担心这一点光会被生活的狂风骤雨吹灭,或者光能持续亮着,而他的全部生命却被提前耗尽。我所能做的,大概就是下次回乡时,跟他坐在一起,好好喝一通酒,聊聊心里话,如果他愿意。

我的难过不止是四叔,更深一层的难过是:每次在傍晚时从远方回到村口,都是掌灯十分,从前我以为这些灯是一个个家庭的温馨,但现在,那片在巨大的黑暗中摇曳的微光,仍是亮,是暖,可却不知还可以亮多久……

这不止是一个四叔的命运,也是整个乡村所面临的未来。从这个角度上说,刘汀所描述的老家的微光与疼痛,也是全中国乡村的微光与疼痛。他是用了自己最熟识的老家作为一个案例、作为一个标本来认识和叙述的，所要展示和思考的，却是时代本身。这是一个写作者应有的抱负，我要对这个意图和抱负给予毫无保留的赞赏。

2012年，刘汀作为一名博士生来北师大随我读书，之前他已是一个小具名气的"80后"作家，且在一家很好的出版社供职，已策划了很多好的图书。这几年中，他一边勉力读书写作，一边为了生存而维持着原来的工作，可谓艰难而窘迫，但他还是坚持过来了，不只坚持，而且写出了一批有思考和有格调的作品，不只有小说，还有诗和散文。总之他是这样地充实而有收获，沉实而又充满信心。这让我欣喜，让我看到了一个好的作家隐隐出现的未来，一个让人可以期待的轮廓——尽管我清楚这道路还十分漫长，充满曲折和迷雾。作为一个教书人，还有什么比这更让人值得欣喜的呢？

为人师者，要勉力而为好师，但又贵在不好为人师。我这篇序，少说也已拖了一年有余，除了忙，什么会让我一拖再拖，我自己也含混不清，大约是意在不想好为人师地指手画脚罢。其间刘汀也曾催问过，但他从来都说"不急"，我这样拖着，倒给了他再次沉淀和修改的机会云云。我知道这可能是谦辞，是出于做学生的无奈。但我也宁愿相信这是真实的想法，因为写作毕竟是个"慢活"，慢一些会更好，更有内涵的蕴藉，更有文字的味道。刘汀的"慢"是我喜欢的，唯其慢，会走得更好，更远些。

2015年1月30日，北京清河居

旧时明月曾照谁

　　《旧时明月》这个名字，很容易让人想起姜夔的词《暗香》中的句子："旧时明月，算几番照我，梅边吹笛。唤起玉人，不管清寒与攀摘。"这位冷峭又香艳的白石先生所忆，乃是昔日月色之下，与美人一起攀折梅花、闻其暗香的情境。虽不免有过于装潢夸饰之嫌，但所隐喻的，乃是佳人隐约的体香，故意弄得含蓄抽象了些罢。所谓花间词的余响，婉约诗的遗风。但王彬先生借此以取书名，却并非香艳的狭义，而是有所延伸的，他的"旧时明月"里，应是充满了"秦时明月汉时关"的寥廓气象与慷慨风骨，有悲悯凭吊的史家情怀。不过，一定要将两者联系起来，也并非没有理由——他的书中确也写到了许多女性，古今有名的美女，不论是沈园香碎的唐婉，贵为天后的武曌，马嵬坡下粉颈喋血的杨玉环，还是《水浒传》中风流出墙而遭屠戮的潘巧云，抑或蒲翁笔下化身花妖狐魅邻家女子的绛雪香玉……不期富贵还是贫贱，薄命还是幸运，多在他的文字中出场过，那也是一番"暗香盈袖"的意境。月光与美人，往事与韶华，岁月中的美妙与缺憾，悲情与无常，唤起人无尽的感喟与遐思。

　　不过，说女人事情的文字在全书里所占的比重，并不在多数，虽然这些篇章给人留下了至深印象，更多的篇幅还是在写自然与人文风物，写历史与旧事。有的虽是以述说地理名胜为由，但所引出的，仍是一串久远的史迹故事，因此往更确切处说，这是一本"咏史"之书，历史的某些片段和关节、逸闻和秘密，某些人物与掌故、野史和杂记，以碎金片羽的方式被串连起来，生发出一种比米歇尔·福柯所推崇的那种"奇怪的历史编纂学"或另一位美国学者朱迪丝·劳德·牛顿所说的"交叉文化的蒙太奇"还要有意思的效应——历史在这里被揭开了无数的边边角角、细枝末节，复活出多少个生动的瞬间和美妙的处境，并生成了更加丰富的"历史修辞"。简单地说，历史变得多面和鲜活了，充满了细节性、私密性、歧义性。这样的讲史，比起那些"穷猿择木，又恐是伤弓曲木"的"正史"方家来，也许是更有见地和意义的，至少，其间更有让人驻足盘桓、咂摸滋味的魅力与理由，有更多人生与历史的启示。

如果说到此书最迷人处，无疑是它借了某个名胜、掌故或意象来凭吊那些红粉佳人的篇章。芳冢曾为千金笑，咸阳古道香尘绝，或如曹公所叹的千红一窟，万艳同悲，先人在这类笔墨间，早已有无数的绝唱。但王彬仍然可以在这条芳径间徜徉，抓取到许多独异的风景。先不说其中诗意的氤氲生发，悲悯的感慨情怀，单就精细的书卷功夫而言，就让人叹服。每及一处，必见扎实的史籍功课。令我惊讶的如《红粉》一篇，写到白居易与张建封之遗妾关盼盼的一段唱酬，他自《云溪友议》一类稗史杂记间找到了诸多文字证据，复现出一段让人唏嘘的故事。同朝为僚且曾位及尚书的张建封，晚年曾于徐州的燕子楼设宴，与乐天先生饮宴，并请出自己最为宠爱的小妾关盼盼起舞助兴。后张公死，而白居易居然寄诗盼盼，言其应为亡者殉身，以光"名节"。几番文字往来催逼，这位盼盼终于演出了一曲"红粉酬千秋"的悲情绝唱，绝食而死。因有诗文为证，这段公案便不似子虚乌有，王彬文中不止还原了一个多面的白公，更于史中生发出了一个现代和人文的命题，那就是对于沉疴百代的男权传统之切中要害的讥刺，因为它即便是在白居易这样素以"人民性"著称的诗人那里，也未能幸免。

同样的篇章还有《沈园香碎》，他从陆游与唐婉的悲情故事，挪移到鲁迅与朱安的不幸婚姻，对这位旧式妇女的命运也寄寓了深切的同情。但这类文字的处理，并未因为思想的注入而使之变得浅淡和概念化。作者的笔法仍执意地掘向丰富的历史暗道，或人性幽曲的渊薮，如此便保有了它们的弹性和厚度，使文字闪现出更多摇曳的风景，或值得品咂的乐趣。《翠屏山》中，他对石秀心态的微妙探察，《香光》中对武则天一生权谋与杀戮历史的寻访和"统计"，简直可以是"精神分析"的范例和史籍功课的样本。从稗海野史一路检点披阅，从《水浒》说到《资治通鉴》，历史的求问和人性的探查互相穿插着，复活出那些人物的心迹与性格、境遇与命运，也使他的文字发酵出更多诗意和神韵。

　　然真要说史籍疏证和校验功夫的，那要数另一类文字了，书中约近七成的，乃是吊古论今的篇章。其中多数是从某个地理名胜说起，其空间，可谓南及深圳之南的崖山赤湾，西至关西秦川的秦陵汉墓，北及燕赵河西乃至关山漠北的清人发祥地，中则有洞庭岳阳、江西庐山、中州河南的广袤之地。当然，所涉最为细密的还是北京，作者关于老北京的风物地标、历史延迁，一山一水乃至一草一木的叙述，可谓了然于胸，如数家珍。要论时间，则要从周秦说到大唐，从宋元说到明清，中间还要加上金和南明，甚至更晚近到当代，大红大绿的革命时期，其间莫不有据实确凿的考证，披阅史籍文献的细工文字。这些当然都无须重复了，读者自会领略其渊博和精细。而我要强调的是，它们仍是活脱漂亮的散记随笔，枝叶纷披的活文字。

　　有几篇最让我吃惊的，是书中关于老北京的堪称偏僻的地名风物、碑碣旧闻的辨析考据。说其偏僻，是因为这些文字所写，就在我所居住的小区周围。世界不大，而靠近自己的一块便与蚁穴无异，他的《大屯》《八通碑》《兆惠与北顶》诸篇所涉及的地名，竟是紧靠着我所蜗居的"京师园"的南、东、北三面。原来外出散步所见的几处古迹，有碑碣华表，居然不知那是何许人家的功德标识，读了他的文章，遂知道就在我的脚下，历史烟尘之中曾发生过如许动人心魄的故事。他关于清乾隆时期一位征西将军兆惠的经历梳理，所涉及的知识便涵盖了清初叶时突厥、蒙古、回部等北方诸族十余个部落的沿革迁徙，其交互征战或联姻的关系，还有兆惠本人开疆拓土的功勋。须知，这些不止要查阅《清史》，阅读大量生僻的史料，单是那些饶舌拗口的地名转译，就将人绕得头大了。而王彬先生的文章，竟能将这些史迹清理得丝文不乱，而且——顺便交代一下——也正因为这些深究细察的研究，他在近些年北京大规模的城市改造与扩建工程中，挽救了数处珍贵的文物遗迹，亦可谓功德无量的事。

关于文章的风神和笔法，《旧时明月》给我强烈的感觉是，这是一部让人流连驻足的书，读它会让人感到时光渐渐慢下来，这决定了它的质地和分量。虽然，论字数它只有区区十几万字，薄薄的一本，但这容量却抵得上卷帙浩繁的一摞，它经得起细读、细品，须要凝神养气，在灯下打坐，或泡一杯茶，慢慢地展读。只是如今这样的读书境界很难求了。它所带给我的，是一个丰润葳蕤和曲径通幽的花园，这里有一蹊花径，百斛流泉，有无数深远隐秘的"交叉小径"，在每一细枝末节处，都有耐人的风景。

这当然不是来自刻意的"章法"——我从来都不认为好文章是章法的产物，真正的佳境是"无法"，真正的好文字不过是人的映像，它体现的是作者的学识气度和情怀修养，文章的境界其实是人的境界，岂是可以雕琢堆砌出来的。我与王彬先生相识也晚，但他温厚素朴、渊博雅致的"老北京"性格和气度，还是给我留下了很深印象。文如其人，他文字的从容厚重和温润隽永，自是其修养学识的自然流露，他低调含蓄的为人风格，也自然地映现于他的文字之中。当然，也还有内敛的一面，文采的风流与他节制的为人相比，自是涨出了许多的。

不过，"没有章法"并不意味着那文字是散漫的，相反，不显雕琢乃是娴熟功夫的自然表现，该书乃是臻于老辣洗练、不施粉黛之笔墨的范例。言其无法，首先是说"境界为上"，这不止是王国维为词所定的准则，同样也是文章的律条。王彬总在自己的文字中提炼或张扬出天地正气与人格风骨，相形之下对那些不足取的观念或趣味，不论是何等早有定评的人物，他都毫不隐讳地予以针砭，而对那些或可歌泣的人物，也从来不限于道德称颂，而是试图彰显其内心的丰富，性格的多面，以凸显出命运的力量。一如他借什刹海的诗文旧迹，对赵孟頫一生的简约描述，即透出这般境界：一丝庸常，几许悲情，人物并不做概念化的雕饰，他作为前朝金枝玉叶的潦倒，和一生才华卓著的作为之间，可谓构成了戏剧性的比照。他并未像宋臣谢翱那样以身殉节，而是以遗民身份投考新朝求官，然而"一生行事总堪怜"，他并不如意的内心，使之每有"红裙翠袖奈愁何"的失落感。作者以敏感的笔触，写出了他的诸般处境，也仿佛深及他那颗敏感脆弱的心。

还有一点，所谓"无法"也是说文章秩序的自然生成，节奏的疏密，意境的浓淡，格调的抑扬，都是随心所欲和自然而然的产物。以《岳阳三士》为例，先是写及范仲淹的进退忧乐、忘我修为的胸襟高格；随后则切换至江湖传奇中的仙人吕洞宾，并且引出一个附会吕仙的名为李教的人，此人便是到妓院寻欢作乐也要沽名钓誉，与吕神仙绞在一块；最后，方以杜甫晚年在洞庭的巡游和诗歌作结，凸显出一个颠沛流离又执着高迈的儒家人格。读此文，可以真切地感受到作者的良苦用意，可谓一唱三叹，跌宕陆沉，同书青史之境界何异！在这般起伏摇荡的意绪中，文字也似有了诗一样的抑扬韵律。

读王彬先生的文字很早，但认识他的人却很迟，只是最近三五年的事情。几番交游，再读其文，渐渐觉得有了些心得感受，暗自赞佩其读书之驳杂，学识之深湛。《旧时明月》的文字，称得上是江上清风，山间明月，耳闻之而为声，目遇之而成色，散淡自如，从容不迫。他对于历史人物、自然风物、典籍掌故的信手拈来、挥之即去的处置，也是随意而见精妙处。让我想起施耐庵先生的两句诗，"裁冰及剪雪，谈笑看吴钩"，确是读史论世的佳境。

不过，末了还是觉得找不到一个得体的题目，本拟以"无题"论，细究还是不讲。想及它婆娑生动的意境，欲取"一蹊花径，百斛流泉"来形容，也终觉得俗艳了些。犹疑再三，干脆借原题敷衍一下，以"旧时明月曾照谁"

作结,兼借了张若虚的"江畔何人初见月,江月何年初照人"的诗意,暗喻盘桓其间风景之妙的感受罢。

2011 年 4 月 3 日清明节,北京清河居

"雨和森林的新娘睡在河水两岸"

严格说来，所有的"love poetry"（爱情诗）都是"erotic poetry"（色情诗）；其实，文学的巨大魅力就在于它最忠实于生活，而性爱或"色情"恰恰是生活的重要组成部分。所以，说魏尔仑这样的大诗人也很"色情"是一种赞誉，而不是贬低。

——阿尔伯特·莫德尔，《文学中的色情动机》

通过语言和修辞谈论诗歌，是一件十分冒险的事情。因为诗歌的语言与修辞在根本上是无须讨论、也无法讨论的，"诗"与"言"的结合表明，它只负责表达，不负责阐释。"神性的语言"或"语言的神性"本身都拒绝学术的解析。所以，这里的解释本质上是没有意义的，也只能作为一种学术意义上的"隐喻"。

还有，这题旨也非常冒险，因为海子诗歌的某种"神圣"性质，以及海子在人们心目中崇高的地位，他的诗歌解读也变得人格化了。这当然是必要的，也是合适的，但需要警惕的是，这种"神圣的人格化"也使人们对海子诗歌的理解被"压扁"了，也就是说，他的丰富性被压抑和删减了，比如他的这类诗歌——具有"情色意味"的诗歌，就变得无以依托。而事实是，海子不但曾经有过相当曲折和丰富的恋爱经历，这些恋爱的经验与经历还在他的诗歌写作中留下了美妙的痕迹。如果不从文本出发，他的单面的悲剧形象覆盖了我们的阅读，海子就会有被单质化的危险。

按照"编年"的方法阅读海子，我发现，1985年对他来说是一个特别的年份。他在这一年的诗歌中反复描写了许多爱情场景——有细节的、充满了甜蜜的身体性与隐喻性的爱情场景。由此我断言，海子可能经历了一场他个人有史以来"真正的恋爱"——说真正的恋爱的意思是，这是一场有身体经历和经验的恋爱。他抑制不住激动和兴奋，写下了数量不菲的爱情诗，其中有很多都涉及了身体与器官描写。而这些描写在当代诗歌中同样具有创始性的意义，因为此前没有任何人能够如此精细而大胆、直接而正面地将性隐喻作为写作的对象。从这个意义上说，海子是划时代的诗人同样不是虚夸。

让我先举出《妻子和鱼》一首。

因为唐晓渡和王家新很早将其选入了《中国当代试验诗选》，因此这首诗传播很广。很多年中，我只是隐约意识到其中的性指涉意味，但因为某些心理的预设，总担心"以小人之心度君子之腹"，并未过分留意它在这方面的意图。但如今读来，则强烈地意识到，这确乎是一首以隐喻笔法书写恋爱的甜蜜、怅然以及隐秘体验的诗。其中"水"与"鱼"的意象明显隐合着传统文学中"鱼水之欢"的意思，具有浓厚的情色意味："我怀抱妻子／就像水儿抱鱼／我一边伸出手去／试着摸到小雨水，并且嘴唇开花……"这些确乎是关于身体与器官的想象，是关于爱的细节描写。"水儿抱鱼""小雨水""嘴唇开花"等意象的含义，都显然是不言自明的。

接下来，诗中反复书写的仍然是肢体的亲昵游戏，以及肉体的幸福想象："我看不见的水／痛苦新鲜的水／流过手掌和鱼／流入我的嘴唇／／水将合拢／爱我的妻子／小雨后失踪／水将合拢……"这几句明显是描写身体的反应、抚摸、相爱或交欢过程中的情形的，"水"的来去，参与者的狎昵，动作性很强，无须细解。接着，作者又写到了在"鱼"与"妻子"两个角色之间不断地发生着的疑惑和转换——他实际是要表达自己的某种幻觉：这个女性在两个身份之间，不断地发生着的身份跳转，爱抚时犹如小动物般活脱的"生理"角色，平常间作为情感与伦理意义上"妻子"的角色，这两个到底哪一个是真实的，哪一个真的属于我？主人公在这里是疑惑的，这疑惑当然也是撒娇和甜蜜的。并且，它还延伸及作者对自我身份的疑惑——一种"身份失忆症"：

离开妻子我

自己是一只

装满淡水的口袋

在陆地上行走

只记得"水"的感觉，但他是淡而无味的"水囊"一个。

这一意象非常形似地书写出了过程之中和之后的心理与身体反应：在激情之后分别时的一种"被掏空"了的、失魂落魄般的感受，隐喻出过程中的甜蜜销魂，以及之后的怅然若失。

这或许是当代诗歌中最早全文"赤裸裸"地书写性爱的诗篇了。但请注意，海子的处理非常隐秘，完全用隐语和隐喻来呈现。"小雨水""嘴唇开花""鱼"等这些"名词"是隐喻的，但"动词"的使用则非常直接："怀抱""抱""伸出手去""摸""睡""合拢"等，这些都非常动作化，且有实在的性指涉的意义。

另一首《打钟》。

这一首在海子的诗中也因为同样的原因传播很早，但是关于其中含义，则少见细读性的阐释，确乎它也更加暧昧。如今，假如我们直接将其定性为性隐喻的诗，其意义也就会变得明朗和清晰。很显然，这首诗是更直接和官能化了，或者说是具有了某种直接的"人类学的诗意"，它将性爱场景与动作虚化和"神化"为一种原始的壮美场景，犹如我们远古的祖先创世时的情景：

> 恋爱，印满了红铜兵器的
>
> 神秘山谷
>
> 又有大鸟扑钟
>
> 三丈三尺翅膀
>
> 三丈三尺火焰

打钟的声音里皇帝在恋爱

打钟的黄脸汉子

吐了一口鲜血

打钟，打钟

一只神秘生物

头举黄金王冠

走于大野中央

　　你当然可以将这些句子看作是纯粹的"诗意想象"，但那样一来，这首诗反而显得很牵强夸张，很"不靠谱"，如果是将其理解为直接的性动作描写，则可以看作是原始性的史诗场景中的一个部分。这就是海子的过人之处——可以将很现实和很直接的内容转换、幻化和提升为原始性的诗意。如同小说领域中的莫言，可以将某些粗俗的细节和意象升华为人类学的场景一样。这些句子非常明显地充满了色情意味："神秘山谷""大鸟扑钟""一只神秘生物""大野中央"，这无疑都是性器官的隐喻，而"印满了红铜兵器""火焰""头举黄金王冠""打钟，打钟"这些都是明显的"性信息"提示，甚至可以将之解为器官的特征，但它们共同描述的某一时刻的场景却被整体上"神化"了，化为一个原始而壮美的人类学景象——犹如原野上伏羲与女娲的壮美交合，个体行为被赋予了神话内涵，成为了80年代人们的普遍情结：喜欢用文化的眼光看待一切，将个体的性行为演变成了一个"生殖崇拜"的仪式。

　　这在杨炼的《诺日朗》中已有了先例，与杨炼的晦涩与稠密的隐喻相比，海子是简练而直接、迅疾而到位的，他对于神化与神启境界的创设，的确来的更快。这几乎是天赋的，没有办法。

　　写于1986年的《肉体（之一）》《肉体（之二）》。
　　这两首有可能写的是海子失恋之后，对于爱情的回忆与祭奠。其中第一首写得略显悲伤而虚拟，第二首更直观和沉溺其间。当然，最后又出现了"墓地"，这可以印证这两首诗的含义。很显然，稍早前在《九盏灯》中，海子明确书写了失恋之痛，之后，甜蜜的、包含了"色情甚至狎邪"意味的诗就不见了，能够读出的似乎只有充满伤感和痴迷到若有所失的回忆。确乎，只有在恋爱之中，在"现在进行时"中才会有色情与狎邪的心态与机会，而回忆和悲剧结局之后的回味，都很难再具有色情意义。在这两首中海子更多地写到了乡村的景象，写到故乡和母亲，这显然是一种"疗伤"的方式。
　　悲伤和怅惘是两首诗的主调。第一首在我看来是表达了对于身体记忆的留恋："一枚松鼠肉体／般甜蜜的雨水／／在我的肉体中停顿／了片刻"，可想而知，这种温馨而令人绝望的记忆是如何攫持了作者的心，犹如一场醒来时倍感幻灭的春梦，他抓不住这悲伤而美妙的记忆，只能在怅然中定神体味，叹息良久。
　　不过，笔者以为，海子此时仍偶尔会回忆起，并且沉浸于爱的经验与往事之中，他的《肉体（之二）》中

直观地写到:

> 肉体独自站立
> 看见了鸟和鱼
>
> 肉体睡在河水两岸
> 雨和森林的新娘
> 睡在河水两岸……

这当然是器官的隐喻,是欢爱场景的局部。因此这首诗从"技术"上讲,可以看作是从第一首中摘出,专门描写春梦中的细节以延长其性体验过程的产物。开篇即强调"肉体美丽",在展开描述了上述细节与场景之后,它又十分肯定地强化了并且升华了这一意图:"垂着谷子的大地上 / 太阳和肉体 / 一升一落,照耀四方"。这显然仍是欢爱场景与动作的描写,只是从诗意上他不得不将其虚化为壮丽的图景,但他同时又在这些记忆中无法自拔。最后,海子也终于说出真相:这是一场悲喜交集的幻梦,是永不再来的回忆——"感激我自己沉重的骨骼 / 也能做梦"。凄艳、美丽、感伤、叹息,这一首真可谓一唱三叹,余音绕梁,让人悲从中来,不可断绝。

另几首《写给脖子上的菩萨》《思念前生》等。

第一首通篇似比较含蓄收敛,一直把对爱人的爱与感激,转化为一种神性体验,这大约是一种对"再造之恩"

的感激之情了。两人相拥相亲，调情狎昵，彼此近距离地感受对方呼吸的场景，让他沉湎不忘，故虚拟了"菩萨"的出现，她是大慈大悲、普度终生的菩萨，当然也包含了从性爱方面对他的赐予和奉献、满足与拯救。最后，海子止不住还是甜蜜地写到："菩萨愿意／菩萨心里非常愿意／就让我出生／让我长成的身体上／挂着潮湿的你"。最后两句既可以很抽象地理解，当然也可以很具体地理解为一个性动作的瞬间。

《思念前生》是一首特别的诗，从诗意上看，似乎有恋母的隐喻。它写了一个奇怪的梦境：梦见自己赤身裸体的成长记忆，梦想重新返回到母亲身体之中，还原为幸福的婴儿："庄子想混入／凝望月亮的野兽／骨头一寸一寸／在肚脐上下／像树枝一样长着……／／仿佛我是光着身子／光着身子／进出／／母亲如门，对我轻轻开着"。整首诗都写得很美，很原始静谧，有一种海子诗歌中典型的单纯和罕见的天真。不过，假如我们从弗洛伊德的观点看，那解读它可就学问大了。返回母体既可以理解为是一种美丽的撒娇，当然也可以认为隐含着难以言喻的可怕念头。但这就比较犯忌讳了，让我们小心地躲开吧。

在从《妻子与鱼》开始，到《肉体》之间，海子写过的与性爱隐喻有关的诗，总计大概不少于十几首，比较明显的有《坛子》，写女性身体的，藏得较深，但很容易理解："我头一次也是最后一次进入这坛子／因为我知道只有一次／脖颈围着野兽的线条／水流拥抱的／坛子／长出朴实的肉体"，这明显是乳房的隐喻；还有《浑曲》《得不到你》《中午》《我请求：雨》《为了美丽》等，大约都有明显的器官隐喻与性爱指涉。

我为什么要冒了这样的危险，来讨论海子诗歌中的性描写或者色情隐喻，或者说，讨论这些是要说明什么呢？

第一，要说明当代诗歌中的"身体解放"不是始于最近的十年，不是始于"下半身"运动，而是更早。1985年，虽然唐亚平写出了《黑色沙漠》组诗，其中有《黑色洞穴》也涉及了器官的隐喻；在翟永明的《女人》组诗、伊蕾的《独身女人的卧室》组诗中也有大量的性信息，但这些都是作为"文化思辨"来进行书写的，均不具有"现场意义"。所以某种程度上，海子称的上是第一个将身体与性直接和直观地"嵌入"当代诗歌写作之中的人。这足以证明他的多面性与前卫性。

第二，在使用隐喻与隐语的情况下，身体完全可以催生出优美的诗篇。海子的写作表明，身体和器官不但可以嵌入诗歌，而且很有必要，当它们进入诗歌之中时，诗歌的语言出现了在无意识中"迅猛成长"的状况，这是海子对当代诗歌的一大贡献。当然，必须考虑到与主体——即写作者命运的结合与见证关系，这种重要性才能够被进一步确立。比如还有一位当代诗人就经常写性，他每接触一个女孩或有那么一次经验就用诗歌来表现，但我对于这样的作品并不会产生出敬意。并不是说他写的完全不好，手艺太差，而是基于对这个人的"杯水主义"态度的了解，才会不欣赏。

第三，可以呈现一个"立体的海子"，而不止是一个"神化的和神话的海子"，还有一个有着世俗经验，有着世俗生命经历的海子。他的这些侧面不会损伤他的光辉，相反会增加他的丰富性，他的语义系统也会因此得到多面的整合和理解，这是一个必要的认知，它使得海子诗歌的语言世界、意义系统更加圆融和圆润了，有了可感的生命与世俗性。

最后要交代的一点是，我在此文写就时，恰好遇见了一位与海子生前有过密切交往的朋友，我问他，海子是否有过"真正的恋爱"？他的回答是肯定的。但他笑问我，为什么会问这个问题，我的回答是，出于解读海子的一类作品的需要。因为我觉得，确乎需要一种准确的细读，假如海子是丰富的，而我们却将硬要他单质化，那对于一个重要的诗人和一个逝者来说，都是不公正的；而且如果海子绝大部分的诗歌都是可以经得起细读的，那就同时说明了两个问题：一是海子的诗歌确乎是不朽的；二是我们时代的读者是有耐心的。假如海子不曾有这样的经历，我的细读岂不是有亵渎之罪。好在，我的猜测没有离谱，这使我倍感欣慰——不只是为了自己解读的正确，更是为海子曾有过人间最美好的经历。只是，我与此朋友也都叹息，这样美好的经历和记忆也没有挽留住他那年轻的生命，这真是一个让人绝望的谜。

2013 年 11 月，北京清河居

"谁是那狂想和辞藻的主人"
——想象欧阳江河的一些片段

　　假如我们设想在当代中国的诗歌中存在着若干条文化的经线，那么待在这些经线的交叉之处的，或者说待在"焦点"上的一位诗人，一定是欧阳江河而不是别人。因为这些纵横交错的线条大都与他有关。比如，某种意义上他可以说是一位最具理论素养与雄辩才能的诗人，是一位具有对现实发言的能力的，可以使用诗歌直接来思辨当代中国的重大社会历史问题的诗人，是一位相当"现实"同时又十分"玄学化"的、充满了语言自觉与哲学趣味的诗人，一位与现实之间既保持了紧张与反叛关系，同时又很"成功"的诗人——据说他一度还曾扮演了一个成功的文化策划或经纪人角色。他是一个"没有上过大学"却相当博学、没有学院身份却"非常知识分子"的诗人，是一个一年到头忙碌地穿梭在欧洲、美国同中国广大的南北很多城市的诗人，一个出入于官方和民间各种诗歌与文化场所的诗人……

　　显然，要成功地描述出一个诗人的形象，需要具备某些"传奇化"的条件和能力，需要对其人生的风雨起落传奇经历有大量的细节描述。虽然我知道上述描写还不足以构成一丝这样的色调，但我确信，欧阳江河最终会是传奇般的人物——不会是像拜伦与荷尔德林那样美丽而残酷的传奇，但会是像叶芝和聂鲁达那样的传奇，平稳但又有太多经历的一生。某种意义上，好的诗人的一生就应该是、也必须是传奇的一生，诗歌和人生最终互相印证，互相映现和解释，才是一个真正的诗人的财富、履历和荣耀，中国人把这个叫作"道德文章"或"读其文，想见其为人也……"历史上那些重要的诗人毫无例外地都演绎过相似而又不同的传奇。巴山蜀水，夜雨秋池，雄奇而充满神妙的自然曾赋予了多少诗人以这样的财富，欧阳江河应该也有这般机缘与幸运——尽管要完成传奇的一生，他的路还很漫长。

说到这里我的意思大约已经有了：欧阳江河已有的丰富性和未来将要有的丰富性，在中国当代诗人中是屈指可数的。也许像有人说的那样，他是我们这个时代知识分子型诗人的一个代表——确实很少有人像他那样敏感而准确地、热心而冷眼地、智慧而又感性地用诗歌来描述和预见当代中国精神文化的转折、迂回、蕴积和丧失，通过一系列敏感的文化符号，来诠释当代中国社会历史的沧桑变迁。当然，也没有人能够像他那样自如地扮演各种角色，书写他那般轻松中充满沉重、洒脱中显示着沉着的诗歌，在中国的现实与西方文化的"接轨"处，扮演着如此多样的角色。他像一只在高压线上散步的鸟，悠游自如，用身体轻巧地屏蔽并且享受着时代的电流穿过的巨大刺激……这不由让人回忆起他的一首写于1987年的《智慧的骷髅之舞》，在那首早期的诗中，就可以生动地看出这个"智慧的玩火者"，是如何在那么年轻的时候就如此痴迷于危险与刺激的体验境地——

> 他来到我们中间为了让事物汹涌
>
> 能使事物变旧，能在旧事物中落泪
>
> 是何等荣耀！一切崭新的事物都是古老的
>
> 智慧就是新旧之间孤零零的求偶……
>
> 用火焰说话，用郁金香涂抹嘴唇
>
> 躯体的求偶，文体的称寡
>
> 拥有财富却两手空空
>
> 背负地狱却在天堂行走……

呵！"用火焰说话"，"背负地狱却在天堂行走"，"拥有财富却两手空空"，这正是一切诗人的悖反境地，只是少有人能像他这样自如而惊险地穿梭在两者之间，享受着体验的快活。在欧阳江河众多有名的诗歌中，这确乎是寂寂无闻的一首，但在二十年后它依然可以让人感到吃惊，让人确信，远在1987年的欧阳江河其实已有足够大的野心，他决心挥霍和玩弄语言于掌股之上的意志，以及对于诗歌与生命的理解深度，已经达到了令人钦佩的地步，他过人的自信也已暴露出了十足的根基。

我最初认识欧阳江河大约是在1991年的春天，但前不久与他追忆起这事，他似乎已记不起来了，贵人健忘。那时我刚刚在一所师范大学获取了留校工作的身份，受一位师长的委托，赶去成都参加一个由他参与策划的诗歌会议，但不想到了那里，方知道会议已因故被取消了。想来这是这个黯淡的春天中最郁闷的记忆了，我在阴郁的成都游荡了几天之后，觉得还是要拜访一下欧阳江河才好回去交差。于是一路打听，在一个下午寻到了四川省社科院那所狭窄的院子。当我敲开一个房间，试探地问欧阳江河在哪里办公的时候，一个正伏案写着什么的小个子的英俊小生告诉我，他就是欧阳江河。

我有点意外，因为事先设想的欧阳江河是一个大个子，体态饱满、很白皙魁梧的人物，虽然没什么来由，但预设和期待就是这么奇怪。看到这个小个子、白皙但不魁梧的男人，我将信将疑。向他说明了来意，他遂向我解释会议被取消的原因和情况。他大概看我时也愣了一下，因为我虽不是诗人，但却留了一个诗人的外形——纷乱的长发，还蓄了胡子，看起来更像一个伪诗人。他尽量客气地与我周旋了一番，看样子想尽快把我打发走，我则有点不太知趣地问这问那，表示了对他诗歌的喜欢和尊敬，我急急忙忙地把来前准备的一些问题一股脑地提问完，也没有听清楚他究竟是怎么回答的，大约二十来分钟，我们的交谈出现了中断，我便起身告辞，他将我一直送到了大院门外的大街上，给我写下了联系的电话与地址，我遂匆匆离去，偶尔回头，看到他在忽然出现的斜阳下冲我挥了挥手。

稍后我在1992年的《非非》复刊号上，就读到了欧阳江河的《傍晚穿过广场》等四首诗，那首诗使我确信，欧阳江河真的已成为我们时代最重要的诗人，他已经站到了这个时代的顶端。从80年代的《悬棺》《玻璃工厂》《汉英之间》，到90年代初期的这首《傍晚穿过广场》，欧阳江河已经确立了他至为宽广的写作领地与精神界面，这种宽广的程度在当代诗人中差不多是无人可比的。他那种使用诗歌直接对事物进行哲理思辨的方式，在优雅而沉着的节律中不断地穿透着人的内心，以智性而精确的表达，总结着一个时代，给出不可替代的命名符号。在这首诗中，他的这种能力可以说是得到了登峰造极的体现——"一个无人倒下的地方不是广场，一个无人站起的地方也不是广场"，"石头的世界崩溃了，一个软组织的世界爬到了高处"。时代的转折在欧阳江河的笔下，是如此简练而深刻地完成了叙述，帮助当代中国人完成了对历史的记忆与遗忘。这就是欧阳江河，是他独有的剑一样锋利、鹰一样精准的表达。通常我们会认为，诗人使用概念过于裸露的词语表达，会使诗意丧失，形象干瘪，但在欧阳江河这里恰恰相反，他使用最具概念性的语言，但却生发出最生动的诗意，这是真正的奇迹。

不容置疑的辩论家的欧阳江河可能是很多人没有领教过的，而我有幸有那么一两次目睹了他的辩才。1998年春天在北京的北苑饭店，由北京作协、北京大学、《诗探索》编辑部等单位联合召开了一个诗歌理论研讨会（后被称为"北苑会议"），这次会上大概有两个人的发言最"出格"，一个是上海来的李劼，另一个就是欧阳江河，两个人大致意思是接近的，大意是说我们处在一种"被虚构"的文化情境中，而虚构正是一切社会对于个体完成统治与叙述的基本方式。欧阳江河进而"德里达式"地指出了一切"作为存在的形而上学"的虚伪性，"时代""人民""正义""现实"……统统都是被虚构出来的。他的发言之后有一个短暂的沉默，随后有质疑的声音，但均被他逐一顶回，逼得一旁的老诗人郑敏追问他，"GDP是虚构，股票是虚构，一切都是虚构，那么母亲也是虚构的吗？"欧阳江河笑答，"当然都是，母亲也是虚构。"老太太无奈地遥遥头，这个理论太过分了。

大约之后的一两年，我就看到了欧阳江河出版的随笔集《站在虚构这一边》，仿佛还是对上述质问的回答。

1999 年在北京平谷召开的"盘峰诗会"可惜欧阳江河没有参加，据说是他提前已经知道"要吵架"故意回避了，但这似乎有点不符合他的个性，照理说，雄辩家正是在这样的场合才更会有激情和刺激感，但他却"躲"了。他这一躲不要紧，一个阵营的诗人少了一员大将，致使另一方的诗人们在论辩中几乎成了赢家。其实类似这样的场合，论辩的内容也许不是最重要的，最重要的是论辩的机巧与智谋，甚至是气势与语速。中国的先人在这方面是有传统的，所谓"舌战群儒"。很多人都设想，如果欧阳江河在，也许完全是另外一幅场景了，可惜历史不能假设。或许是岁月改变了什么，也许欧阳江河已经更明白，论辩对于一个诗人也许是不那么重要的，当"盘峰论争"之后很长一段时间里两派诗人的争论不可开交的时候，他已悄然完成了他"市场经济的转型"——直接投身于市场行为之中了。

　　所以当若干年后欧阳江河在我的视野里再度出现的时候，已经彻底改变了我当初对他的那些想象，比如"行走在刀剑上的人""一个幽闭时代的幸存者""一群词语造成的亡灵"中的一个……这些都曾是他亲手制造的经典概念与词语，而十年中他摇身的蜕变，使这些词语恍惚间变成了空荡荡的螺壳。时代的转向与岁月本身的戏剧性在他这里可以说至为生动的，欧阳江河比任何人都更早地完成了身份的转换，不是内心的背叛，而是与物质世界的关系，从某种意义上的被支配者变成了支配者，这究竟是一场喜剧还是悲剧呢？恐怕不是很容易回答的。以往我们曾想象，诗人天生就是受难者、囚徒和流浪汉，但如今这样的概念大概很难维持了，当初第三代的诗人们，曾自称在江湖上"写一流的诗歌，读二流的书，玩三流的女人"，过着波希米亚式的生活的那些自我想象者们，如今已经全然分化，许多人转眼间已是腰缠万贯的巨商了。最早敏锐地观察着时代与经济生活的欧阳江河，当然也早已脱出了所谓"中产阶级"的层次，他如今的生活几乎完全是飞行式的，没想到"全球化"的速度竟然最先在中国诗人的身上体现出来了：上半月是在北京，下半月便是在纽约了；这个十天在美国的东海岸，后一个十天便已飞到了北欧或意大利；而在国内的时候也忽而飞到丽江或者大理，忽而到了成都或哈尔滨。欧阳江河一路策动着他的演出或者美展的计划，参加着国内外的诗歌或艺术活动，过着他"异质混成"式的逍遥生活，成为了一道当代诗人中最堪称奇异的后现代景观。

写下了上述这些混乱的字句我有点后悔，也许我正在误导不慎迷失的读者，也在严重地误读着诗人欧阳江河。不过好在还有他的诗歌为证——许多人认为他已收笔或已江郎才尽，但他刚刚发表在《上海文学》上的这首叫作《那么，威尼斯呢》的长诗，可以回答这些判断或猜测，也可以从中透露出他生活的一些讯息，印证我上面说的那段昏话。诗太长，这里只录结尾一节，看看这体验和感慨算不算"后现代式"的意境？

> ……肉身过于迫切，写，未必能胜任腐朽
> 和不朽。诗歌，只做只有它能做的事。
> 字纸篓在二层等你。电梯在升到顶楼之后
> 还在往上升：这叠韵的，奇想的高度，
> 汇总起来未免伤感。况且长日将尽，
> 起风了，门和窗子被刮得嘭嘭直响。
> 生命苦短，和水一起攀登吧：
> 遗忘是梯子，在星空下孤独地竖立着。
> 然而有时，记忆会恢复，会推倒那梯子，
> 让失魂遨游的人摔得粉身碎骨。

2008 年 4 月 15 日深夜，北京清河居

与鬼魂的一席谈

> 那些鬼魂，他们更像是诗人，孤独地
> 走过夜晚空寂的街道，回忆……

世界是一幢闹鬼的房子。这样的句子当然也比得"世界是一座牢狱……"之类，成为哈姆莱特式的名言，但却更加本质和暧昧。它在不经意间如闪电一样，触及了我们内心的什么地方。他的这些与往昔的幽灵或现实的鬼魂的交谈，本身或许并不诡秘，但交谈的姿势和细节却往往如洞烛，如鬼火，让人闻之彻悟而惊悚，或如握芒刺，不能搁下。

对很多人来说，通过对记忆的不断返回与咀嚼来进入写作，可谓常态，但得其要领者并不多。大多数情况下，个人记忆能否进入公共经验是一个前提，但这个说说容易，要做到却很难，1990年代的张曙光就是因为创造了一种"私人叙事"的节奏与语态，而成为了这代诗人中经典化的范例。究其根本，是因为他在适合的年代，用了适合的方式，讲述了适合的内容——在压抑而阴郁的精神与美学背景中，通过讲述过去来隐喻现在，传达一种"节制的伤感"或"含而不露的颓废"，从而获得公众微妙的共鸣，以及某种对现实的咀嚼与回应，以及对当代诗歌传统的一种延续与修正。表面看，这也许是"被解释"的结果，但对于优秀的诗人来说，一切都源于他无与伦比的敏感意识，以及闪电般锐利的洞察力。

如今，这种氛围与语境当然已经不再。"张曙光式的叙事"所特有的艺术精神与策略美学，也无法再做过去的那种诠释。但是作为真正久远的抵达生命经验的方式，它所具有的力量却从未弱化和消失。只不过，聪明的诗人更知道问题的根本在于"如何让过去产生意义"，更知道让其生命经验与理解中那些要命的东西，如何在平静的叙述中更清晰地浮现出来。所谓庾信文章老更成，或许是深入中年之后的彻悟，我在他的诗中读到了更多老博尔赫斯式的思辨，那种含而不露的透辟与精警，以及那种问而不答的自明与洞悉。

哦，他是谁？熟悉的陌生人……
他来自哪里？难道他刚刚目睹了
但丁看到过的一切？

显然，闹鬼的不只是房子，还有人的身体。岁月会使人本身变成一座有着诸多幻象与故事的老房子，他所看到的一切，其实都是自己的内心景象。在这首《自画像》中，我们看到了晚年博尔赫斯式的经典镜像："一只画眉鸟，在想象花园的 / 黄昏小径的深处为一位王歌唱。"这位熟悉的陌生人与渐渐远去的岁月之间互相致意，使对方生成为显赫的哲学命题，并且最终化解于无形之中——"多么精巧的机器！他跨进镜子／在一片空白的记忆中消失……"和解是万物的最高形式，令人想起庄子的"齐物说"，或是老子从"常有"到"常无"的玄学妙论，生命的彻悟是解决一切问题的钥匙。主人公一步跨进了"众妙之门"，这面博尔赫斯式的存在的镜子。

在《哈里发和雨中的花园》《雪中即景》《幻象》《忘川》《梦》诸篇中，我们读到近似而又不同的经验，这面镜子成为了张曙光攒弄世界的秘笈，也成就了他作为"语言的大魔术师"般的独门绝技。时间之谜在他身上变成了世界的入口，或者相反，但丁式的鬼魂世界亦是通过他这面时间的镜子来进入的。然而细想，这和我们无数的前人，陈子昂、张若虚、李商隐……还有李煜、苏轼、曹雪芹，所呈现的令人悲伤而达观的时间主题，也是如此的一致。区别不过在于，我们的先人在"我在"的悲伤中更加纠结，绝望的呼救是他们最关心的主题，而在张曙光的诗中，我们看到更多的是智者的隐忍，以及洞悉的自明："没有童话，没有玫瑰色的梦。／没有王子和睡美人，但却有巫婆／和幽暗的森林……／没有爱，但却有大海／苍凉而狂暴，水手们在风浪中穿行——／远处塞壬唱起一首死亡的哀歌。"（《中年的世界》）这充满死亡意味的"中年"虽然也略带了悲伤和绝望，但它是大海，动荡而汹涌，丰富而澎湃，他给予我们的，同时还有一种无法安奈的令人神往的激情。

解决时间的窘境或生命的悲伤，除了将之升华为哲学命题之外，唯一的处方大约就是诗歌了。古往今来的一切哲人和诗人，无不纠缠于这一问题。古人的解决方案相对简单，将世界解释为永恒轮回的过程，或者无限重复的圆；或将此生与来世的时间线条，划分为空间并置中的三界。但此生与来世、天堂与地狱的阻隔与差别，仍是无法逾越的悲伤与焦灼之源。对此，老博尔赫斯给出的方法是缩短这个过程，缩短的结果就是他在自己的诗中可以将生者的博尔赫斯与结局处的博尔赫斯看作是两个"互相寻找"的自我，他们漫长互寻中的偶然最终铸就了一个无法更改的轨迹，他"命运的迷宫"。这个未解也不能解的迷，让他兴奋而好奇，悲伤又达观。他的《永恒轮回》中，也试图通过哲学史的梳理，而彰显一种过去与现在同在的逻辑。而在张曙光这里，问题则更简化为"与鬼魂的交谈"。与其纠结于过去和现在的距离，不如将这一切做顺水摸鱼的戏剧化处理。

于是就有了这首《无题》——这几乎可以看作迄今为止的代表作，一首在我看来足以传世的杰作——它将现实与虚构、过去与现在，通过戏剧的比附活现于我们眼前：

在一出悲剧的终场，辛博尔斯卡写道
所有的角色——死去的和活着的——
一同出现，手挽着手

"向观众致意……这是否向我们暗示出 / 人们死后的情境——/ 没有了尊贵荣辱，忘记了爱和仇恨 // 但在但丁的诗中，情况却全然不同／在地狱，仇恨的灵魂依然仇恨／一颗头颅咬住另一颗。""我不知道哪一种说法更接近真理／同样不清楚／那个是悲剧，那个是喜剧。"多么形象的注释，这是现实的世界，也是鬼魂的世界，他们互相混合，一起表演，既是世界的过程，也是世界的结局，生动而充满戏剧性的可能。多好啊，这是张曙光式的解决方案了。

我意识到，在这样一篇无法不简短的文字中，我很难不简单化地处理问题。上述的这些话，确乎已将这本诗集丰富的内容阉割得鸡零狗碎。我只能告罪，提醒读者去细细地体味其中的经验之丰与幻想之妙，以及诗人精湛的语言艺术。特别是，我还要强调一点，就是他语言中奇妙的"做旧功夫"。犹如古玩市场上的一种弄鬼的技术，使新造的东西迅速地获得一种时间假象，一种陈旧的光泽与价值。自然那是商人的作假，而对于张曙光来说，这是一种罕有的天才，他的朴素而看似不假修饰的叙述，他的如同随手拈来的遣词造句，所产生的不只是往事幽灵般的复活，同时也使语言本身产生了一种仿佛渡过"忘川"之后的"陈旧之美"，仿佛时光在他的诗歌中可以迅速地老去，真是一个奇迹——

> 我看见了那位摆渡的老人，他的
> 胡子和眉毛因岁月和悲伤
> 而变得雪白……

在这里，博尔赫斯的那面镜子，或者老子反复指认的那扇"众妙之门"又出现了。"连接着生和死，光明和幽暗——/ 事实上它更像是一扇门，通向虚无……"他是时间老人，也是摆渡众生跋涉前行的智者，是人心中渐渐增长的智慧和死亡本身。遗忘是渡过，是减载，是存在的消失，也是存在的彰显本身。

这忘川是寂静的，但也充满无声的风暴，难道你没有听见？

2014 年 10 月 10 日晨，北京清河居

谁是余秀华

那桃花不是我的，那影子不是我的
那锄头不是我的，那忧伤……
……不是我的

读到这样的句子，我立刻想起了多年前听到的一首民歌，那是我从一位善唱的诗人口中听到的，大意是"千里的草原是人家的，成群的牛羊是人家的，肥沃的田地是人家的，漂亮的姑娘是人家的……"歌声婉转，旋律凄楚，叫人闻之难忘。它和这首《心碎》，仿佛是一支曲子的两个版本，表达的意思神似极了。

我无法不谈到她，因为她和这世界的关系，仿佛与那首民歌里的人——那个一百年前草原上的牧羊人，那个赶着财主家的羊群，唱着悲哀的歌的年轻人——是一样的。这摇曳多姿的世界，这世界上一切的花开花落悲欢离合，仿佛都与她没有关系。因为据说她是患上了一种叫作"脑瘫"的疾病，是一个脑瘫儿的后遗症患者。

但她几乎成为2014年岁末最为流行的名字，"余秀华"三个字成为一个家喻户晓的"热词"，与她有关，"诗歌"和"脑瘫"也都成为使用频率特别高的两个词语，还有一句叫作《穿越大半个中国去睡你》的诗，更是如同一条被从水里捞起的鱼，欢蹦乱跳又几近脱水而死。

"脑瘫"，我查阅了一下百度，给出的答案是："小儿脑性瘫痪，又称小儿大脑性瘫痪，俗称脑瘫。是指从出生后一个月内脑发育尚未成熟阶段，由于非进行性脑损伤所致的以姿势各运动功能障碍为主的综合征。是小儿时期常见的中枢神经障碍综合征，病变部位在脑，累及四肢，常伴有智力缺陷、癫痫、行为异常、精神障碍及视、听觉、语言障碍等症状……"我当然未曾见到余秀华本人，不知道她身体方面的症状究竟若何，但有一点是可以肯定的，他的心智应属正常。所谓"常伴有智力缺陷……"在她这儿并不适用，而且，她还是一个情感和感性异常丰富的人——她的爱情诗写得非常饱满而且感人，这可以是一个证明。

我这里当然无法、也无须摘录更多她的诗句，我只是想说，在这早已是无主题变奏的时代，文学中居然又罕见地出现了公共性的话题——去岁末，这个"摇摇晃晃"艰难地走在乡间小路上三十多年的女性，在默默写作了多年之后，终于被冠以"脑瘫诗人"的记号，以一首叫作《穿越大半个中国去睡你》的诗走红于这个突然发热的世界。在各种媒体的热炒之下，她的诗集迅速出版，且一天之内据说销售愈万册，创造了几乎是新诗诞生以来诗歌卖点的唯一奇迹。在媒体轰动之余，数家官方机构还联合召开了关于她的诗歌与草根写作的研讨会，余秀华一下成为妇孺皆知的名人。

我无法简单地用好与坏、正面或负面来判断这一事件。包括对于余秀华本人，大约也有同样的难题。或许她艰辛贫寒的农家生活会因此得到意想不到改善，然而她本来平静的思考和写作，或许同时已荡然无存。平心而论，我宁愿这样一个农妇的生活在物质上会有些许改善，但假如她再也不能安静而独立地写作，抑或即使写也渐渐失去了本色——那种与他人的写作有鲜明区别的痛感与质感——的话，那么这将是一个无法挽回的损失。因为古来文章憎命达，皆因诗穷而后工，这个逻辑恐很难有人逾越。但愿她是能够经得起"作名人"考验的人，是经得起媒体热捧和公众关注的诗人。

我认真阅读了余秀华的部分作品，印象可以说是相当专业，有饱满而控制得很好的意绪与情感，有充满质感与疼痛的语言与形象，笔法与修辞也相当老到，富有表现力，称的上是一个成熟的诗人。之所以没有更早得到关注，是因为她还没有被大众媒介"符号化"，它的生存背景与内心苦痛还没有被更多人了解。而"脑瘫"的说法，加上她"农民"与"女性"的身份，再加上她诗歌中某一点奇异的"性想象"……这样诸般因素之后，便不一样了，她的诗歌具有了不胫而走的性质，有了非同寻常的消费价值。

而这对于她来说究竟是一种帮助还是矮化，却很难判断。首先这要取决于公众的理解力与诗歌观，同时更重要的，还要看她本人的价值立场与精神定力。假如都能处理得好，或许就是一种帮助了；但如果公众只是将之当作即时刷新的新闻噱头，那么对于诗人来说，便是一种搅扰和伤害了。

这当然就涉及了另一个更为宽阔的问题，一个自世纪之交以来一直争议不断的，如何看待"底层"或者"草根"群体的"写作伦理"的问题。说到底，此问题之所以存在广泛的歧义，是因为涉及了写作者的身份与文本的关系、公共伦理与写作伦理的关系、社会意义与美感价值的关系等问题的不同认识。要想辨析清楚，谈何容易。但这里既然提出了问题，免不了就要费一点笔墨，稍作一点讨论和辨析。

先说身份问题。中国诗歌传统中，诗历来分为两类，如冯梦龙《序山歌》中所说，"书契以来，代有歌谣，太史所陈，并称风雅。"风和雅，是诗歌的两个大类；自然写作者也就有了两个身份——"文人""人民"。文人当然也是人民，但由于他们写作的专业性和个人性，就常被看作是一个单独的群体了。文人写作通常体现了写作的专业性与难度，也体现了更鲜明的个人性格与襟怀，情感与意绪，风格也通常是比较典雅或高级的。"人民"这里更多是指一般民众、底层的或草根的，"沉默的大多数"的部分，既然是"沉默"的，自然是沉默的，无须写作的。但人民有时候也会兴之所至地"写"一点，《诗经》中大部分的作品——至少是《国风》中的大部分，从风格和口吻看，是属于民歌的。民歌的作者当然是无名的草根族。所以冯梦龙说，"但有假诗文，无假山歌。"

可见民歌的根本属性是在于"真"。

　　现代以来民歌其实一直处于被压抑的状态，虽然我们口口声声说"贴近群众、贴近现实"，但人民一旦写作，就会感到惊诧，就会受不了。近来媒体的大呼小叫，提出各种看似煞有介事的问题，其实都说明了对于人民之写作的不习惯。20 世纪 50 年代到 70 年代，民歌看似大行其道，其实也不曾存在，《红旗歌谣》是民歌吗？是不是大家都很清楚。很多情况下不过是文人和政治合谋，假代了"人民"的口吻去写的，人民最终还是沉默的。

　　余秀华的作品体现了一个底层的，也是常态的书写者的本色。她书写了自己卑微清贫然而又充满遐想的日常生活，书写了疾病带来的苦痛与悲伤，书写了一个女性和所有女性内心必有的丰富与浪漫。当她书写这一切的时候，没有矫饰，没有刻意将自己的身份特殊化，甚至也没有过多的自怨自艾、自哀自怜，一切都显得真切朴素、自然而然。她甚至时常有因"忘我"而"忘情"的境地，她也不会总是记住自己身体的不便。也可以说，她所表达的爱情与一个通常的女性相比并没有任何不同，一样是纤细而敏感、丰富而强烈的："这个下午，晴朗。植物比孤独繁茂 / 花裙子在风里荡漾，一朵荷花有水的清愁……""蝴蝶无法把我们带到海边了，你的爱情如一朵浪花 / 越接近越危险。"

　　　危险的是她。我依旧把门迎着月色打开

　　　如同打开一个墓穴

　　这是她的一首《我所拥有的》之中的句子。如果没人说她是一个"脑瘫"患者，谁会从中读出任何疾病的信息呢，她就是一个常态的诗人，一个常态的女人，一个"再正常不过的人"，一个甚至有些优秀的抒情诗人。这样的写作者难道还需要额外有一个什么身份吗？从这个角度上说，我既认同她是一个特殊的、作为农妇或身带病残的写作者，同时又不愿意用"底层"或"草根写作"的符号，更不愿用"脑瘫诗人"的标签来装裹她，来提升或矮化她的写作。

　　其次是伦理问题。这个问题讨论了十年了，十年前，我最早参与了讨论底层写作的伦理问题，受到过表扬，也荣受过转述和批判。我的基本想法，是要分为两个问题来看，一是作为"公共伦理"或者社会话题，底层写作确应值得我们大呼小叫，因为人民实在是太苦了——现在当然要好得多，十年前，中国的矿难数字比全世界的总和还要多，类似"富士康十五跳"那样的事情也才过去五六年，地方政府对这件事至今有没有调查和说法，谁也不清楚。这种情况下，沉默的大多数还有办法沉默吗？他们等不得了，本来轻易不会写作却终于写作了；这种情况下，我认为"文学"本身已经算不得一回事了，比起社会公共伦理来，比起人民的生命、生存来，文学算什么呢？别计较人家写的怎么样，你写得好，写得美，高级和专业，能够给人民一个公平吗，能解决一点点生存的问题吗？在那种情况下，作为一个有一点社会伦理关怀的写作者，就应该让所有的问题退居其次。

然而另一方面，写作终究也还是个"文学问题"。我们仍然会寻找底层写作中那些更感人的、写得更好的作品，郑小琼就是这样被发现和被重视的。余秀华之所以被专业的批评家和诗人们重视，也是因为她写的相对要好些。自然，将她与狄金森比，与许多经典化程度很高的诗人比是没有必要的，至少目前没有必要；但与一般的诗人比，与我们对于一个写作者基本的期许比，她写得还是很出色的，有感染力，有基本的专业性，这就足够了。甚至从重要性上，我还会觉得她与一个专业性更好的诗人的作品比起来，也许要"重要"一些，我必须在年选中多多地选入她的作品，因为与一切写作相比，她是更有可能成为"这个时代的痕迹"的诗人。

还有美学问题。这个问题更复杂，只能简略谈及。在今天，它首先表现为一个共性特征，即"泛反讽性"——这是我的一个命名。泛反讽，首先是说"反讽的广泛存在"，这是一个普遍的原则，在今天的社会语境中，文学场中，传播情境中，郑重地"端着架子"抒情或者叙事，常常是不合时宜的。如果写得太"紧"和太雅，便显得活力不够。相反，如果加入一点诙谐与幽默，加入一点反讽因素，情况会大为改善。其次，泛反讽的意思是它"暗自存在"，或隐或显，并不那么明显，有一点点元素在，不易觉察，但仔细体味它是有的。余秀华的诗就是如此，我体会到了她作品中固有的悲怆与孤单，固有的坚韧与意志，同时又欣赏她适度的诙谐与颠覆性。当我读到她的《穿越大半个中国去睡你》的时候，觉得这是修辞上一个相当妙的用法，没什么不妥之处。在有的人看来，或许会认为有"粗鄙"之嫌，要改成"穿越大半个中国去爱你"才好。但这样一来，意思虽然没有变，但却不再是同一首诗了，其中所承载的敏感的时代性的文化信息就被剔除了。很显然，在这个语言呈现出剧烈动荡与裂变的时代，裸露比含蓄要来的直接，力要比美更为重要，但这裸露和力反而更显示出沉着和淡定——这是一个写作的秘密，一个美学的辩证法。

关于身份的验证、生命处境的见证性的问题，还有另外的认识角度，即我们也当然可以用生存的艰辛与痛苦，去见证性地理解余秀华们的诗，为她"摇晃的世界"和艰难的生存而悲悯和感动，也为她也拥有那么好的爱情而百感交集。这也同样符合我所"猜测"过的"上帝的诗学"。假如上帝也读诗，他一定是知人论世的，一定是将诗歌与人一起来考量的，一定会给予更多的公正与体恤，而不是教条主义的理解。

因为他是上帝。

跋

这是我个人的第三本随笔集。第一本《海德堡笔记》总共出了两个版本，山东画报出版社 2003 年版，中国人民大学出版社 2012 年修订版；另一本是学术随笔集《隐秘的狂欢》，山东友谊出版社 2006 年版。但实际上这两本小书都是十多年前的旧作，也就是说，我打点自己的东西，在最近的十年中并未有散文或随笔集问世。自究原因，当然首先是因为懒惰，同时更值得反思的，则是一种身份的迷失。回头看看自己十几年前的这些文字，虽不能说好，但也还有些情趣志向，少量的也还可以敝帚自珍，至少它们可以"证明"自己曾经是迷恋非制度性的文字的。而这个十几年中，这个习惯正在渐渐丢失。

坦白是最好的态度。这个集子中的文字，基本上还是谈文学的，离开文学便没有什么像样的说辞了，这自然也是个悲哀。但在我谈文学的文字中，这些可能是比较有意思的，不那么呆头呆脑的，有些情趣的部分。而这其实就是我从事文学批评的一种态度，一种追求。我把那些写得较少拘束的，比较能够伸缩自如的，有些谈天说地东拉西扯的味道的部分拿出来，其实也是向读者表明，我并非是一味满足于那种学院文字的堆积的批评家，而是可以写一点性情文字的自由人——如果这样说不是显得很恬不知耻的话。

我当然会反思自己这些年来的钝化，在文字上的贫瘠。但我又认为，单纯将责任归咎于制度性的学院体系，大约也是矫饰，是对自我无能的一种开脱。因为说到底写什么文章，根本原因在于自己是什么人，对自我的身份作何定位。是写学院八股还是性情文字，归根结底，是源于自己的潜意识——"我是谁"才是内里的原因。从来不去修习，更不拿自己当一个"文人"，而只是横下心来做制度利益的追逐者，从无一点文人的肝胆襟怀，怎么可能会写出真有文人气息的文章？还有读书与问学的功夫，整日昏庸自甘，不学无术，抑或是沉湎于任务性的阅读，"项目"式的研究，惦记着指标性的诸多俗务……难免心思枯竭，沉沦于干瘪无味的无效重复，最终与那些"公文体"文章与"老干部体诗"沦为同路。一想到这可能是自己的最终结局，我就会脊背发凉，盗汗梦醒。

所以，与其说这本小书有什么意义，倒不如说是一个自我的鞭策和激励，一个信心的重拾。希望能够借此提醒，勿忘文不负心，须好好对待操持；同时也以此感恩读者，希望得到些许鼓励。若是，则幸甚至哉，手之舞之也。

谨记，为跋。

2016年春节，北京清河居

图书在版编目（CIP）数据

怀念一匹羞涩的狼／张清华著 .—北京：北京师范大学出版社，
2016.9
ISBN 978-7-303-21025-1

Ⅰ.①怀…　Ⅱ.①张…　Ⅲ.①中国文学－当代文学－文学评论－文
集　Ⅳ.①I206.7-53

中国版本图书馆 CIP 数据核字（2016）第 172276 号

营　销　中　心　电　话　010-58805072 58807651
北师大出版社学术著作与大众读物分社　http://xueda.bnup.com

HUAINIAN YIPI XIUSE DE LANG
出版发行：北京师范大学出版社 www.bnup.com
　　　　　北京市海淀区新街口外大街 19 号
　　　　　邮政编码：100875
印　　刷：鸿博昊天科技有限公司
经　　销：全国新华书店
开　　本：890mm×1240mm　1/32
印　　张：8.875
字　　数：180 千字
版　　次：2016 年 9 月第 1 版
印　　次：2016 年 9 月第 1 次印刷
定　　价：48.00 元

策划编辑：边　远　　　　责任编辑：李洪波
美术编辑：王齐云　　　　装帧设计：王齐云
责任校对：陈　民　　　　责任印制：马　洁

显得很恬不知耻的话。

我当然会反思自己这些年来的钝化，在文字上的贫瘠。但我又认为，单纯将责任归咎于制度性的学院体系，大约也是矫饰，是对自我无能的一种开脱。因为说到底写什么文章，根本原因在于自己是什么人，对自我的身份作何定位。是写学院八股还是性情文字，归根结底，是源于自己的潜意识——"我是谁"才是内里的原因。从来不去修习，更不拿自己当一个"文人"，而只是横下心来做制度利益的追逐者，从无一点文人的肝胆襟怀，怎么可能会写出真有文人气息的文章？还有读书与问学的功夫，整日昏庸自甘，不学无术，抑或是沉湎于任务性的阅读，"项目"式的研究，惦记着指标性的诸多俗务……难免心思枯竭，沉沦于干瘪无味的无效重复，最终与那些"公文体"文章与"老干部体诗"沦为同路。一想到这可能是自己的最终结局，我就会脊背发凉，盗汗梦醒。

所以，与其说这本小书有什么意义，倒不如说是一个自我的鞭策和激励，一个信心的重拾。希望能够借此提醒，勿忘文不负心，须好好对待操持；同时也以此感恩读者，希望得到些许鼓励。若是，则幸甚至哉，手之舞之也。

谨记，为跋。

2016 年春节，北京清河居

图书在版编目（CIP）数据

怀念一匹羞涩的狼／张清华著.—北京：北京师范大学出版社，
2016.9

ISBN 978-7-303-21025-1

Ⅰ.①怀…　Ⅱ.①张…　Ⅲ.①中国文学－当代文学－文学评论－文集　Ⅳ.①I206.7-53

中国版本图书馆 CIP 数据核字（2016）第 172276 号

营　销　中　心　电　话　010-58805072 58807651
北师大出版社学术著作与大众读物分社　http://xueda.bnup.com
HUAINIAN YIPI XIUSE DE LANG

出版发行：北京师范大学出版社 www.bnup.com
　　　　　北京市海淀区新街口外大街 19 号
　　　　　邮政编码：100875
印　　刷：鸿博昊天科技有限公司
经　　销：全国新华书店
开　　本：890mm×1240mm　1/32
印　　张：8.875
字　　数：180 千字
版　　次：2016 年 9 月第 1 版
印　　次：2016 年 9 月第 1 次印刷
定　　价：48.00 元

策划编辑：边　远　　　　责任编辑：李洪波
美术编辑：王齐云　　　　装帧设计：王齐云
责任校对：陈　民　　　　责任印制：马　洁